平安文学を
いかに
読み直すか

編著
谷 知子
田渕句美子

著
久保木秀夫
中川博夫
佐々木孝浩
渡邉裕美子
渡部泰明
加藤昌嘉
荒木 浩

笠間書院

◉はじめに

源氏見ざる歌詠みは遺恨のことなり。

（『六百番歌合』）

歌人藤原俊成が『六百番歌合』の判詞に書き付けたことばである。本書の編者（谷・田渕）は、中世和歌を主な研究対象としているが、和歌を読む上で平安文学は必須の知識であることを日頃から痛感している。平安文学を知らない中世和歌研究者もまた、「遺恨」のことなのである。しかし、逆に、平安文学を読むにあたって、和歌の知識が必須となる。和歌を含まない平安文学はほとんどないからである。しかし、領域や時代を超えた学術交流が盛んに行われているかというと、必ずしもそうではない。近年の平安文学研究には、衣装や儀礼といった学際的な視点からの分析や立論も導入され、新たな局面が切り開かれている反面、解釈、伝本研究といった基礎的な側面が意外と固定化し、見直しの作業がなされていないようにも見受けられる。また、固定した作品観が出来上がっていて、広く一般社会や中学・高校の国語教育の中でも、みずみずしい読み方や作品批評のようなものが失われているのではないかという危惧もある。編者の二人は、学界や国語教育の活性化のために、刺激的な論文集を作ってみようという思いで合致し、笠間書院に打診したところ、賛同してくださり、うちで出版しましょうと背中を押してくれた。

執筆陣には、気鋭の中堅・若手の韻文研究者を中心に、散文研究者にも依頼した。そして、平安文学、なかでも中学・高校の教科書や文学史のテキストに載るような有名な作品を対象とすること、従来とは異なる新しい視点から論じることの二点をお願いした。編者のこうした要望を受け止め、執筆者の方々は編者の期待を大きく上回る、質の高い力作を寄せてくれた。対象とする作品もバラエティに富み、研究手法も結果として多彩なものとなった。執筆者の方々に厚く御礼を申し上げたい。

このようにして本論集には、平安文学の物語・日記・随筆・和歌などを対象として、伝本・奥書の再検討、作者や構造という基幹的な部分の検証、和歌表現の分析、和歌史からの位置づけ、中世以降の受容からの捉え直しなどを行う論が集まった。期せずしてそれぞれの論が、多かれ少なかれ、今後の研究課題について何らかの提言を行っていることは、本論集の一つの特徴ともなっていよう。以下で各論の概略を紹介していきたい。

「**『伊勢物語』大島本奥書再読**」（久保木秀夫）は、『伊勢物語』大島本の長大かつ難解な奥書を読み解き、大島本の性格を明らかにし、付随して日大為相本の性格を究明した論で、平安時代散逸伝本の片鱗をも注視する。定家本が圧倒的となり、〈異本〉が研究対象とされることが少ない現況をふまえ、〈異本〉の研究と再評価を提言する。

「**『竹取物語』の和歌―不定形なテキストの矛盾**」（谷知子）は、『竹取物語』の和歌を、和歌史の恋歌の系譜の中に置いて読み直し、和歌は地の文などとの矛盾を含み持ち、奇抜な物語にオーソドックスな恋歌をはめ込んだものであることを論証する。更に『竹取物語』の受容の様相を概観し、中世には和歌の享受が皆無である上に、物語自体、平安時代の古態には遡れず、不定形で流動的な作品であることを述べる。

「**『大和物語』瞥見―「人の親の心は闇にあらねども」を中心に**」（田渕句美子）は、第四十五段、兼輔の著名な歌「人の親の心は闇にあらねども子を思ふ道にまどひぬるかな」について考察し、『大和物語』は『後撰集』と乖離した詠歌事情を述べるが、当時の宮廷社会の状況、『兼輔集』の叙述、『後撰集』の本文、『定家八代抄』の定家の理解などから、『大和物語』が述べる詠歌事情は恐らくあり得ないことを検証し、あわせて中世和歌や説話の視点から『大和物語』を捉え直すことについて言及する。

「**『土佐日記』の和歌の踪跡**」（中川博夫）は、従来十分に論じられなかった『土佐日記』の受容について、平安時代から江戸時代にわたって、諸作品における受容の様相を詳細に浮き彫りにしたものである。室町時代に至るまで『土佐日記』がある種の典故として働き、江戸時代には注釈対象となりつつ、より多く受容された痕跡があり、こうした受容は貫之への意識を示すものであること等が述べられる。

「**定家本としての『枕草子』─安貞二年奥書の記主をめぐって**」（佐々木孝浩）は、『枕草子』三巻本について、その奥書及び引用文・勘物などを改めて検証して、定家の手になると断定できることを示し、三代集や『伊勢物語』等と同様に、『枕草子』においても定家本と呼ぶべきことを提言する。そして、この定家本はさほど流布せず、限定的な受容であったことを明らかにし、さらに今度の研究課題の広がりを提示する。

「**和歌史の中の『枕草子』**」（渡邉裕美子）は、『枕草子』に見られる和歌関係記事を、和歌史の流れの中に位置づけ、勅撰集に対する意識に注目しつつ論じたものである。『万葉集』は尊重しているが直接出典にしたとは考えられず、一方『古今集』は規範として重視するが、それは自らの外側にあるものであり、清少納言自身の詠歌の姿勢としては、「打聞」に憧れ、父元輔が撰者の一人であった『後撰集』的な世界を志向していたことが論証される。

「**和泉式部の歌の方法**」（渡部泰明）は、和泉式部の発想やこだわりをとらえて、その表現の論理や独自な方法をあぶり出す。死を話題とする歌や「観身論命歌」を読み解き、自己と他者を入れ替えて男女の主語・主体を攪乱したり、自分を他者のような目で捉えたりする二重的な視線が内在していることを論じ、そこに他者との共感を実現しようとする試みを見、その重層的な世界は、強い自意識とこまやかな創作意識が作り上げていることを述べ、中世歌人たちがこうした面を愛したとする。

「〝『源氏物語』の作者は紫式部だ〟と言えるか?」(加藤昌嘉)は、紫式部が作者であるという通説について、資料が語る事実のみに立脚し、徹底的に憶測を排して再検討を加え、現時点で正確に言える範囲を示す。『源氏物語』の作者が紫式部であると言うことは可能だが、現在の形(五四巻)の全体を書いたかどうかは確証がなく、五四巻がいつ成立したかも確証がない等々の結論を述べ、あわせて『源氏物語』研究は、他の物語研究と同様に、作り物語は加筆・書き換えが自由であったことを前提として論ずべきことを提言する。

「〈非在〉する仏伝―光源氏物語の構造」(荒木浩)は、仏伝と『源氏物語』とが多くの共通性を持つことを示し、仏伝を反転させて生まれたのが『源氏物語』であり、もし釈迦が出家できなかったら、彼の人生はどのように転じていったかという〈もしも〉が、光源氏物語を誕生させたこと、出家して仏陀になることを禁じられた男が、出家に限りなく近づきつつも永遠に出家できないという構造が、光源氏物語の根幹にあることを、浮かび上がらせている。

この論文集の評価は読者によって決まる。真の評価は、読者に委ねたいと思う。本書は、研究者・大学院学生・学部学生のみならず、中学・高校の国語科の先生方・古典に関心を持つ一般の方にも広く読んでいただきたいと思う。古典は固定したものではなく、これからもいくらでも塗り替えられるということ、文学史は自明のものではなく、常に変化していくものだということを、広く伝えたい。研究の最前線を、学界のみならず、広く社会に発信していくのは、我々研究者の責務だと思うからである。

最後となったが、本書が一つのきっかけとなって、研究の活性化がはかられること、学界の内外の交流が盛んになることを願ってやまない。こうした願いを共有し、本書の出版を引き受け、企画・編集に尽力してくださった笠間書院の橋本孝氏、岡田圭介氏に厚く御礼を申し上げたい。

谷 知子
田渕句美子

◉もくじ

第一章

『伊勢物語』大島本奥書再読

◉久保木秀夫

くぼき・ひでお

現職○鶴見大学准教授

研究分野○和歌及び中古仮名散文に関する古典籍・古筆切の研究

著書・論文○『中古中世散佚歌集研究』（青簡舎　二〇〇九年）、『林葉和歌集　研究と校本』（笠間書院　二〇〇七年）、「『伊勢物語』天理図書館蔵伝為家筆本をめぐって」（『汲古』第六〇号　二〇一一年一二月）など。

『伊勢物語』には数多くの〈異本〉があり、すでに全文翻刻も備わっているが、定家本の陰に隠れて、今日研究対象とされることは稀である。そうした停滞状況を打破するための〈異本〉再評価の手始めとして、本論では大島雅太郎旧蔵・国立歴史民俗博物館現蔵の、いわゆる大島本を取り上げる。小式部内侍本の特有章段を付載し、また皇太后宮越後本・顕昭本などについても言及する長大な奥書を有しているため、この大島本については従来さまざまに議論されてきた。が、しかし肝心の奥書自体が難解極まりないことから、その解釈も定まらず、よって大島本・越後本・顕昭本などの性格付けも曖昧なままであった。そこであらためて当該奥書について、密接な関係を有する日本大学総合学術情報センター蔵の伝冷泉為相筆本などを参照しつつ、解読を試みていく。

結論として、まず大島本に関しては、顕昭本と、越後本に「或本」の付加された一本との混合本文にして、かつその末尾に、すでに他本で抽出されていた小式部内侍本の特有章段を一括転載した伝本だったと位置づけられる。また付随して、従来やはり性格の明確でなかった日大為相本に関しても、多少の改変は加えられているものの、基本的には越後本そのものからの派生本だったと認定し得る。

ともあれ大島本からは、顕昭本や小式部内侍本といった平安時代散佚伝本の片鱗のみならず、『伊勢物語』という作品の変容・増殖していくさまをも垣間見ることができそうである。

1 〈異本〉研究の停滞

『伊勢物語』において、章段の数や配列、本文に甚だしい異同を有する〈異本〉と言えば、阿波国文庫本（宮内庁書陵部蔵↓山田清市ａに翻刻）・大島本（国立歴史民俗博物館蔵↓山田清市ｂ）・泉州本（焼失↓『泉州本伊勢物語』）・塗籠本（本間美術館蔵↓大津有一ａ）・源通具本（鉄心斎文庫蔵↓山田清市ｃ）・武者小路本（武者小路穣氏旧蔵↓大津有一ｂ）などが即座に挙げられよう。しかも我々にとって何よりありがたいのは、右括弧内に示したように、すでにそれぞれに全文翻刻が備わっている、つまり誰でも容易に研究対象とし得る環境が整っている、ということである。にも関わらず、新日本古典文学大系・新編日本古典文学全集・岩波文庫・角川ソフィア文庫といった、影響力の極めて強い校注テキストが揃いも揃って、なぜか藤原定家の天福二年書写本（を模写した三条西家旧蔵・学習院大学図書館蔵本）だけを底本とし続けてきたために、その陰に隠れてこれらの〈異本〉は、今日ではほとんど読まれなくなってしまっているとおぼしい。せっかく先学によって発掘紹介されてきた〈異本〉の数々が省みられず、あたかも天福本ひいては定家本ばかりが正しい『伊勢物語』であるとみられているかのような現状は、あまりに偏頗という以外になく、〈異本〉の徹底的な研究は喫緊の課題と言えよう。▼注1

そうした〈異本〉再評価の一環として、本論では特に大島本を取り上げてみたい。大島雅太郎旧蔵に因んでこう通称されている、歴博現蔵のこの伝二条為氏筆・鎌倉時代後期頃写本には、散佚した小式部内侍本の特有二十四段を引用したり、皇太后宮越後本・顕昭本といった注目すべき伝本に言及したりする長大な奥書が存することから、平安時代散佚伝本を復元しようとする際の最重要資料のひとつと認められてきた。しかしながら肝心のその奥書が何しろ難解なのであり、最初の紹介者たる佐佐木信綱以

▼注1 なお、そもそもこれらを異本と呼ぶこと自体がミスリードを促してしまっているようにも思われるので、ひとまず本論では山括弧を付してある。

来、池田亀鑑・関良一・片桐洋一・山田清市d・柳田忠則a・林美朗aなどによってさまざまに論じられてはきたものの、現在なお解釈が定まるまでには至っていないと言わざるを得ない。従ってまた大島本そのものの性格や、奥書所引の小式部内侍本・皇太后宮越後本・顕昭本の位置づけなどに関しても、曖昧なままとなっている。

そこで大島本の奥書の解釈と、そこから導き出される大島本の資料的価値とについて、以下に私見を示してみたい。なおその際、本来であれば先行研究のすべてに言及すべきであるが、大島本に関しては諸説入り組んでおり、整理するだけで相当の紙幅を費やしてしまいかねないため、必要に応じて最小限、先学諸氏の説に言及していくという程度に留める。諒とされたい。

2 大島本の奥書

まずは大島本の奥書を掲げる。定家本では125段に該当する「つひにゆく」の段のあと、第108丁オモテ面5行目から次のようにそれは始まる。▼注2

108オモテ
★ 或本 5
此物語ハ心とめてみすはこきあ 6
ちはひいてこしとそふるき 7
人はいひける 8
顕輔卿本にて所書写也件本ハ 9
108ウラ
大外記師安本也小式部内侍 1
自筆之由所注也雖然不審事 2

▼注2 本文は『国立歴史民俗博物館蔵貴重典籍叢書』所収の影印に拠る。下の数字は丁数及び行数。便宜上、奥書以外の付載章段や勘物は適宜中略する。

件本ニ令書付也和哥二百五首　3
其後以或証本令比校テ又　4
一本校了件両本次第無相違　5
三宮御本云々仍付其等也自　6
此下物語ハ他本令有事等を　7
追書入也　皇太后宮越後本云々　8
むかしみかとすみよしに行幸し」　109オ 1
給けるによみてたてまつりた　2
まひける　3
…　…
（付載章段①＝117 115 116 B C 114 D E F 37 G 30 28▼注3）　…
…　…
といへりてまたほとへて　115ウ 1
なとてかくあふこかたみとなりにけん　2
みつも丶らしとちきりし物を　3
…
（七行分空白）」　…
蔵人頭従四位上右近衛権中将在原　116オ 1
業平々城天皇孫弾正尹四品阿　2
保親王第五男伊豆内親王桓武　3
…　…
（業平・高子などに関する勘物）　…

▼注3 うちアルファベットは、大津有一cにおいて、定家本にない章段に付された通し記号である。

…
三月兼近江権守同七月十三日叙
従四位上亮号九月任右兵衛督
延喜七年卒家伝云昌泰四年卒

★　或本奥書云

この本ハ朱雀院のぬりこめに
かやかみにかきてありしをてつ
からときゝしかはかきうつし」
たる高二位の家住（ママ）にも高二位
のつけたるなるへしとて本ニ
とあれとまたかの業平みつから
のてしてかきたる本ハことに
そあるをかきそへたりまた
みあれのないしかゝきたるも
ありおほろけならぬ本とあり

★　或本云

此朱雀院のぬりこめにかやかみ」
にかきてありけるをてつからと
きゝしかはかきうつしたると
かうの二位のかくはかきたる此
本ハかう二位のいゑのとそきゝ

はへるとそ
★私云此物語諸本不同員数不定
次第相違其中殊違両本也
一様ハ初春日野若紫哥終昨日
今日とはおもはさりしを云々」
134オ 奥書朱雀院本と注ハ大概《様》
此本也
一様ハ初君やこしの哥終ニ忘な
よほとは雲居ニの歌也
此本ハ小式部内侍自筆之由大
外記師安語侍之本也伊勢物
語号依斎宮事初挙その
哥尤可然云々但不可然歟」
134ウ 又件本ハ世不普歟可秘蔵云々
★写本云
以顕照・阿闍梨并皇太后宮越後
本所書写云々
★或本云
これよりしもはこの本ニなきを
えりいて丶かきつらねたる也小式部
内侍か自筆の本にあるなり」

むかしおとこ女をうらみて　135オ 1
いはねふみかさなる山はとをけれと　2
あはぬ日おほくこひわたるかな　3
…　…
（付載章段②＝74 H 111 115 95 117 116 G I
J B K 36 L M N 71 O P Q F C 109 73）
…　…
あたりをありきて思ひける　144ウ 7
めにはみてゝにはとられぬつきのう　8
ちのかつらのことのきみにそありける」　9

一瞥して、ここに複数の奥書の含まれていることが理解されよう。従ってまずなすべきことは、どこからどこまでが一まとまりの奥書であるかという、その境目を明確にすることである。そうした際の目安となるのは、もちろん「或本…」「写本…」「…云」という語であろうから、すでに該当する行頭に★印を付してあるように、

(1) 108オ5～6行目「或本／此物語ハ心とめてみすは…」～108ウ8行目「…追書入也　皇太后宮越後本云々」
(2) 132ウ5～6行目「或本奥書云／この本ハ朱雀院のぬりこめに…」～133オ7行目「…おほろけならぬ本とあり」
(3) 133オ8～9行目「或本云／此朱雀院のぬりこめに…」～133ウ5行目「…はへるとそ」
(4) 133ウ6行目「私云此物語諸本不同員数不定…」～134ウ1行目「…又件本ハ世不普歟可秘蔵云々」
(5) 134ウ2～4行目「写本云／以顕照・阿闍梨并皇太后宮越後／本所書写云々」

(6) 134ウ5~8行目「或本云／これよりしもはこの本ニなきを／えりいて、かきつらねたる也小式部／
　内侍か自筆の本にあるなり」

という六箇所については、それぞれを一まとまりの内容であると捉えることに異論はないかと思われる。実際(2)の奥書が、阿波国文庫本ほかのいわゆる広本に、

　この本は朱雀院のぬりこめにかやかみにかきてありしをてつからのとき、しかはかきうつしたる高二位のいゑの注にもかくそかきたるとあれと又かのなりひらのみつからのてしてかきたる本はことにそあるをかきそへたり又みあれの内侍か、きたるもありおほろけならぬ本とも也

のように独立して存しているのも、右の見方の裏付けとなろう。

3 日大為相本との比較

ところでこのように他本を参照してみると、(1)~(6)の中でももう一箇所、内容的に区切られるのではないかと思われるところが出てくる。それは(1)である。ここでは一見、108オ5~8行目の、

　或本

　此物語ハ心とめてみすはこきあちはひいてこしとそふるき人はいひける

と、108オ9行目からの、

　顕輔卿本にて所書写也件本ハ大外記師安本也小式部内侍自筆之由所注也…

とが連続しているかのようであり、例えば林美朗aもそう読んだ上で、「顕輔卿本にて所書写也…」とある部分はこの「或本」がその「顕輔卿本により書写されたものであることを示したもの、と解釈され得る。

のように述べている。確かにこれが連続する一まとまりの奥書であれば、最初の「或本」というのがすなわち「顕輔卿本にて所書写」の本だった、と解釈する以外になかろう。その場合（1）は、「顕輔卿本にて所書写也…」の部分を含めて、「或本」から転載されてきただけの奥書だったということになり、従って大島本の本段部分に直接関わるようなものではなかったということになろう。

ところが一誠堂旧蔵・日本大学総合学術情報センター現蔵の伝冷泉為相筆本には、▼注4 次のような奥書がある。

Ⅰ　書本云
　顕輔卿本にて所書写也件本ハ大外記
　師安本也小式部内侍自筆之由
　所注也雖然不審事件本ニ令書付也
　和謌二百五首其後以或証本令比
　校了又以或一本校了件両本次第
　無相違三宮御本云〻仍付其等也
　自此下物語ハ他本令有事追書
　入也

Ⅱ　本云
　建久元年八月六日於安部山門
　書了以皇后宮越後本所
　書写也云〻

詳細は省略せざるを得ないけれども、この奥書ⅠⅡによってまず、

「小式部内侍自筆之由」の「師安本」

＝「顕輔卿本」

▼注4　以下「日大為相本」と呼ぶ。本文は田中宗作・杉谷寿郎の翻刻に拠るが、原本のデジタル画像にもあたり、文字サイズ等一部に修正を加えている。

↓「顕輔卿本にて所書写」の本
↓奥書Ⅰ本
＝（もしくは最低一本を介して↓）「皇后宮越後本」
↓「建久元年八月六日於安部山門書了」の本
↓奥書Ⅱ本

という書承関係のあったことが明らかとなろう。

さて、右奥書ⅠⅡをめぐって従来問題とされてきたのは、これらが日大為相本の本段部分の本文に直接係るものであるのか、そうではなく、ただ他本から転載されてきただけのものなのか、という点である。前者であれば、日大為相本の本文は「皇后宮越後本」のそれを伝えているということになるが、後者であれば、日大為相本は「皇后宮越後本」と直接は関係なかったということになる。ちなみにこれまでは後者を是とする研究がほとんどだったようである（片桐洋一・山田清市ｄ・柳田忠則ｂｃ・林美朗ｂ・内田美由紀など）。

しかしながら、そもそも奥書Ⅱに「本云」「以皇后宮越後本所書写也」とあり、かつ奥書Ⅰに「書本云」とある以上、これはもう奥書の読み方として、ⅠⅡは他本からの転載奥書などではなくて、日大為相本の祖本に存した書写奥書だったとしか解釈し得ないはずである。▼注5 別の言い方でまとめ直すと、まず「顕輔卿本」から派生した奥書Ⅰ本（もしくはその転写本）が「皇后宮越後本」であり、その転写本が建久元年本であり、さらにその建久元年本から奥書Ⅱ本を介して派生した本が日大為相本だった、ということである。こうした転写の経路から、日大為相本が「皇后宮越後本」の本文を今に伝えるものであることに、議論の余地はまったくないと思われる。ただし日大為相本の本文等から帰納するに、日大為相本は「皇后宮越後本」を頗る忠実に伝えているのではなさそうで、おそらくはいずれかの転写の段階で、奥書の配置その他の改変があったと考えざるを得ない。このあたりなお後述する。

▼注5 念のため言い添えておくと、この「書本」や、また後出の「写本」は、書写時に拠った親本のことを指している。よって「或本」「他本」「一本」などとは明確に区別されなければならないが、従来の研究ではこれらを完全に混同して、すべて他本の意と解してきたようである。日大為相本や、また大島本の奥書が長らく誤読されてきた原因のひとつと言えよう。

ともあれ今問題にしたいのは、日大為相本のこの奥書Ｉが、大島本⑴108オ9行目からの「顕輔卿本にて所書写也…」とほぼ同文であること、その一方で、例の⑴108オ5～8行目の「或本／此物語ハ心とめてみすは…」が、奥書Ｉの方には認められないことである。これは取りも直さず、⑴108オ5～8行目と、108オ9行目からとが、一まとまりのものなどではなく、本来別個の内容だったということを示しているはずである。そもそも後者が基本的に漢文体であるのに対し、前者が仮名書きであるというのも、両者の性格の違いを如実に示していたと言えよう。ちなみに大島本の発掘者たる佐佐木信綱も、その初紹介時、すでに両者を截然と区別した上で、前者については「古鈔本にあつたこの物語の評語を、さながら書きぬいたもの」と指摘していた。

もっともそう捉えた場合、前者における「或本云」や、日大為相本における「書本云」といった注記が、後者の「顕輔卿本にて……」というその冒頭にも冠されていてよさそうなものであるのに、それがないのは不自然なのではなかろうか、と反論する向きがあるかもしれない。が、おそらくのところ後者においては、⑴末尾の108ウ8行目「…追書入也　皇太后宮越後本云々」のうちの「皇太后宮越後本云々」という文言が、「或本云」「書本云」と同じ役割を果たしているものとみられる。

もう少し詳しく述べよう。まず大島本の⑴における「顕輔卿本にて所書写也…」の奥書の末尾は、あらためて引用し直すと、

…自此下物語ハ他本令有事等を追書入也　皇太后宮越後本云々

のようになっている。かつ大島本ではまたこの直後に、付載章段①＝117 115 116 ＢＣ114ＤＥＦ37Ｇ30が並んでおり、確かに「自此下」に「他本」の「物語」が「追書入」れられる形となっている。よって付載章段①は間違いなく⑴に接続するものとみられるわけだが、そうした中で右に引いたように、⑴の一番最後に「皇太后宮越後本云々」と紛らわしくも書かれてしまっていたものだから、従来のほとんどの研究は、この「皇太后宮越後本云々」という文言を、その直前にある「他本」に対する注記であると理解して

きた。つまり「顕輔卿本」にない付載章段①を持つ「他本」こそが「皇太后宮越後本」なのであろうと解釈し、従って「皇太后宮越後本」は単なる校合本に過ぎないと論じてきたわけである。日大為相本が、先のような奥書を持っていたにも関わらず、ついに「皇后宮越後本」そのものと認定されてこなかったのも、ひとつには大島本の方の奥書の「皇太后宮越後本云々」という文言に対する、右のような解釈が優先されてきたことによる。

しかしながら、ここでほぼ同文の、日大為相本の奥書Ⅰに眼を転じてみると、その末尾には、

…自此下物語ハ他本令有事追書入也

とあるだけであり、大島本が持つ問題の「皇太后宮越後本云々」は、そこには見出されないのである。これもまた一見不可解な異同のようだが、しかしことはおそらく単純であって、早く山田清市が次のように指摘していたとおりなのではなかろうか。

> 大島本付載識語の記し方に注目すると「顕輔卿本にて」と書き出されるこの識語は一面余を占有して「自此下物語ハ他本令有事等を追書入也」まで、一字の間隙もなく書き続けられているにかかわらず、最後の「也」字と、次の「皇太后宮越後本云々」につづく「皇」の字間だけが完全に一字分余りの明瞭な空白を置くのである。この識語の示す書写形式から推して、前記識語の「他本」の語が「皇太后宮越後本云々」を指すことになるのであったら、このような記し方が、この部分に限ってなされることはないはずである。すなわちこの空白部分の持つ意味は、「皇太后宮越後本云々」の部分だけが、最初の形態へ補入されたことを有力に物語るものといえるであろう。

すなわち「皇太后宮越後本云々」は、この奥書に当初からあった文言ではなく、〝これを書写奥書として載せていた親本は、皇太后宮越後の本だったそうである〟という情報を伝えるために、転写時に書き加えられた、奥書全体に対する注記なのだと思われる。言ってみれば日大為相本において、奥書Ⅱで「以皇后宮越後本所書写也云〻」と述べられていた情報が、大島本においてはここで述べられていたと

いうことである。

ただし山田はこれに関わり、大島本のこの「皇太后宮越後本云々」という注記は、日大為相本の奥書Ⅱを「省略転載したもの」だったと説いてもいるのだが、それは違うのではないか。山田の見方をごく単純な派生図にすれば、

皇太后宮越後本 ―― 日大為相本 ――（奥書Ⅱを省略転載）―― 大島本

のようになろうが、むしろ、

皇太后宮越後本 ┬ 日大為相本
　　　　　　　 └ 大島本

のように派生していった、そのそれぞれの派生時に、日大為相本は奥書の形で、大島本は奥書に添えた注記の形で、親本に関する伝称[▼注6]が別個に示されたもの、と捉えるべきではないかと思う。

さて、日大為相本を介したためにかなり遠回りをしてしまったが、以上の点から大島本の(1)に関しては、先に指摘した「或本／此物語ハ心とめてみすは…」からと、「顕輔卿本にて所書写也…」からとで、さらに区切って差し支えないと思われる。従って前者の「或本」は、後者の「顕輔卿本にて所書写也…」には係らないことにも自ずとなってこよう。つまり「顕輔卿本にて所書写也…」の方の奥書は、少なくとも「或本」から転載されてきただけのものではなかったということである。

4 大島本の性格

そこで大島本の各奥書類・付載章段・勘物にあらためて通し記号を振り直し、掲出し直した上で、続

▼注6 ちなみに大島本の(1)に「皇太后宮越後本云々」とあり、また日大為相本の奥書Ⅱにも「以皇后宮越後本所書写也云々」とある点からすると、親本が皇太后宮越後本だったという情報は、奥書等に明記されていたのではなく、付属資料等によって、言わば伝称の形で示されていたのではなかろうか、と推察される。

いて奥書相互の関係について考えていくこととしたい。

(A)或本／此物語ハ心とめてみすはこきあちはひいてこしとそふるき人はいひける　（108オ5〜8行目）

(B)顕輔卿本にて所書写也件本ハ大外記師安本也小式部内侍自筆之由所注也雖然不審事件本ニ令書付也和哥二百五首其後以或証本令比校テ又一本校了件両本次第無相違三宮御本云々仍付其等也自此下物語ハ他本令有事等を追書入也　皇太后宮越後本云々　（108オ9行目〜108ウ8行目）

(C)付載章段①＝117 115 116 B C 114 D E F 37 G 30 28　（109オ1行目〜115ウ3行目）

(D)業平・高子などに関する勘物　（116オ1行目〜132ウ4行目）

(E)或本奥書云／この本ハ朱雀院のぬりこめにかやかみにかきてありしをてつからとき、しかはかきうつしたる高二位の家住(ママ)にも高二位のつけたるなるへしとて本ニとあれとまたかの業平みつからのてしてかきたる本ハことにそあるをかきそへたりまたみあれのないしか、きたるもありおほろけならぬ本とあり　（132ウ5行目〜133オ7行目）

(F)或本云／此朱雀院のぬりこめにかやかみにかきてありけるをてつからとき、しかはかきうつしたるとかうの二位のかくはかきたる此本ハかう二位のいゑのとそき、はへるとそ　（133オ8行目〜133ウ5行目）

(G)私云此物語諸本不同員数不定次第相違其中殊違両本也／一様ハ初春日野若紫哥終昨日今日とはおもはさりしを云々／奥書朱雀院本と注ハ大此本也／一様ハ初君やこしの哥終ニ忘なよほとは雲居ニの歌也／此本ハ小式部内侍自筆之由大外記師安語侍之本也伊勢物語号依斎宮事初挙その哥尤可然云々但不可然歟／又件本ハ世不普歟可秘蔵云々　（133ウ6行目〜134ウ1行目）

(H)写本云／以顕照《阿》・闍梨并皇太后宮越後本所書写云々　（134ウ2行目〜4行目）

(I)或本云／これよりしもはこの本ニなきをえりいて、かきつらねたる也小式部内侍か自筆の本にあるなり　（134ウ5行目〜8行目）

(J)付載章段②＝74 H 111 115 95 117 116 G I J B K 36 L M N 71 O P Q F C 109 73　（135オ1行目〜144ウ9行目）

これらの中で核とすべきは、(H)であろうと思われる。このほかの(A)(E)(F)(I)には「或本」「或本奥書云」「或本云」とあって、それぞれが他本からの転載奥書たることが明らかであるのに対し、(H)にのみ「写本云」とあり、さらに続けて「以顕照・《阿》闍梨并皇太后宮越後本所書写云々」とあるのであるから、この(H)こそが大島本の祖本に存した書写奥書だったと解釈する以外の途はないはずである（なお末尾の「云々」は「写本云」を承けるとみておく）。従って素直に読めば大島本は、顕昭本と皇太后宮越後本とに基づいて書写された一本からの派生本だったということになる。実際、前述のとおり(B)は越後本に存した本奥書なのであったし、また(G)も、早く佐佐木信綱や池田亀鑑が指摘していたように、顕昭『古今集注』の、

又コノ斎宮ノコトヲ、ムネトカクユヱニ伊勢物語トナヅクルトハ、大外記師安ガ顕輔卿之許ニ來テ申侍シ、此定也。其上伊勢物語一本モテ來テ侍キ。小式部内侍ガ書寫也。普通ノ本ニハ、春日野ノ若紫ノ摺衣トイフ歌ヲコソ、ハジメニハカキテハベルニ、此ハ證本ニテ、此君ヤコシ我ヤユキケムノ歌ヲハジメニカケル、伊勢物語トナヅクルユヱトゾ申侍シ。サレド初ニカ、ズトモ、其事ヲタマシヒニセバ同事也。

という一節との近似から、おそらくは顕昭による識語とみられる。このような(B)と(G)とが記載されていることも、大島本の祖本が顕昭本と越後本とに拠っていたことの何よりの証拠たり得るはずである。

ところで(B)の奥書に続く(C)の付載章段①と、(D)の長大な勘物とは、実のところ日大為相本にも見出される。日大為相本にこれらがあるということは、取りも直さず、越後本にもこれらがあったということだから、大島本における(C)(D)は、(B)と同様、大島本の拠った越後本に由来するものと認めてよいと思われる。

もっともこの(C)と(D)とに関しても、大島本と日大為相本とは全同ではない。まず(C)の付載章段①は、

大島本において、

117 115 116 B C 114 D E F 37 G 30 28

のようであるところ、日大為相本においては、

114 D E^1 115 116 B E^2 F 37 G 30 28 118 119

のようになっている。つまり(ア)大島本にある117を欠き、かつ(イ)Eの間に115 116 Bが割り込み、さらに(ウ)大島本にない118 119を有している、というわけである。ただし田中宗作・杉谷寿郎によってすでに指摘されているように、日大為相本は実のところ完本ならぬ残欠本なのであり、その脱落と錯簡▼注7とによって、(ア)や(イ)のような異同が生じてしまったのであって、本来は大島本のとおりであったと捉えておいてよさそうである。残る(ウ)の118 119の有無については、これが付載章段の末尾部分であるという点、何らかの事情によって、大島本の方のとある段階で脱落したか、日大為相本の方のとある段階で増補されたかのいずれかである、と考えるしかなさそうである。

　もうひとつの大きな異同は、(B)の奥書と、(C)の付載章段①と、(D)の勘物という三者の位置関係である。大島本では、これらはまさに(B)→(C)→(D)の順番で続いていくが、日大為相本においてはなぜか、本段部分末尾の98段（右のとおりの脱落のため、これが最後となっている）のあとに、まず(C)の付載章段①が続き、次いで(D)の勘物が連なり、そのあとになってようやく(B)の奥書が現れる、という順番になっている。しかし、何より(C)の付載章段①は、前述のように(B)の「他本令有事追書入也」を承けての掲出であるとみられる以上、順番として整合するのはやはり大島本の方であろう。逆に言えば、日大為相本の(C)→(D)→(B)という順番は明らかに整合性を欠いているということである。従来日大為相本が、越後本そのものであるとは認められてこなかった、これもひとつの理由であろうが、ではなぜ日大為相本においてこのような順番となってしまっているのかについては、よくわからないのが実状である。

　ただ、それに関して参考となりそうなのが、大島本と日大為相本との間に存する大きな異同の今ひと

▼**注7** なお日本為相本におけるこの脱落・錯簡について、田中・杉谷は「現存本における錯簡ではな」く「親本の時点における錯乱かとみられる」としているが、やや疑問も残る。別に検証する機会を得たい。

つである。すなわち大島本において、実に十七丁分に及んでいる(D)の長大な勘物が、日大為相本においてはほとんど省略されており、わずかに冒頭八行のみ、

　蔵人従四位上右近衛権中條在原業平
　平城天皇孫弾正尹四品阿保親王第《ママ》子男
　（四行略）
　一人之由見伊勢物語而行平同腹之由在
　公卿補任尤有疑
　　已下口伝雖多之所詮日記不遇之仍不委
　　之云々

のように見られるだけなのである。これを省略した経緯について述べているのが終わり二行の傍線部であり、いささか解釈しづらいが、大意としては〝以下勘物は多いけれども、結局物語の内容とは合致していないので、省略した〟といったあたりかと思われる。これは明らかに意図的な改変である。日大為相本の本文にはこのように、改変の痕跡がはっきりと認められるのであるから、先の(B)(C)(D)の順番についても同様に、何らかの理由に基づき、意図的に(C)(D)(B)に改変された、という可能性は相応に考えられそうである。もっとも肝心の改変の理由については、正直なところよくわからない。いろいろと憶測を巡らせることはできるが、結局現時点では不明とせざるを得ないようである。

　このようにどうしても問題は残ってしまうが、少なくとも大島本における(C)(D)が、(B)と同じく越後本にあったものだということ自体はおそらく間違いなさそうである。そうすると次に検討すべきは、越後本の(B)(C)(D)と、顕昭本の(G)との間に位置している、(E)の奥書と、(F)の奥書とが、両本の一体どちらに属していたのかという点である。これについては越後本(B)の奥書中「以或証本令比校テ又一本校了」（日大為相本では「以或証本令比校了又以或一本校了」）と見えている「或証本」と「（或）一本」とが、そ

れぞれ(E)の奥書と(F)の奥書とに対応しているものとする林美朗ａの説がある。確かにこの部分だけからすると成り立ち得る見方であって、その場合(E)(F)は自ずと越後本に属していたことになろう。が、しかしそうであれば(B)(C)(D)と同様に、(E)(F)もやはり日大為相本に見出されてしかるべきところ、少なくとも現存部分には含まれていないという点で、納得しがたいところが残る。

ここでいささか唐突ながら、大島本と日大為相本との間に存する本文異同に注目したい。そもそもこの両本に関しては従来、一部の奥書を共有していることから同類であると認定されつつ、一方で実際に両本を校合してみると、なぜか夥しい数の本文異同が見出されるという点も、長らく疑問視され続けてきた（大津有一ｄ・山田清市ｄ・柳田忠則ｂ・内田美由紀など）。しかし本論でみてきたとおり、日大為相本の方は越後本からの派生本であり、大島本の方は越後本＋顕昭本からの派生本だったのであるから、少なくとも本段部分に異同があるのはむしろ当然だったと言えよう。ところが興味深いのは、本段部分のみならず、(C)の付載章段①――これらは顕昭本になく越後本だけにあったものであり、従って両本ともここだけは必ず越後本に拠っているはずであるから、基本的には同じ本文となっていなければならない――においても、両本間で次のような異同が確認されるということである。

C段

〈日大為相本〉

むかしおとこ女をきふしものいふをいかか思ひけんおとこ

こゝろをそわりなきものとおもひぬるかつみる人やこひしかるへき

〈大島本〉

むかしおとこ女をきふし物いふをいかゝおほえけんおとこ

こゝろをそわりなき物と思ひぬるかつみる人やこひしかるらん

或本みる物からや

114段
〈日大為相本〉
（前略）おほやけの御けしきあしかりけりをのかよはひを思ひけれとわか、らぬ人はき、をいけりとや
〈大島本〉
（前略）おほやけの御けしきあしかりけりをのかよはひを思けれとわか、らぬ人はき、をりけり
或本わかえぬひとに云々

すなわち傍線部のように、日大為相本には存しない「或本」に基づく注記が、大島本には存するのである。これは一体どういうことなのかというと、要するに日大為相本の方の祖本が基づいていたのが、ただの越後本だったのに対し、大島本の方の祖本が基づいていたのは、「或本」と接触したあとの越後本だった、ということだったと推量される。言い換えれば、越後本単体からの派生本が日大為相本だったのに対し、越後本にさらに「或本」が足された一本からの派生本が、この大島本だったのではないか、ということである。このようであったとすると、問題の(E)(F)の奥書のうち、少なくとも(E)については、その「或本」に存した奥書が転載されたものだったと解することが可能となってくるのであって、おそらくはそう捉えておいて大過ないように思われる。

残る(F)の奥書については、大島本祖本の拠った越後本において、(E)に続けて付加されていたものか、それとも顕昭本の方に存していたものか、(E)ほどの徴証に欠けているため、いずれであるかの特定はできない。

ここまでをまとめれば、大島本にある(A)～(J)の奥書類のうち、越後本にあったのが(B)(C)(D)と(E)、対して顕昭本にあったのが(G)、また越後本・顕昭本のいずれかにあったのが(F)であり、そして両本を統合した際に加えられたのが(H)だったということになる。よって残るは(A)と(I)(J)とである。うち巻末注記とで

も呼ぶべき(A)は、その位置からすると(B)と同様、越後本に含まれていた可能性が高そうであるが、それはちょうど日大為相本の散佚部分に該当するので、確認のしようがない。

一方、最後の(J)の付載章段②というのは、(I)の識語によると「この本」にはなく、「小式部内侍か自筆の本」にはあった章段群だったという。うち「この本」については一見、大島本の本段部分を指すものと読めてしまいそうでもあるが、しかし何より(I)冒頭に「或本云」とある以上、すでに片桐洋一が、

この二十四段（論者注、(J)の付載章段②を指す）は「この本になきをえりいでて」とあるごとく、底本にはないものばかりであるはずだが、その底本は、「或本云」と記していることからもわかるように、伝為氏筆本の本体をなす大島本の類ではない。

と論じているとおり、(I)(J)は「或本」からそっくりそのまま転載されてきただけのものであり、(I)以前の大島本とは直接的な関係はなかったものと理解するのが適切である。より丁寧に言えば、まず「この本」なる一伝本と「小式部内侍か自筆の本」とが校合されて、結果「この本」になかった「小式部内侍か自筆の本」二十四章段が「この本」の巻末部分に(J)のように増補された、と同時にその際の経緯が(I)の識語として「この本」に記録され、次いで今度は「この本」における(I)(J)が丸ごと、越後+顕昭本に「或本」として転載された、ということだったと思われる。

5　大島本の本文

以上の考証によって大島本の性格と、付随して日大為相本の性格の一端をも、ほぼ明らかにし得たのではなかろうか。すなわちまず大島本は、越後本に「或本」の付加された一本と、顕昭本との混合本文にして、かつその巻末に、すでに他本で抽出されていた小式部内侍本の特有章段を転載した伝本であ

り、一方の日大為相本は、基本的には越後本からの派生本と認められるものの、転写の過程で長大な勘物が省略されたり、何らかの理由によって奥書の位置が変えられたりした伝本だったとみられるのである。

最後に大島本の本文についても言及しておく。山田清市dは、顕昭『古今集註』所引本文とほぼ一致することなどを論拠に、大島本の本段部分は顕昭本そのものであると論じた。しかし大島本の性格が確かに右のとおりであれば、もちろん簡単にそうは割り切れなくなってくる。例えば現存諸本中、大島本と日大為相本の両本のみが共有している（ここでは大島本の本文を掲げる）、

・或本あひはみて　或あひもみて（22）
・後撰にはたはれしまをみて云々（61）
・或考物云大御息所は染殿の后此女は二条后云々（65）
・私云えにしあれはとはえんといふ事也あさくともすくせあらはといふを（69）
・此哥伊勢集ニあり（72）
・田邑文徳天皇諱道康仁明天皇長子母藤原順子左大臣冬嗣女或考物きたのこ僻事也小野宮也（77）
・或月もかくれし或やまはあれはそ月もかくる、此哥後撰には上野峯雄哥詞に月よにかれこれしてとあり（82）
・此哥在業平集古歌不見如何（87）

といった独自異文に関しては、顕昭本ではなく、越後本に由来するものだったとみるのが適切だろう。もしこれらが顕昭本に由来するものだったとすると、顕昭本とは接触していなかった日大為相本に見出されることの説明がつかなくなるからである。

単純に考えてみれば、越後本＋顕昭本たる大島本から、越後本たる日大為相本を差し引いて残った、大島本の独自異文がすなわち、顕昭本の特有本文だったということになるはずだろう。もっとも、理屈

としては両本同じであるはずの、例の(C)付載章段①においてさえも、実のところ（以下便宜上、日大為相本―大島本の順に掲げる）、

・たかけれは―ちかけれは（D）
・はなふけ―はなむけ（115）
・君にあひみて―君にあはすて（116）
・あひみるまては―あひみぬまては（37）

といった異同が散見されることからすると、すでにそれぞれの本文の転写の過程で、相応の転訛が生じていたとみざるを得ない。従ってそうした分は差し引かなければならないが、それでも例えば、

・をはしましけるときとかや（6）―をはしけるときの事とそいとこの女御はそめとの、のきさきなり
・おもしろく《き》をゝりて（20）―をもしろきをゝりて女のもとにみちより
・かみをかしらにまきあけて（23）―つくらくしをさしかけてかみをまきあけて
・かりにいきたるにありきてをそくきけるに（38）―ものにいきてをそくかへりけるに
・あかぬわかれの（40）―あかぬなこりの
・いますかりけり（65）―いますかりけるいとこなりける
・こひわたるかな（72）―かへるなみかな
・ほむるうたよむ（81）―ほむるに哥やみなからしもよむしかる中に
・このこゝろさしはたさんと思ひけれは（86）―この事とけんといへりけれは
・九条殿にてせられける（97）―九条殿せられけるときに

といった異同に関しては、やはり転訛だけでは説明しきれないように思われる。その点これらに類する異同の中に、顕昭本の特有本文が含まれている可能性が高いとみてよいかもしれない。また日大為相本

にはなくて、大島本にはある、
・或本には素性か集ニ伊勢かもとへきたるをあるものをされと伊勢か集のひか事也（5）
・在拾遺抄忠光哥言語相違也橘基忠人ニかよふころとをきところへまかるとて（11）
・此哥猿丸大夫集ニあり（12）
・刑部卿紀有常　名とのをとこ也（16）
・かくいひやりたりけれはかれよりよろこひのかへり事とていへる／本になん／これやこのあまのはころもむへしこの《そ》きみかみけし《とイ》はたてまつりけめ《れイ》《こ》（16）
・古今　読人不知　この哥伊勢の集ニあり猿丸集ニあり（17）
・古今業ー　業平集ニあり（17）
・とよめりけるはまたおとこある人となんいひける（18）
・古今にはあきゝりに業平集にもあきの野にとあり返しなし（25）
・或本にはそてにみなと／よせつはかりに（26）
・万葉集第四／あしへよりみちくるしほのいやましにおもふかきみかわすれかねつる／又いはく／しほのえにみちくるしほのいやましにこひはませともわすられぬかな（33）
・万葉四云／たまのをゝあはをによりてむすへれはありてのゝちもあはさらめやは（35）
・年代記云淳和俗号西院或本斎院にてたかひことかみこをはしけり（39）
・或この哥本にはすゐなしこと本にすゐあるをみてかきてけり（43）
・或本にはいろにはいてしと思ひし物をと云々（65）
・此女は典侍藤原直子（65）
・清和天皇水尾御時なるへし大御息所とは染殿のきさきなるへし五条后とも（65）
・古今十三題読人不知　但猿丸大夫集ニあり（65）

・或云花のはやしにを或春のはやしを或ははなのみやこを云々（67）
・抑今案清和東宮年一践祚年九也仍東宮御息所如何（72）
・万葉集四かつらのことときいもをいかにせんとあり（73）
・背《そかし》そむきたる心なり或そかひて（77）
・これもしらかはのをとゝとそうちの本ニハあるかものはかのほとりに（81）
・なすらふへきかたなくといふことか（93）
・或本あさな〱　なよや〱（93）
・せうとゝいふ事或有或無（96）
・古今十七云但はしめの五文字はかをはときとあり／或人云此哥はさきのおほひまうちきみの哥也（98）

といった異文・勘物・注記の類に関しても、同様にみてよいかもしれない。少なくとも本段部分の、

〈日大為相本〉
…71　72―73　74　75　76…
〈大島本〉
…71　73　74　75　72―76…

といった章段配列の異同については、大島本のそれは顕昭本を反映したものと推断して大過ないのではなかろうか。

ともあれ大島本からは、顕昭本・小式部内侍本といった平安時代散佚伝本の片鱗を窺知し得るというばかりではなく、諸本の度重なる接触によって、『伊勢物語』という作品が接触・変容・増殖していくさまをも垣間見ることができそうである。

なお本論においては、「朱雀院のぬりこめ」本に関わる(E)(F)の奥書の解釈、また小式部内侍本の関連

資料の再考と、同本に関わるとおぼしき新出断簡の紹介、及びとりわけ、皇太后宮越後本をめぐるさまざまな問題についての検証——例えば難解な(B)の奥書はどのように解釈すべきであるか、とか、同本の本文がいわゆる定家本と一致する場合が多いのはなぜなのか、とか——その他多くを論じ残した。すべて今後に譲りたい。

付記

伝冷泉為相筆本（本論における日大為相本）につき、デジタル画像による閲覧、及び学術利用をご許可下さった日本大学総合学術総合センターに厚く御礼申し上げる。なお本論は、二〇〇九〜二〇一二年度日本学術振興会科学研究費補助金・基盤研究（C）「和歌・仮名散文を中心とする散佚写本の復元的研究」（課題番号二一五二〇二二七）の研究成果の一部である。

主要参考文献リスト

池田亀鑑「大島本」（『伊勢物語に就きての研究　研究篇』有精堂出版株式会社　一九六〇年）
内田美由紀「伊勢物語「皇太后宮越後本」の本文について」（片桐洋一編『王朝文学の本質と変容』和泉書院　二〇〇一年）
大津有一 a「塗籠本伊勢物語　傳民部卿局筆」（『伊勢物語に就きての研究　補遺篇　索引篇　図録篇』有精堂出版株式会社　一九五一年）

大津有一b「武者小路本伊勢物語」（同）
大津有一c「校本補遺篇」（同）
大津有一d「傳為相筆本の系統について」（同）
片桐洋一「平安時代の伊勢物語」（『伊勢物語の研究〔研究篇〕』明治書院　一九六八年）
佐佐木信綱「異本伊勢物語に就いて」（『文学』第九號　一九三二年二月）
関良一「伊勢物語散佚諸本管見」（『山形大学紀要（人文科学）』第三號　一九五一年三月）
田中宗作・杉谷寿郎「日本大学総合図書館蔵伝為相筆本『伊勢物語』翻刻と研究」（『語文』第六十一輯　一九八五年二月）
林美朗a「伝為氏筆本伊勢物語の構成と識語をめぐって―幻の異本・小式部内侍本論への一視角―」（『狩使本伊勢物語―復元と研究―』和泉書院　一九九八年）
林美朗b「伊勢物語「皇太后宮越後本」考について」（同）
柳田忠則a「伝為氏筆本伊勢物語の研究」（『伊勢物語異本に関する研究』桜楓社　一九八三年）
柳田忠則b「伝為相筆本伊勢物語の本文について―為氏本との比較を中心に―」（同）
柳田忠則c「『伊勢物語』異本研究の現在―広本の場合―」（王朝文学研究会編『論叢伊勢物語2　歴史との往還』新典社　二〇〇二年）
山田清市a「広本系統　宮内庁書陵部蔵　阿波文《（ママ）》庫本翻刻」（『伊勢物語校本と研究』桜楓社　一九七七年）
山田清市b「顕昭本翻刻」（同）
山田清市c「異本　鉄心斎文庫蔵　源通具本翻刻」（同）
山田清市d「伊勢物語「皇太后宮越後本・大島本」考（同）
『泉州本伊勢物語』（國學院大學学術部　一九四一年）

『国立歴史民俗博物館蔵貴重典籍叢書　文学篇　第十六巻　物語一』（臨川書店　一九九九年）

◉『伊勢物語』大島本奥書再読　**久保木秀夫**

第二章

『竹取物語』の和歌

――不定形なテキストの矛盾

◎谷 知子

たに・ともこ
現職◎フェリス女学院大学教授
研究分野◎和歌文学・中世文学
著書◎『百人一首』(角川ソフィア文庫・角川学芸出版 二〇一〇年)、『和歌文学の基礎知識』(角川選書・角川学芸出版 二〇〇六年)、『中世和歌とその時代』(笠間書院 二〇〇四年)など。

『竹取物語』には、一五首の和歌が記載されている。すべて贈答歌であるが、本稿では、詠者別に分類して、まとめて読むことで、その特質を浮かび上がらせてみたい。

難題譚における男たちの和歌は、ひたすら真心、恋の思いの強さを訴えることに尽きている。地の文では、難題に応えることができないことを明かしておきながら、和歌においては虚偽は隠し、真心を訴える。そして、その真心は、いかに命がけであるかが焦点で、命を捨てる行為が試金石となっている。かぐや姫の和歌は、真心を期待していたのに、裏切られたといって男を責める。しかし、地の文では、姫は結婚する気が全くなく、難題を解決してしまうことを恐れているのだから、こちらもまた地の文と大いに矛盾している。つまり、物語は、男たちにもかぐや姫にも、和歌というかたちで大嘘をつかせているのだ。これは、おそらく、地の文に後から恋の贈答歌をはめ込んだために起きた現象であろう。そして、和歌が本質的に持っている性格にも起因している。

帝の物語では、帝が恋のために永遠の命を放棄しており、命が恋の一種の試金石となっている点では、難題譚と共通している。しかし、和歌だけを比較すると、難題譚と帝の物語は異質である。帝とかぐや姫の関係性も和歌において非常に希薄で、相手の心情に近づいていく過程が見えない。難題譚とはまた異質の矛盾を抱え込んだ和歌が配置されているのだ。

『竹取物語』の和歌（恋歌）は、恋歌の原型、心を重んじ、男の心のありかを問いかけあうという素朴な原型を示している。時代が下るにつれて、次第に社会性を帯びてくるために、むき出しの原型ではなくなるが、この点は本質的には変わらないのである。難題譚と帝の物語の和歌の異質さは、どこに起因するのか。この問題は、『竹取物語』の生成と深く関わっていると想定しておきたい。

1 はじめに

『竹取物語』は「物語の出で来始めの祖」（『源氏物語』絵合巻）と言われ、日本の物語の元祖とも位置づけられているが、実は、古い伝承や古物語に複数の作者の手が加わって現在のかたちに至っている。原『竹取物語』は漢文体であったというのが大方の見方で、後に和文体に書き改められ、そのときに一五首の和歌も詠み加えられたのだ。▼注1 いわば、不定形で、かつパッチワークのような作品が『竹取物語』なのである。

さて、『竹取物語』に収められている和歌が持つ意味、物語の地の文との関係性は、果たして明らかにされているのだろうか。物語の祖としての文学作品における和歌の位置づけは、その後の物語と比べて、また恋歌と比べてどうなのか。現『竹取物語』の和歌は、和歌史の中でどう位置づけられるのだろうか。

本稿では、現『竹取物語』に含まれる和歌（恋歌）を検証する▼注2ことによって、和歌史、中でも恋歌の系譜の中に位置づけ、そこから物語の不定形性、テキストの矛盾に迫ってみたい。

2 難題譚の和歌

物語中の和歌を検討するにあたって、本稿では詠者別に分類して、読むことを試みたい。本来は贈答歌であるが、詠者別にまとめてみることで、その特質を浮かび上がらせることを目指してみたい。

▼注1 一五首の和歌の縁語や掛詞の用法からして、『古今和歌集』撰進の少し前の九世紀末から、一〇世紀の初め（紀貫之が『竹取物語』絵の詞を書いたとする『源氏物語』絵合巻の説による）の間の和歌と想定されている（片桐洋一）。

▼注2 『竹取物語』の和歌の丁寧な解釈は、大井田晴彦論文を参照されたい。

Ⅰ　求婚者たちの和歌

まずは、難題譚における求婚者たちの和歌から検討してみよう。詠者の人名をタイトルとして、掲げ、『竹取物語』の和歌は、ゴシック体で引用した。

①　石作の皇子　仏の御石の鉢

求婚者の一人石作の皇子に与えられた難題は、「仏の御鉢の石」であった。皇子は、天竺に取りに行ったと嘘をついて、大和国十市の里の山寺にあった普通の鉢を錦の袋に入れて、かぐや姫に差し出す。そのときに添えられた和歌が次の一首である。

海山の道に心をつくし果てみ（な）いしのはちの涙ながれき

「ないし」は「御石（みいし）」の誤写。「はち」は「鉢」に「血」を掛けている。「心をつくし果て（精魂を尽くし果てて）」「血の涙ながれき（悲しみの血の涙が流れたよ）」と、ひたすら恋心の強さを訴えている。

しかし、かぐや姫は、鉢が光を発しない偽物であると見破り、突き返す。偽物であったことが露見した後、皇子は偽物の鉢を門口に捨てておきながら、再び次の和歌を贈る。

白山にあへば光の失するかとはちを捨てても頼まるるかな

皇子は、露見後もあくまでも本物であったと言いはる。地の文と大いに矛盾しているが、和歌においてはあくまでも真心を訴え続ける。「はち」は、ここでは「血」ではなく、「恥」の掛詞である。先の和歌では、「鉢」と「血」が掛けられていたのに、連続した文脈において、掛詞の組み合わせが変化するというのは珍しく、和歌としては異例だろう。この背景には、「血」から「恥」へと、あえて掛詞を変化させたところに意図があるのか、それとも時代性を表すのか。

姫に見破られた後も、皇子は自分の虚偽を認めず、あくまでも本物であったこと、自分の愛情は真実であったことを、和歌ということばでもって最後まで主張し通している。

②　くらもちの皇子　蓬莱の玉の枝

くらもちの皇子の難題は、蓬莱の玉の枝である。皇子は、難波から出港したと見せて、漕ぎ戻り、密かに鍛冶工を集め、玉の枝を造らせる。その偽造した玉の枝に手紙を付けてかぐや姫に贈った。その手紙に書かれていたのが、次の和歌である。

いたづらに身はなしつとも玉の枝を手折らでさらに帰らざらまし

はなから偽物を作っていく過程を明かしている地の文と、大いに矛盾している。「いたづらに身をなしつとも」は、我が身が死んでもという意味。命をかけて難題に挑んでいると、和歌においては嘘をつき続けるのだ。この点で、石作の皇子と全く同じである。さらに、三句以降も「玉の枝を手折らでさらに帰らざらまし」と、真実の玉の枝を手に入れたと、真っ赤な嘘を主張している。かぐや姫に贈った歌だからということもあるが、読者は当然地の文と和歌の矛盾を目の当たりにしつつ、読むことになる。

苦労話の後、同情する翁に返した和歌が、次の一首である。

わが袂今日かわければわびしさの千ぐさの数も忘られぬべし

「わびしさの千ぐさの数」は、玉の枝を手に入れるまでの苦しみの大きさを表現するもので、これもまた嘘の上塗りである。読者は嘘を見抜きつつ、この和歌を偽りのことばとして読まされるのである。しかし、不払いの代金を要求しにやって来た工匠によって、皇子の嘘が暴かれてしまう。その後、皇子の和歌はない。

③　阿倍の右大臣　火鼠の皮衣

阿倍の右大臣の難題は、火鼠の皮衣である。大臣は、高い代金を支払って、唐土から火鼠の皮衣を手に入れる。そして、箱に入れてかぐや姫に贈り、次の和歌も詠み贈る。

かぎりなき思ひに焼けぬ皮衣袂かわきて今日こそは着め

ここでも、限りない恋の思いと、涙に濡れた我が衣を訴える。苦しみや悲しみの大きさが、恋心の深さに比例するという発想だ。そして、先のくらもちの皇子同様、やっと涙が乾いたと詠む。これもまた、一貫して嘘に塗り固められた和歌である。

④　大伴御行の大納言　龍の首の玉

和歌はなし。

⑤　石上の中納言　燕の子安貝

石上麿足は、燕の子安貝を取ろうとして失敗し、病気になってしまう。「待つかひなしと聞くはまことか」と尋ねてきたかぐや姫に対して、次の歌を返す。

かひはかくありけるものをわびはてて死ぬる命をすくひやはせぬ

「わびはてて（苦しみ抜いて）」「死ぬる命（死んでしまうわが命）」と、石上の中納言もまた思いの強さ、命がけであったことを訴えている。「貝はかくありけるものを」は、「なかったのでしょう?」と問い詰めるかぐや姫に対して、あくまでもあったのだとしらをきり通したことばである。でも、もはや瀕死状態の私にとっては意味もないというのだ。

こうして見ると、難題に違いはあれど、男たちが詠む歌は、ほとんどが同じ趣旨である。命がけであること、思いが強いことをひたすら訴え、地の文では初めから暴かれているインチキを最後まで認めず、ひたすら真心を訴え続ける。

かぐや姫に贈る歌とはいえ、はなからインチキを明かしている地の文と和歌は大いに矛盾している。地の文の展開とは乖離して、ただただ命がけの恋、真心をもって難題に挑んだことを訴えるのだ。地の文とおよそそぐわない内容という点で、後の物語における和歌の位置とは甚だ異質である。地の文から切り離して和歌だけを読むと、恋歌の類型そのものであり、和歌自体に地の文のような滑稽さは全くないのである。

また、ことごとく姫にその思いを否定されるという点も、すべての和歌に共通している。

次に、かぐや姫の和歌を見てみよう。

Ⅱ　かぐや姫の和歌

①　石作の皇子　仏の御石の鉢

かぐや姫は、石作皇子が差し出した鉢を、「光やあると見るに、蛍ばかりの光だになし」と、偽物であることを見抜いた後、次の歌を詠む。

置く露の光をだにもやどさましをぐらの山にて何もとめけん

なぜ、ここで「をぐらの山（小倉山）」が登場するのかというと、小倉山は古くは大和国の歌枕で、奈良県桜井市のあたりとされ、皇子が偽物を見つけて来た十市の里の近くだからである。

夕されば小倉の山に鳴く鹿は今夜は鳴かず寝ねにけらしも
（万葉集・巻八・一五一一・舒明天皇）

の例のように、「小倉」に「小暗」を掛け、光と対をなす。しかし「露」と組み合わされる「小倉山」は山城国の小倉山である。

露けさはわが身のさがぞ小倉山麓の野べの秋ならねども
（長秋詠藻・一八九）

露霜のをぐらの山に家ゐしてほさでも袖のくちぬべきかな
（拾遺愚草・九八六）

『長秋詠藻』の「さが」は「嵯峨」を掛けているので疑いなく山城国の方で、『拾遺愚草』も「山家五首」題の歌なので、山城国の小倉山だろう。いずれも「置く」を掛け、「露」の縁語となる。

とすると、『竹取物語』の「おく露の」の歌は、大和国の小倉山を設定しながら、「露」深い場所という点では山城国の小倉山の本意によっているのである。小倉山の歌枕が大和国から山城国へと移っていく過渡的な時期を想定したくなるが、ただし、『竹取物語』の「露」は、石作の皇子が詠んだ

うみ山の道に心をつくし果てみ（な）いしのはちの涙ながれき

の「涙」を受け、「あなたは涙を流したというが、涙つまり露の光でさえ宿していないではないか」という意味を持つ。ここでも皇子は誠心誠意を訴えるが、姫がその真心を根底から否定するところに、この歌の主意はある。

かぐや姫の「おく露は」の歌は、「まし」の反実仮想と「何もとめけん」の問いかけによって、骨格が構成されている。「本物の光でなくても、あなたの真心の涙だけでも宿していてくれたらよかったのに」という願いは、鉢がほしいのではなく、あなたの真心がほしいのだという意味だ。もちろん反実仮想の構文なので、事実はそうではないことを前提としているわけだが。「何もとめけん」という、一体何を探してきたのだという問いかけは、探すことの行為自体を否定している。

かぐや姫のこの歌の主意も、男たちの歌と同じく、地の文と大きく矛盾している。地の文では、結婚したくないがために難題を出し、男たちが本物を手に入れることを恐れていると明かしている、和歌においては、あくまでも男の真心を求める思いだけが吐露されているのだ。

② くらもちの皇子　蓬莱の玉の枝

さて、次は、くらもちの皇子と蓬莱の玉の枝である。皇子は、全財産を投じて、玉の枝を偽造する。しかし、後日工匠が褒美を請求に来たことで偽物であったことが露見し、かぐや姫は次の歌を詠む。

まことかと聞きて見つればことの葉をかざれる玉の枝にぞありける

「まこと」と「かざれる」が対照的に置かれ、「葉」と「枝」が縁語となる。本物かと聞いてみると、言葉で飾り立てた偽りの玉の枝だったなあと、二つの時間が逆転していくかたちで嘘が暴かれている。これも糾弾の歌で、責められているのは、男に誠の心がなかったという点に尽きる。地の文では、男の真心など求めていないのに、和歌においては真心がないといって責めるのである。

次は、阿倍の右大臣と火鼠の皮衣の話である。これもまた、火の中に入れるとあっけなく燃えてしまい、偽物であることが露見する。

③　阿倍の右大臣　火鼠の皮衣

名残なく燃ゆと知りせば皮衣思ひのほかにおきて見ましを

この歌にも、反実仮想「せば～まし」の構文が用いられている。「思ひ」に「火」を掛けているのは、阿倍の右大臣の次の贈歌を受けたものである。

かぎりなき思ひに焼けぬ皮衣袂かわきて今日こそは着め

限りない「思ひ」という火にも焼けない皮衣という上の句を受け、それがあっけなく燃えると転じ、ここでも男の愛情を期待してみせた上で否定しているのである。

④　大伴の大納言　龍の首の玉

和歌はなし。

⑤　石上の中納言　燕の子安貝

この例では、男は腰に大けがを負い、弱ってしまう。そこに贈られてきたのが、かぐや姫の次の歌である。ほかの和歌のように、男の歌に応じる意味はなく、贈歌の位置づけとなる。

年をへて波立ち寄らぬ住の江のまつかひなしと聞くはまことか

「貝はなかったとはほんとうか」という下句は、疑問形を取りながらも、答えを知っていて聞くので、詰問の響きを持つ。この歌には、難題の素材「貝」も詠みこまれてはいるが、一般の貝と異ならず、一見すると「待つ女」の恋歌である。文脈上は、「すみのえ」である必然性はないが、住の江の名物「松」を導き、「待つ」を掛ける。さらに「貝」に「甲斐」を掛け、通常の恋歌に仕立てられている。

以上、かぐや姫の和歌を検討してきたところで、その特徴をまとめてみよう。表現としては、「まし」を用いた反語文や質問・詰問の口調が目立つ。鈴木宏子氏は、反実仮想の歌について、

> 反実仮想の歌には、意のままにならない現実に対して、こうあってほしいという願望を表明する例がまま見られる。このような場合、反実仮想という語法は、切実な願望とその願望の成就は不可能

であるという認識とを、二つながら同時に表現することになる。この点で「反実仮想」を行なう精神は、悲しみの感情とも近しいものであろう。

と指摘する。

難題譚の地の文においては、結婚したくない姫が、到底叶えることが不可能な難題をわざと出し、男たちの嘘や非力が次々暴かれていくという構成であるのに、和歌を見ると、真心を訴える男たちと、それを次々と否定し、糾弾していくかぐや姫の応酬の繰り返しである。和歌においては、物が偽物ということではなく、心、愛が偽物だという点が非難されているのだ。時に、反実仮想という語法を用い、切実な願望とかなえられない悲しみを表現する。つまり、姫が求めていたのは、物ではなく、真心であるという姿勢が、和歌においては貫かれているのだ。ただし、姫の心、愛情の有無は一切詠まれない。問題となるのは、男の真心のみで、姫の愛情は全く問題にされていない。

以上、求婚者の歌とかぐや姫の歌を検討してきた。繰り返しになるが、男はひたすら真心、思いの強さを訴える。予め、地の文では、難題に応えることができないことを明かしておきながら、和歌においては虚偽は隠し、真心を訴える。その真心は、いかに命がけであるかが訴えられ、命を捨てる行為が試金石となっている。そして、かぐや姫は、真心を期待していたのに、裏切られたといって男を責める。しかし、地の文では、姫は結婚する気が全くなく、難題を解決してしまうことを恐れているのだから、いずれも大いに矛盾している。

物語は、男たちにもかぐや姫にも、和歌というかたちで大嘘をつかせている。これは、どうしてなのだろうか。後の物語においては到底ありえないかたちである。和歌というものが本質的にもっている性格のためなのか、散文と韻文の本質的な役割の違いのためなのか。

これは、おそらく、地の文に後から贈答歌をはめ込んだために起きた現象であろう。『竹取物語』の成立じたいにこうした矛盾が起きる原因をはらんでいたのである。そして、地の文と整合性をもたせようという気がなく、常套的な恋の贈答歌の類型にのっとって、作歌し、はめこんだのである。歌じたいは、掛詞や縁語を用いてはいるが、現在想定されているような著名な歌人を必ずしも想定する必要はないと考える。

3 帝とかぐや姫の和歌

では、次に帝とかぐや姫の物語における和歌を検討してみよう。ここでも、帝の歌と姫の歌を分けて掲出してみたい。

―帝

帝の和歌は、二首である。まず一首目は、かぐや姫を見初めたが、翁の邸から連れ出すことに失敗し、詠んだ歌。

帰るさのみゆき物憂くおもほえてそむきてとまるかぐや姫ゆゑ

かぐや姫のために帰る気になれないという恋心を吐露しており、ここでも求愛の思いが詠まれているが、難題譚の男たちのように命がけといった必死の様相はない。また、歌を贈る相手を「かぐや姫」と詠んでいて、「人」「君」という、和歌通常の呼称と異なっている。

二首目は、かぐや姫が昇天した後、帝は永遠の命を望まず、不死の薬を処分する決意をする、そのときの和歌である。

あふ事も涙にうかぶ我が身には死なぬ薬も何にかはせん

涙にくれながらも、永遠の命の放棄を決意する。しかし、もはやかぐや姫に訴えるわけではなく、独詠するのみである。

帝が永遠の命を放棄する話は、古く『古事記』にも見られる。例えば、ニニギの求婚物語である。アマテラスの孫であるニニギは、山の神オホヤマツミの娘コノハナサクヤビメに求愛する。オホヤマツミはコノハナサクヤビメに加えて、姉娘のイハナガビメも一緒にニニギのもとに送った。しかし、ニニギはイハナガビメを送り返し、コノハナサクヤビメのみを妻とした。そのとき、父のオホヤマツミが言ったことばが、次のくだりである。

我が女二人ともに立て奉りし由は、イハナガビメを使はば、天つ神御子の命は、雪降り、風吹くとも、常に石のごとくして、常に堅に動かずいまさむ。また、コノハナサクヤビメを使はば、コノハナの栄ゆるがごとく栄えいまさむとうけひて、貢進りき。かくイハナガビメを返らしめて、ひとりコノハナサクヤビメのみをとどむるが故に、天つ神の御子の御寿は、木の花のあまひのみいまさむといひき。かれここをもちて、今に至るまで、天皇命等の御命は、長くあらぬぞ。

（『古事記』上巻）

日本の天皇は、永遠の命（イハナガヒメ）と繁栄（コノハナサクヤビメ）の両方をさし出されながら、永遠の命（イハナガヒメ）は受け取らず、繁栄（コノハナサクヤビメ）だけを手に入れたという論理である。コノハナサクヤビメと結婚することによって手に入れた繁栄とは、いったい何を意味しているのだろう。コノハナサクヤビメは、桜の花の象徴である。古代における桜は、穀霊が宿る花と信じられていた。満開の桜は秋の豊作を予告し、農事を開始する合図でもあった。桜の開花は、日本の稲作と深く結びついていたのである。とすると、コノハナサクヤビメ（桜）が天皇にもたらした繁栄とは、農作物の豊作を意味する。ニニギの結婚譚は、日本の天皇は自らの不死は放棄したが、国民の幸福と深く結びついた豊作を手に入れたことを象徴的に示しているのだ。

宮中南殿の前には、桜が植えられ、左近の桜と呼ばれている。この左近の桜と対称的に置かれているのが、右近の橘である。この橘もまた、桜と同様に、霊力のある樹木とされていた。橘には生命の源となるような呪力があり、その呪力に感染することによって、長寿を得られるという信仰があったのだ。『古事記』によると、橘は常世の国からもたらされた植物だという。垂仁天皇が、田道間守を常世の国に派遣して、時を定めず常に輝く木の実を捜し求めさせる。田道間守は常世の国に着き、その木の実を取って持ち帰ってきたが、そのときには既に天皇は他界していた。それで、田道間守は絶望して、大声で泣きながら、死んでいったという。このとき持ち帰った「時を定めず常に輝く木の実」が、今の橘なのである（『古事記』中巻）。橘が生命の源、不老不死の呪力を持つ植物とみなされていたことがよく知られる逸話であるが、ここでも、ニニギと同様、天皇は橘、つまり永遠の命を手に入れることができないのである。

宮中の左近・右近に植えられた桜と橘が、ともに天皇が永遠の命を手に入れられない物語と深く関わっていることは興味深い。『竹取物語』の帝も、永遠の命を放棄した、日本の天皇の一人なのである。また、帝の和歌は、難題譚と比べると、地の文との矛盾がなく、後の恋物語に近い。また、贈答歌のかたちをとっているが、一首一首が独立しており、贈答歌の性格が希薄であるという性格も持っている。

≡かぐや姫

かぐや姫の和歌も二首である。一首目は、先の帝の「帰るさの」の歌に対する返歌である。

葎はふ下にも年は経ぬる身の何かは玉のうてなをも見む

難題譚におけるかぐや姫の歌とは異質で、相手の思いを否定するのではなく、身分差を理由にして拒んでいる。拒む理由が全く違うのだ。難題譚においては、ただ男の愛情の有無だけが問われていたが、この場合は社会的な地位が問われており、逆に愛情の有無については全く問われていない。難題譚の歌とは、その点で大きな隔たりがあるのだ。この隔たりは、相手が帝だからか、それとも難題譚とはそもそも成立が異なるのか。

二首目の歌は、天の羽衣を着て昇天する直前に、帝あてに詠まれたものである。

　今はとて天の羽衣着る折ぞ君をあはれと思ひ出でける

最後の最後で、物語中初めてかぐや姫の心が詠まれていることに驚く。求愛者に対する愛情が吐露されているのだ。しかし、続く地の文は不思議である。

　ふと天の羽衣うち着せたてまつりつれば、翁を、いとほし、かなしと思しつることも失せぬ。

和歌に続く地の文では、帝ではなく、翁を思う心が消え失せたとしているのだ。和歌においては帝に対する心情が描かれていたのに、直後に続く地の文では翁への心情に変化しているのだ。これもまた、和歌と地の文の矛盾ではないか。

かぐや姫の二首の和歌も帝の和歌同様、贈答歌の体をなしていない。難題譚の和歌はおおよそ贈答歌の体をなしているのに、帝とかぐや姫の和歌は一見すると贈答には見えないのだ。前の歌を受けることばがなく、独立している。そして、難題譚と比べると、地の文との矛盾は少ないが、最後のかぐや姫の和歌については、地の文との矛盾が露呈している。

このように和歌だけを取り上げてみると、難題譚と帝の物語は異質である。場面や状況が異なるので、当然なのかもしれないが、そもそも歌のつくりが本質的に違うのである。帝とかぐや姫の関係性も和歌において非常に希薄で、相手の心情に近づいていく過程が見えない。難題譚とはまた異質の矛盾を抱え込んだ和歌が配置されているのだ。

しかし、帝は恋のために永遠の命を放棄している。恋のために命を放棄する、命が恋をはかる試金石となっている点は、不思議と難題譚と共通している。

4

命をかけた恋

以上、『竹取物語』における和歌を検討してきた。いくつか浮かび上がってきた特質をまとめてみよう。まず一点目は、難題譚において、男の真心だけが問題とされている点である。そして、真心は命をかける行為でもって示される。この点は、帝の物語も同様で、愛の物語の終結として、永遠の命の放棄が語られているのだ。『竹取物語』に語られる恋の本質は、社会性が希薄で、非常に「純粋」な究極の愛であり、命の放棄、命をかけるという点を全て基盤にしているように思われる。二点目は、難題譚における、和歌と地の文との乖離、矛盾である。これほど地の文と合わない和歌はない。虚偽や非力を初めから読者に明かしておきながら、和歌においては、男たちは平然と真心を訴え、かぐや姫もまたその気もないのに男の真心のなさを糾弾してみせるということの繰り返しである。三点目は、難題譚と帝の物語とでは詠まれた和歌が異質であるという点である。

この章では、一点目の真心の恋、命をかけられるかどうかが問われている点について、恋歌の系譜の中で考えてみたい。

数多くの恋物語が収められている『伊勢物語』には、真心を訴え、疑い、確かめあう話が散見される。例えば、『伊勢物語』冒頭の初冠の段を引用してみよう。

むかし、男、初冠して、奈良の京、春日の里に、しるよしして、狩にいにけり。その里に、いとなまめいたる女はらから住みけり。この男、かいま見てけり。思ほえず、ふるさとに、いとはしたなくてありければ、心地まどひにけり。男の着たりける狩衣の裾を切りて、歌を書きてやる。その男、しのぶずりの狩衣をなむ着たりける。

春日野の若むらさきのすりごろもしのぶの乱れ限り知られず

となむおひつきて言ひやりける。ついでおもしろきことともや思ひけむ、

陸奥のしのぶもぢずりたれゆゑに乱れそめにしわれならなくに

といふ歌の心ばへなり。昔人は、かくいちはやきみやびをなむしける。

男は、一目ぼれをした女にすぐさま恋心を訴えている。この場合の恋心は、初冠にふさわしい混沌とした恋心、自分でも説明できないような激情である。そこで、男は自分が着ていた狩衣のしのぶ摺りの乱れ模様でもって、本来目に見えない恋心を相手に示す。あまりにもよくできた話であるが、昔と今が比較され、昔はこうした「いちはやきみやび」があったとする。ここでは命がかけられているわけではないが、迸るような恋心を訴えることは美徳であり、過去にはそれがあったのに、今では失われてしまったというのだ。

次に、一〇七段は、代作ではあるが、恋の駆け引きの様相を物語っている。

むかし、あてなる男ありけり。その男のもとなりける人を、内記にありける藤原の敏行といふ人よばひけり。されど若ければ、文もをさをさしからず、言葉もいひ知らず、いはんや歌は詠まざりければ、かのあれじなる人、案を書きて書かせてやりけり。めでまどひにけり。さて男の詠める、

つれづれのながめにまさる涙川袖のみひちて逢ふよしもなし

返し、例の男、女にかはりて、

浅みこそ袖はひつらめ涙川身さへながると聞かばたのまむ

といへりければ、男いといたうめでて、いままで巻きて文箱に入れてありとなむいふなる。(後略)

ここで、恋心は涙の量ではかられている。男は流す涙の多さを訴えるが、女はそんな量では足りない、もっとたくさんの涙を流すならあてにしましょうと答えている。涙の量が恋心の大きさと比例すると考えられており、男が真心を訴え、女は心が足りないと言い返すという図式である。和歌においては

ただ恋心の量が問いかけ合われ、そして、地の文と矛盾なく展開している。

では、命をかける恋という型はどうだろうか。古代の物語や和歌には、命を投げ出す恋の類型が数多く見られる。例えば、『古事記』には、ヤマトタケルを助けるために自ら命を投げ出した弟橘比売命がいる。ヒメは、走水海の海神を鎮めるために、「妾、御子にかはりて、海の中に入らむ。御子は、遣さえし政を遂げ、覆奏すべし」と言って、自ら海に沈む。それから七日後に海辺に打ち寄せられたヒメの櫛を拾って、御陵とする。その後、ヤマトタケルは足柄峠に立ち、三度溜息をついて「あづまはや（我が妻よ、ああ）」と言う。このことばが「東（あづま）」の語源であるという。夫の使命を守るために自らの命を投げ出した姫と、その姫を恋慕する物語が地名由来と結びつき、語られている。愛の物語と地名由来譚が結びついている点で、『竹取物語』の帝の物語と共通している。

和歌史においては、命と恋との関わりは非常に深く、恋歌の一つの類型をなしている。その一例が「恋死」という歌ことばである。

『万葉集』には「恋死」ということばの用例は相当数見られる。『万葉集』に七九首ある「死ぬ」という語の八割以上を占めるのが、恋歌であるという（矢澤由紀）。

恋にもそ人は死にする水瀬川下ゆ我痩す月に日に異に

（万葉集・巻四・五九八・笠女郎）

朝霧のおほに相見し人ゆゑに命死ぬべく恋わたるかも

（万葉集・巻四・五九九・笠女郎）

思ひにし死にするものにあらませば千度そ我は死にかへらまし

（万葉集・巻四・六〇三・・笠女郎）

恋死なば恋も死ねとや玉桙の道行き人の言も告げなく

（万葉集・巻一一・二三七〇・作者未詳）

恋するに死にするものにあらませば我が身は千度死に反らまし
（万葉集・巻一一・二三九〇・作者未詳）

その中身を見るに、ほとんどが恋の苦しみのために死んでしまうという意味で、しかし、本当に死んでしまうわけではなく、死んでしまうくらい恋心が強いという訴えとして用いられている。八代集になると、「恋ふ」と「死ぬ」が分離してゆき、恋死が実態を失っていく。『古今集』以後の「死ぬ」の用例について、『古今集』は一二首中恋歌が一一首、『後撰集』は六首中すべてが恋歌、『拾遺集』は一五首中一三首が恋歌という（矢澤由紀）。『後拾遺集』の「恋ひ死ぬ」は四例で、『万葉集』からの脱皮が見られることが指摘されている（松本真奈美）。

「恋死」ということばを用いていなくても、恋のために命を落とすという和歌も数多い。『古今集』から三首引用してみよう。

恋しきに命をかふる物ならば死にはやすくぞあるべかりける
（古今集・恋一・五一七・読み人しらず）

夏虫の身をいたづらになす事もひとつ思ひによりてなりけり▼注3
（古今集・恋一・五四四・読み人しらず）

命やはなにぞは露のあだ物を逢ふにしかへば惜しからなくに
（古今集・恋一・六一五・紀友則）

六一五番の歌は、命と引き換えにしても逢いたいという意味で、次の「みをつくし」の歌に近い。

わびぬれば今はた同じ難波なるみをつくしても逢はんとぞ思ふ
（後撰集・恋五・九六〇・元良親王）

こうして見ると、和歌史における恋死の型は、その多くが恋心の強さを人に示すための方法として用いられている。ただ、『古今集』六一五番の歌や「みをつくし」の歌のように、我が命を引換えにして

▼注3 『源氏物語』柏木巻の引歌に用いられた和歌である。

も逢いたいという情熱を示す指針に使われる例もあり、この場合が、『竹取物語』には近い。

恋心は目には見えないので、人が恋心を訴えるとき、命や死を試金石とするほかに、どういう方法がとられるのだろうか。

その原始的な方法の一つに、涙の量や泣き声で表現する場合がある。

白玉と見えし涙も年ふればから紅にうつろひにけり

（古今集・恋二・五九九・読み人しらず）

わがごとく物やかなしき郭公時ぞともなく夜ただなくらむ

（古今集・恋二・五七八・藤原敏行）

枕より又知る人もなき恋を涙せきあへずもらしつるかな

（古今集・恋三・六七〇・平貞文）

命・涙・泣き声は、恋心を伝える人間の身体表現であるが、さらに和歌においては、人間ならざるもの、景物でもって人間の感情を表現する手法がとられる。それが、いわゆる心物対応構造である（鈴木日出男）。自然の景物と人間の恋心の共通点をつかみとり、目に見えない恋心を景物でもって形象するのだ。

例えば、繰り返しこみあげる恋心は、繰り返し打ち寄せる白波になぞらえられる。

立ち帰りあはれとぞ思ふよそにても人に心をおきつ白浪

（古今集・恋一・四七四・在原元方）

また、胸が熱くなるような恋心は、煙や火に、深い恋心は奥山の深さになぞらえられる。

人知れぬ思ひをつねにするがなる富士の山こそわが身なりけれ

（古今集・恋一・五三四・読み人しらず）

飛ぶ鳥の声も聞こえぬ奥山の深き心を人は知らなむ

（古今集・恋一・五三五・読み人しらず）

『竹取物語』の難題譚には架空の品物が数多く登場する。その物を手に入れることこそが愛の証であり、その物自体が男の愛情の象徴となるはずだった。命をかけることで愛の深さを表現するだけでなく、物を手に入れる行為が愛の証となっている点で、愛情の形象化がはかられているともいえる。その物の名前を詠みこみながら、愛を訴える男たちの恋歌は、変形の心物対応構造をなしているのである。難題譚は、外国の説話を骨格にしながら、盛り込まれた和歌は、難題に挑むという行動によって恋心を具現化しようという点で、難題が心を託す景物に相当しているのだ。不思議な現象である。

さて、ここで恋歌から平安物語に目を転じてみよう。恋歌においては実際には死ぬわけではないが、平安物語では恋のために死んでしまう話がまま見受けられる。

例えば、再び『伊勢物語』を繙いてみよう（大野順一・奥野英司）。

むかし、男かた田舎に住みけり。男宮仕へしにとて、別れ惜しみてゆきにけるままに、三年来ざりければ、待ちわびたるけるに、いとねむごろにいひける人に、「今宵あはむ」とちぎりたりけるに、この男来たりけり。「この戸開け給へ」とたたきけれど、開けで、歌をなむ詠みて出だしたりける。

あらたまの年の三年を待ちわびてただ今宵こそ新枕すれ

と言ひだしたりければ、

梓弓ま弓つき弓年を経てわがせしがごとうるはしみせよ

といひて、いなむとしければ、女、

梓弓引けど引かねど昔より心は君に寄りにしものを

といひけれど、男かへりにけり。女いとかなしくて、後にたちて追ひゆけど、え追ひつかで、清水のある所にふしにけり。そこなりける岩に、およびの血して、書きつけける。

逢ひ思はで離れぬる人をとどめかねわが身は今ぞ消え果てぬめる

書きて、そこにいたづらになりにけり

（伊勢物語・二四段）

恋歌と違って、この女は本当に死んでしまった。恋人を失った悲しみによって、死んだのである。

四〇段にも恋死の物語が見える。

むかし、若き男、けしうはあらぬ女を思ひけり。さかしらする親ありて、思ひもぞつくとて、この女をほかへ追ひやらむとす。さこそいへ、まだ追ひやらず。人の子なれば、まだ心いきほひなかりければ、とどむるいきほひなし。女もいやしければ、すまふ力なし。さる間に思ひはいやまさりにまさる。にはかに親この女を追ひうつ。

男、血の涙をながせども、とどまるよしなし。率て出でていぬ。男泣く泣くよめる。

いでていなば誰か別れのかたらぬありしにまさる今日は悲しも

とよみて絶え入りにけり。親あわてにけり。なほ思ひてこそいひしか、いとかくしもあらじと思ふに、真実に絶え入りにければ、まどひて願立てけり。今日の入相ばかりに絶え入りて、又の日の戌の時ばかりになむ、辛うじて生き出でたりける。

むかしの若人は、さる好けるもの思ひをなむしける。今の翁まさにしなむや。

（伊勢物語・四〇段）

蘇生したものの、この男は一旦は女を失った悲しみで死んでしまっている。そして、物語の語り手は、こうした命を落とすような恋を昔はしていたものだと賞賛する。命を落とすような恋は美徳であり、もはや現在では失われてしまったという点で、先に引いた初冠の段に似通う。

最後にもう一話引用しよう。

むかし、男ありけり。人の娘のかしづく、いかでこの男にもの言はむと思ひけり。うちいでむこと難くやありけむ、もの病みになりて死ぬべきときに、「かくこそ思ひしか」といひけるを、親聞きつけて、泣く泣く告げたりければ、まどひ来たりけれど、死にければ、つれづれと籠りをりけり。時は水無月のつごもり、いと暑きころほひに、宵は遊びをりて、夜は更けてやや涼しき風吹きけり。蛍高く飛びあがる。この男、見ふせりて、

行く蛍雲の上までいぬべくは秋風吹くと雁に告げこせ
暮れがたき夏のひぐらしながむればそのこととなくものぞ悲しき

（伊勢物語・四五段）

三話ともに別れや片思いの苦しみで死に至ったという物語である（蘇生したものもあるが）。恋のために苦しむと、ほんとうに死んでしまうこともありうると考えられていたのだ。恋歌は、死ぬほどつらいと詠むものの、実際に死んでしまうかどうかはわからない。

ここで、『竹取物語』と比べてみると、姫を手に入れるために命をかけた、もしくはかけたふりをした男たちと、姫を失ったために永遠の命を放棄した帝は、恋の苦しみのために死んでしまう人たちと同じではない。しかしやはり、古来和歌や物語に見られる死や命でもって表現される恋心の系譜にはあてはまるのである。恋歌や恋物語と本質的には通底しながら、和歌や恋物語とは違う枠組みの中に収められたがゆえに変形してしまった恋の歌であり、物語なのだと思う。

後世の『源氏物語』に少しだけ言及すれば、恋死の典型は柏木の物語である。しかし、柏木の場合は対社会的な名誉のために死んだとされる。この柏木の死を素材としているのが、式子内親王の次の歌であるという（後藤祥子）。

玉の緒よ絶えなば絶えね長らへば忍ぶることの弱りもぞする

（新古今集・恋一・一〇三四・式子内親王）

恋の物語は時代が下るに従って、社会性が強くなっていくのだ。

『竹取物語』の和歌は、恋歌の原型、心を重んじ、男の心のありかを問いかけあうという素朴な原型

を示している。次第に社会性を帯びてくるために、むき出しの原型ではなくなるが、この点は本質的には変わらない。『竹取物語』は奇抜な物語に、あくまでもオーソドックスな和歌をはめこんだために、矛盾が生じたのである。和歌は伝奇的な物語の中にあってもその本質を捨てられなかったとも言える。

5 結びにかえて

三点目の特徴として、難題譚と帝の物語との和歌の隔たりという点がある。もちろん、他の男たちと帝とでは立場の違いもあるが、成立状況についての異なりも示唆している。

『竹取物語』の写本は室町期までしか遡ることができず、どのような姿の『竹取物語』が読まれてきたのか、不明な点も多い。

まずは、平安時代の物語に引用される『竹取物語』を簡単にまとめてみよう。延喜九年（九〇九）のことかとされる『大和物語』七七段収載の和歌に、『竹取物語』と思しい話が引かれる。

竹取のよよになきつつとどめけむ君は君にとこよひしもゆく

（『大和物語』七七段）

宇多院から八月十五夜の月の宴に招かれていく皇女を引き留めることができなかったことを嘆いてみせた歌で、桂の皇女をかぐや姫、源嘉種を竹取の翁になぞらえている。月、竹取の翁、娘といった道具仕立てが、『竹取物語』の月世界に戻っていった箇所を踏まえていることは疑いない。

その後、『宇津保物語』（内侍のかみの巻）、『源氏物語』（手習巻）、『源氏物語』（絵合巻）、『栄花物語』（楚王の夢）、『浜松中納言物語』巻四、『夜の寝覚』巻一、『狭衣物語』と、多くの平安物語に『竹取物語』が引かれている。引用される箇所は、竹取の翁、十五夜に昇天するかぐや姫、難題譚が多く、帝の求愛や富士山の話には関心がないのか、それとも読まれていた『竹取物語』のかたちのせいか、ほとんど登場してこない。

平安時代末期に編まれた説話集『今昔物語集』巻三一・三三話「竹取ノ翁、見付ケシ女ノ児ヲ養ヘル語」は、求婚者が五人ではなく、三人であり、また、その難題の内容も現『竹取物語』とは異なっている。また、かぐや姫は月に帰るのではなく、空に帰っていく。この後の鎌倉時代の書物でも、基本的にかぐや姫は空に帰っていく話で締めくくられるようになる。

鎌倉時代の紀行文『海道記』では、かぐや姫は鶯の卵から生まれており、難題譚は全く語られない。不死の薬を富士山で焼くという地名由来譚でしめくくられているのは、現『竹取物語』と同じ。『古今集為家抄』も鶯の卵から姫は誕生し、難題譚を持たず、帝には薬ではなく、鏡を贈っている。▼注4

ここで和歌史に目を転じてみると、不思議なくらい『竹取物語』を踏まえた和歌は詠まれていない。物語を素材にした和歌があれほど詠まれた新古今時代やその後の時代においても、『竹取物語』を典拠とした和歌は皆無に等しいのである。『竹取物語』を素材にした和歌が詠まれるようになるのは、江戸時代を待たなければならない。

『六百番歌合』春中に「野遊」という題があり、一番で顕昭は次のような歌を詠んでいる。

若菜つむ野辺をし見ればたかとりの翁もむべぞたはれあひける　　(左・顕昭)

この歌に対し、右方の方人は「左歌、打ち任せてはたけとりとこそ申しなれたるを、たかとりといへる、さる証のあるか」とその読み方を非難し、左方の方人は「たかとりたけとり両様に万葉集に点じたり、随ひて又堀河院百首師時卿歌もたかとりとよめり」と弁護している。判者の藤原俊成は「左歌、竹取翁事はたかたけは両様にも申すなるべし」としながらも、「たけ」の訓のほうが妥当であると記している。典拠として引かれるのは『万葉集』ばかりで、『竹取物語』にはまったく言及がない。

また、『古今集』序文の影響もあって、富士山の煙が盛んに和歌に詠まれるようになり、「寄煙恋」

▼注4　『曽我物語』『三国伝記』『詞林采葉抄』『富士山の本地』『毘沙門堂注・古今集注』『為家・古今集注』『古今和歌集序聞書』(三流抄)『頓阿・古今序注』『了誉・古今序注』などに『竹取物語』伝説が掲載されている。

という題で和歌が詠まれたり、富士の煙論争がなされたりしているのに、『竹取物語』は話題に上らない。

新古今歌人たちは、『竹取物語』を読んでいなかったのだろうか、[注5]それとも『竹取物語』は彼らの美意識に合わなかったのだろうか。疑問である。

このように、『竹取物語』は物語の祖とされながらも、その姿は時代によって相当異なるかたちを見せていた。果たして、『竹取物語』とは、いつの段階のものをそう呼べばよいのであろうか。我々が一般に読む『竹取物語』の形態は、平安時代からはるか遠く下る時代に成立したものを指しており、平安時代の古態はよくわからない。現『竹取物語』を単純に物語の始祖として論じるわけにはいかないのだ。また、地の文と和歌は、甚だ矛盾しており、通常の恋物語とは異なる関係性を示している。本来物語に和歌はなかったが、どこかの段階で恋歌の定型に則って、はめこんだのである。こうしてみると、『竹取物語』は、和歌がないかたちの方が物語としては完成度が高いとさえ言えるのだ。

平安時代の物語はいずれも、古典と呼ぶにふさわしい知名度と魅力をそなえているが、原本に遡れないだけに、その古態がわからなくなっているものも多い。中学校・高等学校の教科書にも登場する『竹取物語』が、実は不定形で、時代によって流動的、後にさしはさまれた和歌が地の文と矛盾を引き起こしている作品であるということを、常に考慮しながら作品に向かう必要があることを、改めて胸に刻んでおきたい。

▼注5 『竹取物語』は、写本・古筆切れともに室町時代を遡ることができない。

主要参考文献リスト

大井田晴彦「竹取物語の和歌」(『名古屋大学文学部研究論集　文学五七』二〇一一年三月)

太田史乃「万葉集「恋ひ死ぬ」について」(『古代研究』第二五号　一九九三年一月)
大野順一「万葉の恋歌ノート―「恋ひ死ぬ」「恋ひわたる」「恋ひわぶ」考―」(『文芸研究』八二号　一九九九年九月)
岡一男『古典の再評価―文芸科学の樹立へ』(有精堂出版　一九六八年)
奥津春雄『竹取物語の研究―達成と変容―』(翰林書房　二〇〇〇年)
奥村英司「「恋死」という永遠の生―『源氏物語』柏木論のために」(『鶴見大学紀要　第一部　国語・国文学篇』第三一号　一九九四年三月)
片桐洋一『新編日本古典文学全集　竹取物語　伊勢物語　大和物語　平中物語』解説(小学館　一九九四年)
加納諸平『竹取物語考』(播仁文庫　一九二六年)
倉又幸良「『竹取物語』の帝物語―『漢武帝内伝』からの離陸―」(『中古文学』第五一号　一九九三年五月)
後藤祥子「女流による男歌―式子内親王歌への一視点」(関根慶子博士頌賀会編『平安文学論集』(風間書房　一九九二年)
小町谷照彦a「拾遺集恋歌の表現構造」(『国語と国文学』第四七巻第四号　一九七〇年四月)
小町谷照彦b「『蜻蛉日記』の和歌と表現」(『女流日記文学講座　第二巻　蜻蛉日記』(勉誠社　一九九〇年)
阪倉篤義「竹取物語における『文体』の問題」(『国語国文』第二五巻第一一号　一九五六年一一月)
鈴木日出男『古代和歌史論』(東京大学出版会　一九九〇年)
鈴木宏子「反実仮想の歌―教育学部の授業から―」(『千葉大学教育学部研究紀要』五三巻　二〇〇五年三月)

田口守「竹取物語と中世竹取翁伝説―姫の結婚と結婚拒否の間」（『中古文学』第二三号　一九七九年四月）
築島裕『平安時代の漢文訓読後につきての研究』（東京大学出版会　一九六三年）
益田勝実「万葉のゆくえ―恋の歌の発想・表現をめぐって」（『国文学　解釈と鑑賞』第三四巻第二号　一九六九年二月）。
松本真奈美「恋歌のことばとかたち―「恋死」の歌をめぐって」（久保田淳編『論集　中世の文学　韻文篇』明治書院　一九九四年）
三谷栄一『竹取物語評解』（有精堂　一九四八年）
矢澤由紀「贈答歌における「恋死」表現―『後撰和歌集』を中心として―」（『中央大學國文』（第五二号二〇〇九年三月）
吉田比呂子「説話と物語―竹取物語を中心として」（『弘前大学国語国文学』一二号　一九九〇年三月）

第三章

『大和物語』瞥見

――「人の親の心は闇にあらねども」を中心に

◎田渕句美子

たぶち・くみこ
現職○早稲田大学教授
研究分野○和歌文学・日記文学・中世文学
著書○『新古今集　後鳥羽院と定家の時代』(角川選書・角川学芸出版　二〇一〇年)、『阿仏尼』(人物叢書・吉川弘文館　二〇〇九年)、『中世初期歌人の研究』(笠間書院　二〇〇一年)など。

『大和物語』は魅力的な物語である。この物語の中には、古代王朝の人間味豊かな帝王・皇子たちや、生気ある女性たち、政治的に不遇な人々、そして名も知れぬ男女の、哀切な恋や別れなどが、生き生きと描かれる。いわゆる歌物語・歌語りであり、一方では和歌説話を集めた説話集としての枠組みをも備えているが、和歌の力を話の最後に示して終結する歌徳説話とは微妙に異なっており、哀艶な余情を残す話が多い。その古歌表現や、歌を含む古伝承が、ダイヤモンドの原石の如く歌人を惹きつけ、中世にも愛読された。

このように『大和物語』は、時に『伊勢物語』と並称されることもあり、中古から中世の和歌史の中でかなりの位置を占めている。その中に置き、特に『後撰集』など勅撰和歌集との断層を見る時に、どのように位置づけられるであろうか。

本稿ではまず『大和物語』と勅撰集との関係に注目し、そのうち『後撰集』と重複する和歌・話の中でも詠歌状況がまったく異なる第四十五段を検討する。第四十五段は、藤原兼輔の「人の親の心は闇にあらねども子を思ふ道にまどひぬるかな」という歌を中心に述べる話であり、『大和物語』の中でも著名な章段である。この歌について『大和物語』は、兼輔の娘が醍醐天皇の後宮に入った後、娘を心配して兼輔が醍醐天皇に奉った歌とし、一方『後撰集』は、藤原忠平が相撲の還饗を行った後の宴で兼輔が詠んだ歌と述べていて、詠歌事情が全く異なっている。一方では、古典和歌において親の心を詠んだ歌のうち、この「人の親の…」の歌ほど、おびただしく広く韻文にも散文にも引用された歌は、他に見られないほどに、人口に膾炙した歌なのである。

この歌について、詠歌年次の推定、当時の宮廷社会の状況、『兼輔集』の叙述、『後撰集』の本文、『定家八代抄』に見られる定家の理解などを検証した結果、『大和物語』が述べるような詠歌事情があり得ないことが明らかとなった。さらに『大和物語』がどのような作品と位置づけられていたのか、藤原定家ら中世歌人の眼から瞥見する。

1 はじめに

『大和物語』はどのような作品であろうか。例えば次のような把握がある。[注1]

「歌語り」の伝承や記録を忠実に伝えるというスタイルをとり、事実性をたてまえとして書かれた語りである。この点では、同じく歌物語といわれる『伊勢物語』が在中将（業平）や二条后（高子）といった実在人物の歌や事実性を出発点にしながらも、虚構化を意図して「男」「女」と抽象化したのとは対照的で、いつ・誰が・どのようにして歌を詠んだのかを事実として伝えようとする、スキャンダラスな裏話をも含んで、世俗の現実世界に向けて開かれたテクストである。

これは『大和物語』についての一般的な把握を反映するものであると思われる。まさしく『大和物語』は「事実性をたてまえとして書かれた」ものであり、その点では説話的性格を持つテクストである。事実をたてまえとする『大和物語』と、原則として事実を記す勅撰集のようなテクストとは、次元を異にする作品であることは、言を俟たない。しかし一方で、『大和物語』と勅撰集には、多くの共通歌がある。

これらの共通歌については、三代集を中心に、これまでに少なからぬ論があるが、その勅撰集と時代によって、二つの関係性の分析は異なる面を持っている。ここでは共通歌の数のみを示すと、『大和物語』と『古今集』との間には十八首、『後撰集』との間には三十三首、『拾遺集』との間には十四首の共通歌がある。そして院政期以降は、『詞花集』に一首、『新古今集』には八首、『新勅撰集』には十六首、『続後撰集』には八首、『続古今集』には六首、以下は暫く途切れる。

さて、これらの中でも、『大和物語』と『後撰集』は、ほぼ同時代の成立ということから、両書の関

▼注1 高橋亨執筆「大和物語」（『日本古典文学大事典』明治書院 一九九八年）。

係については多くの論があり、『大和物語』の成立にも関わるため、さまざまに論じられている。[注2]前述のように『大和物語』の章段で言えば二十四章段において『後撰集』との重複歌があるが、この二十四の章段の中で、とりわけ第四十五段は、作者と和歌は同じであるものの、詠歌事情は大きく異なっており、『後撰集』との相違がもっとも大きな章段の一つである。所収歌である「人の親の…」は、中世に至るまで影響を生んだ著名歌であるにも関わらず、これほどの断層が『大和物語』と『後撰集』の間にあることは、見過ごし難い問題であろう。[注3]本稿ではこの四十五段と関連資料を改めて精査して考察し、[注4]これをふまえて『大和物語』の位置についても言及したい。

2 『大和物語』第四十五段と『後撰集』との断層

『大和物語』第四十五段を掲げよう。[注5]

堤の中納言の君、十三のみこの母御息所を、内に奉りたまひけるはじめに、帝はいかがおぼしめすらむなど、いとかしこく思ひなげきたまひけり。さて、帝によみて奉りたまひける、

人の親の心はやみにあらねども子を思ふ道にまどひぬるかな

先帝、いとあはれにおぼしめしたりけり。御返しありけれど、人え知らず。

諸本において、この第四十五段の本文にはさほど大きな異同はないが、高橋正治bではP系統、南波浩では第二類異本系統とされる、天理図書館所蔵御巫《みかなぎ》氏旧蔵本（御巫本）と、愛媛大学附属図書館所蔵鈴鹿三七氏旧蔵本（鈴鹿本）の二本は、最後を「御返事ありけんかし。人はきかず」（鈴鹿本による）と

▼注2 菊地靖彦、杉谷寿郎a、妹尾好信a、中田武司、森本茂、柳田忠則、ほか。

▼注3 本稿では、『大和物語』と『後撰集』の間の書承関係の有無や前後関係、『大和物語』の成立などといった問題には触れない。

▼注4 本稿の骨子の一部分は、帝国女子大学家政学部児童学科発行の同人誌『ポラーノ』の第三号（一九九二年三月）掲載の「「人の親の心は闇にあらねども」考」という小論で述べたことがある。

▼注5 『大和物語』の本文は、野坂元定氏所蔵本（天福本系統）を底本とする『新編日本古典文学全集』所収『大和物語』（高橋正治a）によった。また高橋正治b及び本多伊平により諸本を参照した。ただし漢字・句読等は私意によった部分がある。

し、その後に「後撰雑一云…」として『後撰集』を引く（これについては後述）。

短くシンプルだが、心を打つ歌語りである。先に述べたように、この歌は、中古から中世、近世に至るまで、おびただしい影響を及ぼした。「人の親の心は闇にあらねども」という上句が「心の闇」に集約されていき、子を思う親の心は迷妄・惑乱に満ちていることを共感させる歌ことばとなり、韻文でも散文でも広く使われた。▼注6

『大和物語』の「堤の中納言の君」とは、藤原兼輔をさし、「帝」「先帝」は醍醐天皇である。「十三のみこの母宮すむ所」は、兼輔の娘桑子であり、醍醐天皇の更衣となって、第十三皇子章明親王を生んだ。その桑子を宮中に奉ったばかりの頃に、兼輔が娘桑子のことを心配して醍醐天皇に詠み奉った歌、という状況を伝えている。それは単に、宮中での娘の身の上を心配する親心という意味ではない。「帝はいかゞおぼしめすらむ」という表現には、醍醐天皇が桑子を深く寵愛するかどうかについて、父親が心配し心を痛めていることが表わされている。

しかし、勅撰和歌集である『後撰集』雑一（一一〇二）においては、この兼輔の同じ歌が、まったく違った詠歌事情を述べる詳細な詞書が付されて載せられている。定家筆天福二年本『後撰和歌集』▼注7によって掲げる。

太政大臣の、左大将にてすまひのかへりあるじ
し侍ける日、中将にてまかりて、ことをはりてこれかれ
まかりあかれけるに、やむごとなき人二三人許とゞめ
て、まらうどあるじ、さけあまたゝびのゝち、ゑひに
のりてこどものうへなど申けるついでに

兼輔朝臣

▼注6 「心の闇」の表現史については、妹尾好信bに詳しい。

▼注7 『冷泉家時雨亭叢書』第三巻『後撰和歌集　天福二年本』により、句読、濁点等を付した。歌番号は『新編国歌大観』による。また、以下において引用する歌集本文は、特記していないものはすべて『新編国歌大観』による。

人のおやの心はやみにあらねども子を思道にまどひぬる哉

太政大臣藤原忠平が左大将であった時、相撲の還饗をした日のできごととして書かれている。相撲の還饗とは、宮中で相撲の節会が行われた後、勝方の近衛大将が親王や貴族たちを私邸に招き、相撲人なども召して、饗応することであり、この年は左方が勝ったため、左大将である忠平が饗応したのである。当時中将であった兼輔も忠平邸へ赴いて、還饗に参加した。還饗が終わった後、忠平は「やむごとなき人二三人ばかり」を引きとめて、宴を続け、客も主人も盃を何度も重ねた後、酔った興にのって、話題が子どものことに及んだ時に、兼輔が詠んだ歌、と記述されている。公的な場ではなく、私的な宴、それもいわば二次会の酒席での詠であると、わざわざ詳細に述べているのである。そしてここでは、「子」が男女いずれであるかは明記されておらず、男子のことか娘のことかは不明であることに注意しておきたい。

このように、この歌の詠歌状況は、『大和物語』と『後撰集』とでは、まったく異なっている。柿本奨は、「どちらが事実に適うかを判断するには資料が足りず、本段を虚構とするのは、いわれなき事であり、双方共否定できぬ伝えであるとしなくてはなるまい」とし、本段と『後撰集』とを相互乗入れさせて考えた。今井源衛も、「『大和物語』と『後撰集』とのどちらを史実、どちらを虚構と決定することは無理であり、……根拠薄弱なままに一方を史実、一方を虚構臭の強い「異伝」として安易に処理することにも警戒を要するであろう。」としている。妹尾好信 a は、柿本奨説を肯定し、「おそらくは双方ともに正しいのであろう。すなわち、兼輔はこの歌を二度披露したのだと思われる。最初に作ったのは、『後撰集』が伝える通り、相撲の還饗の後で親しい者たち数人で二次会を開いた時のことであった。これはごく内輪の集りの中での披露であった。この時喝采を博したこの歌を、その後改めて帝に奉ったのであって、『大和物語』の伝える記事はその時の様子を記したものである。これは言わば公の場での披露なのであった。」としている。

そして前後を逆に考える論として、伊井春樹は、「詠作の事情が異なるが、まったく無関係であるはずはなく、どちらかが後に利用したにすぎないであろう。」「還饗よりも桑子の宮中入りの方が先なのではないだろうか。」と述べ、兼輔が帝に奉った歌を、忠平邸で披露したのではないかとした。またこの章段を詳しく検討した岡山美樹は、娘桑子を入内させることになった兼輔がこの歌を天皇に奉り、その後、相撲節会の折に子供のことに話が及んだ際に、ふと、子を思う親の心情としてこの歌を披露したと推定し、この二つが両立する年代のうち、延長二年（九二四）が『後撰集』の相撲節会であると断定した。しかしこの論は、『大和物語』『後撰集』双方が事実であると仮定した上で、さらに「こどものうへ」（『後撰集』詞書）に話が及んだのは、延長元年（九二三）の保明親王の急逝や、寛明親王の誕生によって生まれた話題であると仮定している。しかし彼らは「こども」というより、次の天皇となる至高の存在である。何よりも、親というものは、常に我が子が心配なものであり、男女を問わず、どのような時、どのような場でも、親であれば子の話題が出ても不思議はないのではないか。

このように、どちらが前か後かは異なるが、『大和物語』第四十五段と『後撰集』の両方が事実の反映であるとする説が多数を占める。それに対して、菊地靖彦は、『大和物語』の虚構性への傾きを積極的に認め、第四十五段も、『大和物語』の語り手の虚構であると述べている。また工藤重矩は、『大和物語』と『後撰集』といずれが正しいか決定できないが、『後撰集』の方が勝るか、と述べており、『後撰集』による限りはこの歌が兼輔個人の心情を吐露したものとは直截には言えず、その場の雰囲気をとらえての詠であり、多少とも俳諧的要素を含んだ歌であるとする。

この歌の詠歌背景について、『大和物語』『後撰集』双方が事実であると断定して良いのであろうか。以下、具体的に考えてみたい。

3 宮廷社会の状況から

まず、『大和物語』と切り離して、『後撰集』の詞書の検討を行っておく。この年次推定は、諸氏がそれぞれ行っているので、▼注8 ここでは簡単に示す。『後撰集』詞書の、忠平が左大将であったのは延喜十三年（九一三）より延長八年（九三〇）まで、兼輔が左近衛権中将であったのが延喜十九年（九一九）より延長五年（九二七）正月までである。従ってこの二つが両立するのは延喜十九年から延長四年（九二六）までである。この七年間のうち、相撲が行われ、かつ忠平邸で還饗が実際に行われた年及びその可能性がある年は、延喜十九年・同二十二年・延長二年・同四年などである。このように、『後撰集』の詞書自体には、特に疑問となる点は見出されない。

さて次に、『大和物語』の記述を検討しよう。『大和物語』では、この詠は兼輔が娘の桑子を醍醐天皇に入内させてまもなくの詠とあり、それは桑子が章明親王を生む延長二年（九二四）以前ということになる。▼注9 さて、この時期の政治情勢および醍醐天皇の後宮の状態はどのようであろうか。

藤原基経の三人の子、時平・仲平・忠平のうち、まず時平は、菅原道真を廃し、藤原氏の支配による摂関政治を展開したが、延喜九年（九〇九）三十九歳で没した。時平没後、忠平は兄仲平を越えて権中納言、氏長者となり、右大将、中納言などを経て、延喜十年に大納言、同十四年に右大臣となり、長く右大臣兼左大将として政権を掌握した。延長二年左大臣に転じ、同八年の醍醐天皇崩御、幼帝朱雀天皇即位とともに摂政となり、承平六年（九三六）太政大臣、天慶四年（九四一）関白となった。この忠平政権下において、摂関政治が定着をみたとされている。そして忠平の子孫は、長く栄華を極めることとなった。

▼注8 柿本奨、岡山美樹、工藤重矩、妹尾好信bなど。

▼注9 『日本紀略』延喜二十一年（九二一）五月二十三日条に「女御　卒、号楓御休息所」とあるのは桑子ではない。『大日本史料』同日条が桑子に比定しているのは、工藤重矩などが指摘している通り、誤りである。

言うまでもなく摂関政治の基盤は、一族の女性が天皇の母となり、一族が天皇の外戚になることにある。忠平政権を支えたのは、忠平の妹穏子である。これより先、基経の娘温子は、宇多天皇の女御であったが、皇子は誕生しなかった。温子の異母妹であり、忠平の同母妹である穏子は、醍醐天皇のもとに入内し、延喜元年（九〇一）女御となり、同三年（九〇三）、十九歳の時に醍醐天皇の第二皇子（保明親王）を生む。保明親王は皇太子となり、成人して子の慶頼王が生まれた。しかし延喜二十三年（九二三）、皇太子保明親王は突然発病し、二十一歳で急逝してしまう。この突然の死の衝撃は、『大和物語』第五段にも記されている。そして三歳の慶頼王が立太子した。またこの年（改元して延長元年）、三十九歳の穏子は、二十年ぶりに、第十一皇子寛明親王（後の朱雀天皇）を生んだ。そして翌延長二年（九二四）に、兼輔女桑子が、第十三皇子章明親王を生んだのである。ところが、翌延長三年（九二五）天然痘が流行して、天皇までが罹り、皇太子慶頼王も感染したらしく、わずか五歳で没してしまう。時平の死も含め、これら一連の悲劇は、菅原道真の祟りとして恐れられた。そして今度は、寛明親王が皇太子となる。穏子は、道真の祟りが寛明親王に及ぶことを恐れ、御殿の格子を昼でも上げず、昼夜火を灯した室内の御帳台の中で、三歳まで育てたと伝えられている（『大鏡』）。延長四年（九二六）に穏子は第十四皇子成明親王（後の村上天皇）を生む。延長八年（九三〇）、清涼殿に落雷し公卿殿上人らが死亡した事件も道真の祟りと恐れられ、醍醐天皇はこの衝撃により発病し、この年に寛明親王に譲位して（朱雀天皇）、まもなく崩御するに至った。

以上のように、当時の後宮と皇位継承は、藤原摂関家にとって不安が一杯であった。『大鏡』が「朱雀院生れおはしまさずは、藤氏の御栄え、いとかくしも侍らざらまし」と言うように、もしこの寛明親王の誕生がなかったならば、忠平一門の繁栄はなかったかもしれない。穏子が寛明親王を生んだことが、危うく断絶しかかった藤原氏の外戚の権威をつなぎとめ、藤原氏安定の時代を導き出したとされている（藤木邦彦）。

しかも前述のように、当時は道真の祟りが猛威をふるっていて、皇太子の相次ぐ急逝を招いたと信じられており、寛明親王が誕生したからといって、穏子も忠平も安心できなかった。延長三年以後の穏子は、皇太子寛明親王の身を案じて、頻繁に高僧による修法や修善供養を行っていた（角田文衛）。このように、桑子が章明親王を生んだ延長二年（九二四）を含む数年間、時平一門にとって、後宮政策は切迫した緊張状態にあったといってもよい。

工藤重短は、兼輔室のうち、桑子母は右大臣定方女であると推定した上で、この状況について、このように述べている。

東宮を忠平と正面切って争えば、定方・兼輔に勝ち目はない。忠平をひどく刺激しない程度に打てるだけの手は打って、あとは保明親王や慶頼王のように病没して、自然章明に廻ってくる僥倖を、定方や兼輔は期待したであろう。基経女の穏子を除けば、他に有力な藤原氏の女御更衣はいなかった。穏子所生の皇子でなければ、あとは章明を選ばざるをえない。延長四年六月成明（後の村上天皇）が誕生するまでは、そういう緊迫した状況だった。

従来の多くの説のように、『大和物語』『後撰集』双方が事実の反映であると想定すると、兼輔が帝に娘桑子への帝寵を訴えて御意を得た歌を、忠平に対してわざわざ披露した、あるいはその逆の順序で披露した、ということになるが、それは、このような切迫した微妙な状況下では、忠平が相手なのだから、非常に考えにくいことである。

しかも、『拾遺集』恋一によれば、忠平長男の実頼（清慎公）は、桑子に恋したようだ。

堤の中納言の御息所を見てつかはしける　　小野宮太政大臣

あなこひしはつかに人を水の泡の消えかへるとも知らせてしかな（六二六）

返し

ながからじと思ふ心は水の泡によそふる人のたのまれぬかな（六二七）

この歌は桑子の唯一の勅撰集入集歌である。実際に恋愛関係にあったのか、また時期がいつなのかはわからないが、忠平と兼輔にとって、さらに状況は複雑であると言えよう。

以上のことから、『大和物語』と『後撰集』とは、双方が事実であると考えるのはむずかしく、どちらか一方が具体的な事実を伝えていると考えるのが妥当であろう。改めてそう考えると、歌語りを集成したとされる『大和物語』よりも、『後撰集』詞書の方が、事実に根ざしている可能性がきわめて高い。『後撰集』の詞書は、何らかの典拠ないし体験がなければ書かれ得ない。けれども『大和物語』の記述は、兼輔女桑子が醍醐天皇の御息所であることを知っていれば[注10]、自然に生成されるような話型であると考えられる。『大和物語』には陽成院や醍醐天皇とその後宮を描く歌語りが多いし、召しがあるか、寵愛が得られるか否かをめぐる章段も多い。

『後撰集』の詞書が錯誤とは考え難い理由は、勅撰集の詞書は、近い時代の宮廷での出来事に関しては事実を原則とすること、とりわけこの場合は状況を詳細に具体的に記述していること、主要人物の忠平は『後撰集』下命の天暦五年（九五一）近くまで存生であったこと[注11]、また兼輔男には清正がいて、『後撰集』に関わっていたことなどがあげられる。

清正は、父同様に、三十六歌仙のうちに数えられており、朱雀・村上朝の専門歌人として活躍した。山口博によると、清正は、藤原仲平（忠平の兄）、敦忠（時平の子）、師輔（忠平の子）、章明親王（醍醐天皇皇子。桑子所生）、源高明（醍醐天皇皇子）など、天皇家・権門の人々と関わりが深かった。敦忠室であった仲平女は、敦忠没後に清正と結婚した可能性があるという。また清正は、天暦期歌壇で活躍しているのみならず、『後撰集』撰進の命が下った前後、蔵人として村上天皇の近くに祗候、蔵人を辞した後も昇殿を許され、天皇側近の一人となっていて、『後撰集』撰集の場にも居合わせており、撰者群とも関わりが深かったという。そして『後撰集』には、現存歌人中第四位の九首が入集している。時平・仲平・忠平一族と近く、『後撰集』撰集の場にも接していた清正の存在を考えると、『後撰

▼注10　当然のことだが、当時及びその後においては周知のことだっただろう。

▼注11　忠平は天暦三年（九四九）に関白太政大臣を辞し、八月に没した。

集』一一〇二の詞書が、事実無根であるはずがないし、『兼輔集』よりも詳しく状況を伝える『後撰集』詞書は、清正がもたらした詠草なり情報なりに拠ったものであったかもしれないのである。では次に、『兼輔集』について述べておこう。

4 『兼輔集』をめぐって

藤原兼輔の家集には、いずれもこの「人の親の…」の歌が収められている。『新編私家集大成』は、『冷泉家時雨亭叢書』所収本などにより、以下の五種の『兼輔集』を収める。当該の部分を掲げよう。

Ⅰ書陵部蔵五一一・二「中納言兼輔集」

このかなしきなと人のいふところにて

人のおやの心はやみにあらねとも子を思ふ道にまとひぬる哉（一二六）

このために残す命をすてしかなおひてさきたつこひかくるへく（一二七）

Ⅱ冷泉家時雨亭叢書『平安私家集九』所収「中納言兼輔集」伝阿仏尼本

このかなしきことをあつまりていひけれは、　中納言

人のおやのこゝろはやみにあらねとも子をおもふみちにまとひぬるかな（一〇六）

このためにのこすいのちもへてしかなおいてさきたつついなひさるへく（一〇七）

Ⅲ部類名家集本「堤中納言集」

右大臣、左大将にてすまひのかへりあるしゝはへるひ、中将にてまかりて、ことはてゝ、さるへきひと三四人許とまりて、まらうと、あるし、ゑひにのそみて、このうへなとまうすついいて

に

ひとのおやのこゝろはやみにあらねともこをおもふみちにまとひぬるかな（九六）

Ⅳ冷泉家時雨亭叢書『平安私家集三』所収「兼輔中納言集」坊門局筆本

十三のみこのはゝのみやすむところを、うちにまいらせて、いかゝありけむ

撰ひとのをやの心はやみにあらねともこをおもふみちにまとひぬるかな（七七）

Ⅴ冷泉家時雨亭叢書『平安私家集七』所収「兼輔中納言集」唐草装飾本

このかなしきこと、あつまりていひけるところにて

人のおやの心はやみにあらねともこをおもふみちにまとひぬるかな（一一一）

このためにのこすいのちもえてしかなおひてさきたつくひなかるへく（一一二）

このうち、Ⅲは『後撰集』以降の成立であり、詞書は『後撰集』に拠っていることは確実である。Ⅳは『大和物語』と同じ詠歌事情を記すが、これも後人の改竄本とされているので、『大和物語』に依拠した詞書であろう。ほかのⅠ・Ⅱ・Ⅴは、ほぼ詞書が共通している。ⅠⅡについては、これらは比較的原型に近く、祖本の段階では兼輔自撰かとされている。[▼注12] Ⅴは新出本であるが、この本文は意解などによる改訂を経ていない「当初性」を保持しているらしいと指摘されている。[▼注13]

古態を残すⅠ・Ⅱ・Ⅴの『兼輔集』詞書は、小異があるものの、我が子がいとしくてならないということを人々が親しく語り合った場を浮き彫りにしている。しかもいずれも当該歌のあとにもう一首、同じ詞書を受けている歌があり、同じ場で二首の和歌が詠まれたことを示している。この歌は諸本間で異同が多く、意味がはっきりしないが、子の将来のために少しでも余命を得て長生きをしたいという意のようである。

この席で、人々は我が子への愛情を語り合い、互いに共感し合った。『後撰集』の詞書は、その場に

▼注12 久保木哲夫執筆の『兼輔集』解題（『私家集大成中古Ⅰ』所収）ほか。

▼注13 片桐洋一執筆の『兼輔中納言集』解題（『冷泉家時雨亭叢書』所収『平安私家集七』）。

いた人物の体験か、見聞によるものか、別の資料に依拠したか、わからないが、『後撰集』と『兼輔集』とは基本的に共通する場面設定なのである。

『別本和漢兼作集』は、おそらく『兼輔集』ⅡかⅤによって、次のように掲げている。

子のかなしきことをあつまりていひければ
人のおやのこころはやみにあらねども子をおもふ道にまどひぬるかな（三二）

5　もう一つの問題点──『後撰集』の本文などをめぐって──

『後撰集』の詞書を、別の観点から考えたい。それは、「こどものうへ」を言ったのが、誰かという問題である。従来の論では、原則として兼輔やその場の人々と解されてきたようだ。だが、そのように断定できるだろうか。

『後撰集』の本文には、前掲の定家筆天福二年本に代表される定家書写本系統と、異本（非定家本）系統との間に、かなりの異同が見られる。異本系に属し、承保三年奥書本（久曽神本）に極めて近く、より本源的な本文をもつとされている天理図書館蔵伝正徹筆本（天理本）を掲げる。▼注14

太政大臣、左大将にてすまひのかへりあるじ〻はべりける日、あるじのことをはりて、かれこれまかりわかれけるに、あるじもまらうども、こどものうゑをゑひのついでにのたまひければ

中将兼輔朝臣

人のおやの心はやみにあらねどもこを思ふ道にまどひぬるかな

▼注14　杉谷寿郎執筆の『後撰和歌集』解題（『天理図書館善本叢書』和書之部第六十九巻　八木書店　一九八四年）。本文もこの影印による。

この天理本の詞書では、兼輔が主語の部分はなく、忠平を中心とする形での叙述である。▼注15 子供のことを話題にしたのは兼輔ではなく、兼輔以外の忠平と客人たちであり、彼らが「のたまひければ」と敬語で書かれている。兼輔が彼らの話題にあわせる形で、親の心情をあらわす歌を詠んだという場面が浮かび上がる。

『後撰集』がそもそも未定稿であることは『袋草紙』などにも見えており、本文も異文が多い。片桐洋一aによると、『後撰集』は種々の点からまさしく未定稿であり、詞書は物語的な三人称的な書き方になっているものが多いこと、異本系統も定家本系統もおおむね校訂本であるが、異本系統の本文がより草稿本的であって原資料・歌語りの打開きに近く、定家本系統の本文がより清書本的であること、特に天福二年本は定家の校訂作業の到達点を示す伝本であること、そして『後撰集』の成立の背景や素材、成立過程などを考究するためには異本系統がより適当であり、文学・和歌として整ったものを理解するためには定家本系統がより適していることが明らかにされている（片桐洋一a）。この点をふまえると、天理本が示している詞書は、当時の詠歌事情を反映するものとして、極めて重要である。天福二年本の当該詞書は、最終的に、定家が考える勅撰集としてあるべき形に整えられた可能性が高い。

ちなみに『大和物語』第四十五段で、前述の御巫本と鈴鹿本において「後撰雑一云…」以下で引かれる『後撰集』の本文は、天福二年本と天理本の中間のような本文である。鈴鹿本の影印（高橋正治b所収）によって濁点等を付して掲げると、「おほひまうちぎみ右大将にてすまひのかへりあるじまいりける日、中将にて有けるを、主のことはてゝ、かれこれまかりさりけるに、やむごとなき人二、三人ばかりとゞまりて侍けるに、あるじもまらうどもゑひのつゐでに子どもうへをの給ひければと有」とある。ある時点で『後撰集』が書き入れられ、転写の過程で本文化したのであろうが、この本文においても、やはり「あるじもまらうども……の給ひければ」とあり、子供のことを話題にしたのは忠平と客人たちであって、兼輔ではないことが明示されている。『後撰集』雲州本や慶長本はこれに近い。

▼注15 承保三年奥書本、宮内庁書陵部蔵伝堀河具世筆本（堀河本）も、ほぼ同じ詞書である。『後撰和歌集総索引』（大阪女子大学国文学研究室一九六五年）および杉谷寿郎b参照。

では次に、勅撰集の八代集から歌を抄出して『定家八代抄』（『八代抄』）を編纂した定家の理解をみてみよう。当該歌は『定家八代抄』雑上・一四八一に載せられている。▼注16

　貞信公のこどものこと申しけるを聞きて　　中納言兼輔
撰 人のおやの心はやみにあらねども子を思ふ道にまどひぬるかな

この本文は再撰本とされている。また定家の初撰本とされている大東急記念文庫蔵『八代集抄』（『八代抄』）にもこの歌は収められていて、その詞書も「貞信公のこどもの事を申けるをきゝて」と書かれている。▼注17 初撰本・再撰本いずれにおいても、その編者定家は、当該の『後撰集』の詞書を、貞信公（忠平）自身が自分の子供のことを言った時に、それを聞いて兼輔が詠んだ歌、と解しているのである。勅撰集というもののあり方を熟知しており、かつ『後撰集』を何度も書写・校訂している定家が、『定家八代抄』において、『後撰集』一一〇二の長い詞書を集約して簡単に記す際に、このように書いたことは重要であり、見過ごすことはできない。定家は、子供のことを主として語ったのは忠平であると解して、短く「貞信公のこどものこと申しけるを聞きて」と書いた。天理本をはじめとする異本系統の『後撰集』の詞書などは、そうした理解を裏付けるものであろう。

従来、子供のことを言った主体が忠平であるとはっきり解されなかったのは、天福二年本『後撰集』詞書に「申ける」という謙譲語が使われているからかもしれない。しかし天皇に奉献される勅撰集では、大臣の動作にも、次のように「申す」が使われている。

　六条右大臣、六条の家つくりて泉などほりて、とくわたりて泉など見よと申したりければよめる
　　　　　　　　　　　　　　　　　　　顕雅卿母
ちとせまですまん泉の底によも影をならべんと思ひしもせじ

▼注16『新編国歌大観』によって掲げる。底本は書陵部蔵本（二一〇・六七四）。

▼注17『大東急記念文庫善本叢刊　中古中世篇』第七巻『和歌 Ⅳ』（汲古書院　二〇〇五年）所収。

三条右大臣賀し侍りけるに、まかり侍らで申しつかはしける　清慎公

すぎにける花のいままで匂ひせば今日のかざしにまづぞをらまし

（金葉集二度本・雑上・五八九、三奏本・五七九）

このときの忠平の子息達の年齢はどのくらいであろうか。『後撰集』の詞書で可能性がある時期のうち一番早い延喜十九年（九一九）を例にすると、長男実頼が二〇歳で右近権少将、師輔が一二歳、師氏が七歳、師尹はこの翌年の生であり、ほかにも数子女がいる。忠平に限ったことではないが、子供達の行く末は心から離れなかったであろう。

（玉葉集・雑一・一九〇九）

6 「人の親の…」の歌から『大和物語』へ

このように、これまでに述べてきたことを集約すると、「人の親の…」の歌が、後宮に入った娘への帝寵を心配した兼輔が醍醐天皇に対して詠み奉ったという、『大和物語』が述べる詠歌背景は、史実としてはほぼ否定されてしまうのである。

しかし、このことは特に平安から鎌倉の和歌史の中で問題とはされず、歌論書・歌学書などでも触れられていない。これほどの著名歌でありながら、『大和物語』が述べる詠歌事情の反現実性や、『後撰集』との矛盾は、一顧だにされていないのである。これは逆に、『大和物語』の位置を示すもののように思われる。これについては第8節でも触れる。

『大和物語』が説話的性格を有することも看過できない。それは『大和物語』が『今昔物語集』『古本説話集』『宇治拾遺物語』など多くの説話集と重複話を持つことにもうかがえる。当該の「人の親の…」

の歌も、『宝物集』巻六、『沙石集』巻五末にあり、『沙石集』では、どのような資料ないし伝承によったのか不明だが、「昔或人モ、子ヲ奈良ノ都ニヲキテ、」という説明のあとにこの歌が掲げられている。▼注18

『大和物語』は、その内容から前編（第一部）と後編（第二部）とに分けるのが一般的であり、後編は地方や昔の伝説・伝承を汲み上げた、説話的章段である。この後編が説話であることはよく言われるが、前編についても、説話的であることは否定できないのではないか。かつて阿部俊子は、『大和物語』と『古本説話集』『今昔物語集』との共通話を比較検討し、「「歌物語」とよばれる作品と、「説話物語」といはれる作品との間には、素材の扱ひ方、叙述の姿勢、語りかける対象、主題等において根本的に異質のものがあるといふことが、一つ一つの話について比較してみた場合非常にはつきり出て来ると思ふ。」と結論した。しかし現在においては、説話というものの範囲ははるかに拡張して捉えられるようになった。たとえば小峯和明は、次のように述べている。

・説話は口頭伝承の基層から文字筆録との接触・交錯をへて、読み物の文字文芸となり、再び逆流して口承文芸として語られる円環の構造をもつ。その総体が説話だ、といえよう。……説話には必ずや体験・見聞・伝承、語り手・聞き手・書き手といった、もろもろの言語行為や主体の相関性がつきまとう。

・「物語」に「説話」は包括されるし、まったく逆にもいえる。物語としての説話、説話としての物語だ。……近代の研究は「説話」を「物語」から特立し、はぎとり分離する方向できた。

このような考え方から見ると、『大和物語』はまさしく、広く言えば全体が説話集でもある。このことはこれまでにも断片的に指摘されているが、ここでも強調しておきたい。たとえば和歌に重きをおく説話集である『古本説話集』上巻や『今物語』などとの差異は、ジャンルを異にするほど大きいとは言えず、各説話集が相互に当然持っている差異の範囲ではないか。とりわけ『大和物語』と『今物語』とは、形式上、区分も章段名もなく、分類もなされていないこと、ある限定された社会・人々に共有され

▼注18 本来は脱落した別の歌への説明であったのかもしれない。なお、『宝物集』は『新日本古典文学大系』、『沙石集』は『日本古典文学大系』による。

るような含みの多い表現がまま見られること等が共通しており、注目される。これは一例ではあるが、説話集全体を俯瞰しつつ『大和物語』を捉え直すことが試みられても良いと考える。

『大和物語』は流麗な仮名文で書かれ、各章段が歌を含み、古物語の香気を放っており、歌物語・歌語りとされてきた。そうした性格ゆえに、後世においては、『伊勢物語』と同様に、歌書の一種として扱われてもいる。それは『大和物語』の基本的特質であり、それを否定するのではない。だが歌語りとは、そもそも説話と重層する。『大和物語』の三分の二以上を占める前編（第一部）は、宮廷のメディアによる、言説、打聞き、雑談を伝えるものであって、しかも、阿部俊子の推定による『大和物語』原本の成立年次である天暦五年（九五一）から遡って約半世紀以内の、延喜から天暦頃の話が集められており、近い時代の宮廷ゴシップの集成なのである。そして、蒼古の伝承的な説話は、別に後編（第二部）として置かれている。いずれもが説話集でもあり、物語でもあると言えよう。説話集としての『大和物語』、また説話集と物語とのあわいに立つ『大和物語』の定位は、今後研究をすすめていくべき点ではないだろうか。

7 「人の親の…」の受容の様相

さて、この「人の親の…」の歌は歌人たちの心を捉え、多くの受容を生んだ。「人の親の…」は、『古今和歌六帖』にあるほか、『後撰集』以後、『前十五番歌合』『三十人撰』『三十六人撰』『深窓秘抄』に秀歌として採入された。影響を受けた歌は、枚挙に暇がない。特に『源氏物語』の引歌では二十六箇所に及び、最も多い引歌となっている。▼注19『源氏物語』での当該歌の引歌部分が女子の行末や婚儀の場などに使われることが多いことに、意味を見出す論もあるが（岡山美樹）、それは紫式部が『大和物語』か

▼注19 兼輔歌の『源氏物語』での受容については諸論があり、朴光華、妹尾好信b、そのほかで論じられている。

ら摂取したことを示すにすぎないであろう。また七例は夕霧や冷泉帝など男子に対して使われていることも無視できない。

『源氏物語』以外で、「人の親の…」の影響を受けて成った歌をいくつか掲げよう。

一品資子内親王の許より、村上の帝の書かせ給へるものやとたづねて侍りける、つかはさるとて　　選子内親王

子を思ふ道こそ闇とききしかど親の跡にも迷はれにけり　　（玉葉集・雑四・二四三三）

選子内親王は村上天皇第十皇女で、紫式部とほぼ同時代であるが、この「子を思ふ道」も特に女子の婚儀などとは関係なく、一般的な子への愛情ということで詠まれている。兼輔歌では子供を思う道こそ闇であると聞いたけれど、父君のご筆跡を見ても、闇夜で迷うように心が迷ってしまいます、という歌である。

男女を問わず、広く普遍性を獲得した歌ことばであり、子への愛情が様々な形で詠まれ、子や娘を喪った時などにも詠まれているが、多くの影響歌の中で目立つのは、父親が男子の将来を心配する歌、任官、叙位、昇進を願って詠む歌である。

愚息頼経加級申すよし、大蔵卿泰経がもとへ申しつかはすとて

闇ならで心のまどふしるべせよ子を思ふ道は思ひ知るらん　　（頼輔集・一一二）

藤原頼輔は飛鳥井家の祖である人物だが、子の頼経の位階が上がることを望み、高階泰経にその導きと取りなしを願う歌である。

経家四位して内還昇したりしよろこびに、右兵衛督のいひたりし返事に、院の還昇の事申されよといひて申しつかはしし

君ならで誰の人かはみちびかむ子を思ふ闇にまどふわが身を　　（重家集・三五四）

返し　　武衛

みちびかむてはおぼえねど子を思ふ心の闇をはれせざらめや　（同・三三五五）

歌道家六条家の藤原重家が、嫡男経家が四位となり内の還昇がゆるされた時、その祝いを述べてきた右兵衛督に対して、加えて院の還昇もゆるされるように、助力を依頼しているのである。

百首歌たてまつりし時　土御門内大臣

位山跡を尋ねてのぼれども子を思ふ道に猶まよひぬる（新古今集・雑下・一八一四）

この歌は『千五百番歌合』千四百六十五番の右の歌（二九三一）である。判では慈円が「昔きく心は闇のすゑなれば子を思ふ道ぞげにあはれなる」という判歌を詠み、兼輔歌をふまえつつ子を思う心があわれであると述べ、勝としている。源通親は、私は祖先の例にならって高い位階に昇ったけれども、我が子を思う道になお迷っている、と言うが、どうか息子達をもお引き立てくださいと、暗に後鳥羽院に訴えていると見られる。通親はこの後まもなく急逝した。

承元のころ述懐歌あまたよみける中に　前中納言定家

なき影の親のいさめはそむきにき子を思ふ道の心弱さに（続拾遺集・雑上・一一六一）

この歌は『拾遺愚草』二七一二にも見え、承元四年頃に詠んだ述懐歌のうちの一首である。承元四年（一二一〇）七月、定家は左近中将を自ら辞し、[注20]代わりに嫡男為家を左近権少将に任官させた。それは亡父俊成の訓戒にそむいたことであったらしく、子を思うあまりの心弱さゆえであると述懐する。

以上のような享受から明らかなように、これらはおそらく『大和物語』ではなく、『後撰集』によったものと考えられる。

▼注20　定家はこの後、十二月に内蔵頭、翌建暦元年に従三位侍従となった。

8

中世前期の歌人と『大和物語』

――藤原定家を中心に――

『大和物語』が、和歌史の中でどのように位置づけられているかについて、中世前期を中心に、少し触れておきたい。

『大和物語』という書名が文献上初めて見えるのは、源経信作という『伊勢物語知顕抄』（『和歌知顕集』）であるともされてきたが（岡山美樹ほか）、これは経信に仮託された偽書であり、鎌倉中期以降の成立であると思われる。ともあれ、院政期以降、さまざまな歌論書・歌学書で、『大和物語』が引用されている。『和歌童蒙抄』『奥義抄』『袋草紙』『和歌初学抄』『袖中抄』『和歌色葉』『古来風体抄』『八雲御抄』『夜の鶴』『色葉和難集』『歌林良材集』その他、多くの書で引かれる。『袋草紙』では「故撰集子細」で、『詞花集』までを掲げた後に、『伊勢物語』『大和物語』『古今和歌六帖』を掲げ、一種の歌書として扱われている。『和歌色葉』『無名草子』では物語として列挙される。室町期成立の『蔵玉集』や『雲玉和歌抄』などでも、歌ことばの出典としてあげられ、『古今集』の注釈書類にも多数見える。

中世はじめの歌人が『大和物語』の位置そのものについて述べる言としては、『千五百番歌合』恋三で判者顕昭は、「ふるき人は、歌合の歌には、物語の歌をば本歌にもいだし証歌にももちゐるべからずと申しけれど、源氏、世継、伊勢物語、大和物語とて歌読の見るべき歌とうけたまはれば、狭衣も同じ事歟。」と述べている。『八雲御抄』で順徳院は、「伊勢上下　大和上下　源氏五十四帖　此外物語非強最要」、つまり『伊勢物語』『大和物語』『源氏物語』以外の物語はさほど必要ではない、と述べている。一方、当該部分は現存しないが『順徳院御記』承久二年には、「伊勢物語は詞指事なけれど最上手めき殊勝也。大和は無下に劣《ヲトレリ》。」と書かれていたらしい。▼注21

▼注21『花鳥余情』に長文で引用されている。

中世における『伊勢物語』享受については膨大な論があるが、『大和物語』については少なく、これからの研究が待たれるところである。福井貞助は『大和物語』享受について、『伊勢物語』『平中物語』とも合せつつ、概観した。五月女肇志は百六十九段を中心に考察し、顕昭、清輔、順徳院といった中世歌人たちが、『大和物語』の表現・発想を存分に利用しようと試み、特に結題などの難題や、速詠に対応する際に用いられたと述べた。また三木麻子は、『八雲御抄』と『源氏物語』を研究する中で、『八雲御抄』が『大和物語』を十一箇所引用しており、▼注22 歌語などの出典として、『大和物語』の有名な説話や、和歌だけではない地の文を含めた物語内容を引用することを指摘している。順徳院は「ゆふつけ」「雲鳥の綾」「しのぶ草」「いなおほせ鳥」「おほうち」「名取りの御湯」「うかれめ」のような歌語、あるいは生田川伝説の百四十七段のような著名な説話について、「在大和物語」「大和物語云」などの形で記している。こうした姿勢は多くの歌論書・歌学書に見られ、取り上げる語や伝説も、互いに共通しているものが少なくない。

こうした中で注意したいのは、和歌史において著名な当該の「人の親の…」の表現が、このような引用や考証の中に含まれていないことである。『八雲御抄』に限らず、この歌を『大和物語』から採入したり、この歌の背景を『大和物語』を引用して説明している中世の歌論書・歌学書等は、主なものには見出すことができない。▼注23

さて藤原定家は、三代集や『伊勢物語』『源氏物語』などの古典を書写・校勘し、物語では古典の源泉として『伊勢物語』『源氏物語』を尊重した。定家の言説として『大和物語』を論ずるものはないが、『大和物語』を勅撰集に採入する時に、『大和物語』をどのように扱っているのだろうか。▼注24 定家の王朝物語への関心が、宇多・醍醐朝における宮廷恋歌に眼を向けさせ、十六首を『新勅撰集』へ採入しており、『大和物語』への高い評価があると指摘されている（安田徳子）。『大和物語』『後撰集』に重複する十六首のうち、一首を掲げよう。『新勅撰集』恋四・八八四、「題知らず」である。

▼注22 『伊勢物語』も同じく十一箇所において引用されている。

▼注23 『後撰集』の注釈書であって『大和物語』を多数引用する『後撰集正義』や、近世の木崎雅興の『大和物語虚静抄』などは引用している。雨海博洋b参照。

▼注24 『新古今集』は複数撰者であって、定家の判断が及ばないこともあり、かつ複雑に錯綜した成立事情を有するため、ここでは『新勅撰集』を見る。

わびぬれば今はと物を思へども心しらぬは涙なりけり　　躬恒

『大和物語』第五段はこれを、穏子立后の日に、前坊保明親王の死を悼む乳母子大輔の哀傷歌としている。[注25] 一方、この歌は、『躬恒集』一四八に、「同御時中将の更衣、麗景殿女御と歌合し侍りしに」という詞書で載せられる二首のうちの一首である。これは、『新勅撰集』が『大和物語』と最も大きく齟齬する例である。その理由について、定家が「この歌の実作歌は躬恒であり、大輔はそれを借用したと考えていた可能性が十分にある」と指摘されている（鈴木隆司）。それも考えられるが、そもそも、『躬恒集』に歌合歌であるとはっきり記され、歌内容などからもそれを疑う余地がないのだから、定家は当然『躬恒集』の記述に従ったとして良いのではないか。

　定家が『新勅撰集』編纂を行ったのは天福元年（一二三三）前後であるが、その二年前の寛喜三年（一二三一）、定家は老眼を押して『大和物語』を書写したことが、『明月記』に見える。この八月にはまず『伊勢物語』を書写し、続いて『大和物語』を八月九日から書き始め、十八日に校合を終えて完成した。寛喜三年八月十八日条には次のようにある。[注26]

　十八日〈辛未〉、天陰、

（前略）徒然之余、以盲目、日来時々書大和物語、今日終功了、是又狂事也、互可嘲多〈自九日書始〉、

家中明日可相具者等不令見火所、

終日着綿如昨日、草子如形校了、平生所書之物、以無落字為悪筆之一得、耄及此脱落数行、書入之、心中為恥、

この『大和物語』定家自筆本の原本は現存しないが、寛喜三年八月十八日の定家の奥書をもつ、いわゆる寛喜本系統の祖本にあたるものである。寛喜本系統の奥書には次のようにある。[注27]

▼注25『大和物語』では第四句「心ににぬは」。なお『大鏡』もこの話を同文的に承けて、大輔の詠とする。

▼注26『冷泉家時雨亭叢書』所収『明月記　五』定家自筆本の影印による。以下、割書や小字は〈　〉で示す。

▼注27寛喜本系統の中で最善本とされている陽明文庫本（南波浩解説）によって掲げる。句読点などは私意による。

寛喜三年八月十八日〈辛未〉、未時、於北辺蓬屋、終書写之功、閑居徒然之余也、目盲手振不成字、推量而染筆許也、

即校了、当初書写物以無落字為一得、耄及之後、已落数行、書入之、可恥可悲、

『明月記』の「狂事」（常軌を逸していること）とは何を指すかはっきりしないが、この寛喜本の奥書をあわせて考えると、寛喜本奥書で繰り返し述べられているように、老眼と震える手で書写したため誤りが多いにも拘わらず、『伊勢物語』に続けて『大和物語』の書写に没頭していることへの自嘲を込めた表現であろう。

そして『大和物語』天福本系統の伝本が持つ定家奥書によれば、[注28]天福元年十二月から翌二年正月にかけて、定家は再び『大和物語』を書写した。天福本『後撰集』を書写する天福二年三月の直前にあたる。

このように定家は、『後撰集』を何度も書写・校勘しつつ、同じ時期に『大和物語』をも再度書写している。また自身の詠歌で『大和物語』の歌を本歌とすることもあり、『新勅撰集』にも多くの『大和物語』歌を採入した。その一方で、『大和物語』第四十五段、そして第五段の例のように、勅撰集や私家集と矛盾する詠歌背景については、『大和物語』の事実性は必ずしも信頼していないが、特にそれを問題にもしていない。もちろんこれは定家の『大和物語』把握であり、中世通して一般的であったとは言えないが、少なくとも当時の歌道家歌人の見方の反映であろう。それにしても、同じ平安期の物語である『竹取物語』『平中物語』『落窪物語』等や、『大和物語』と内容的に関連の深い『平中物語』『今昔物語集』『古本説話集』等は、いずれも古写本が稀少もしくは孤本である。それに比べると、『大和物語』の古写本や古筆切の多さは注目され、『伊勢物語』ほどではないにしても、中世にいかに読まれていたかが推し量られる。[注29]このような『大和物語』享受の姿勢と様相については、時代や階層に即して、さらに考えていく必要があると思われる。

▼**注28** 天福本系統の伝本の奥書を疑い、定家の書写を疑う説もある（柿本奨）。

▼**注29** 歌書として扱われたことが大きいのであろうが、ある作品を他作品と比較しつつ考えていくときに、流布の状況は無視できない問題である。

本稿は『大和物語』に関するささやかな覚書に過ぎないが、『伊勢物語』と時に並称されつつも異質な性格をもつ『大和物語』について、その特質と位置の把握のために、中世和歌への影響力、歌道家とその周辺などの歌学との関わり、本文の伝流における定家の役割、説話集としてどのように読み直すことができるか、享受者たちに何が評価され受容されたのか、そこに前編と後編への視線の違いがあるか等々について、中世の視点からも今後さらに考究していく必要がある作品ではないだろうか。

主要参考文献リスト

阿部俊子『歌物語とその周辺』(風間書房　一九七〇年)
阿部俊子・今井源衛校注『大和物語』(日本古典文学大系『竹取物語　伊勢物語　大和物語』所収　岩波書店　一九五七年)
雨海博洋a『歌語りと歌物語』(桜楓社　一九七六年)
雨海博洋b『大和物語諸注集成』(桜楓社　一九八三年)
伊井春樹「源氏物語の引歌―兼輔詠歌の投影―」(『むらさき』十七　一九八〇年七月)
今井源衛『大和物語評釈』(笠間書院　二〇〇〇年)
岡山美樹『大和物語の研究』(桜楓社　一九九三年)
柿本奨『大和物語の注釈と研究』(武蔵野書院　一九八一年)
片桐洋一a『古今和歌集以後』(笠間書院　二〇〇〇年)
片桐洋一b『伊勢物語・大和物語』(鑑賞日本古典文学五　角川書店　一九七六年)
上岡勇司『和歌説話の研究―中古篇―』(笠間書院　一九八六年)

菊地靖彦『伊勢物語・大和物語論攷』（鼎書房　二〇〇〇年）
工藤重矩「藤原兼輔」（『平安朝律令社会の文学』ぺりかん社　一九九三年）
小峯和明『説話の言説』（森話社　二〇〇二年）
杉谷寿郎a「後撰集と大和物語（六八・七四段）」（『歌語りと説話』新典社　一九九六年）
杉谷寿郎b『後撰和歌集研究』（笠間書院　一九九一年）
鈴木隆司「新古今集・新勅撰集の大和物語歌」（『王朝文学の本質と変容　散文編』和泉書院　二〇〇一年）
妹尾好信a『平安朝歌物語の研究［大和物語篇］』（笠間書院　二〇〇〇年）
妹尾好信b「人の親の心は闇か―『源氏物語』最多引歌考―」（『源氏物語の展望』第十輯　三弥井書店　二〇一一年）
五月女肇志「藤原定家と『大和物語』―百六十九段・書きさしの物語の摂取をめぐって―」（『中世文学』第四八号　二〇〇三年六月）
高橋正治a『大和物語』（新編日本古典文学全集『竹取物語　伊勢物語　大和物語　平中物語』所収　小学館　一九九四年）
高橋正治b『大和物語の研究系統別本文篇』上下（私家版　一九七〇年）
角田文衛『紫式部とその時代』（角川書店　一九六六年）
中田武司「大和物語と勅撰集の関係（上）（下）」（『解釈』一八―一・一八―三　一九七二年一月・三月）
南波浩『大和物語』解説（『陽明叢書国書篇第九輯』所収『伊勢物語・大和物語』思文閣　一九七六年）
福井貞助『歌物語の研究』（風間書房　一九八六年）
藤木邦彦「藤原穏子とその時代」（『平安王朝の政治と制度』吉川弘文館　一九九一年）

朴光華「藤原兼輔の歌「人の親の」について―『源氏物語』とのかかわりを中心に―」(『国文学論叢』第四三輯　一九九八年二月)
本多伊平『大和物語本文の研究　対校篇』(笠間書院　一九八〇年)
三木麻子「『八雲御抄』と『源氏物語』―中世歌人と物語―」(『源氏物語の展望』第四輯　三弥井書店　二〇〇八年)
安田徳子「勅撰集撰集資料としての『伊勢物語』『大和物語』―『新古今集』『新勅撰集』『続後撰集』『続古今集』―」(『名古屋大学国語国文学』第一〇〇号　二〇〇七年一〇月)
森本茂『大和物語の考証的研究』(和泉書院　一九九〇年)
柳田忠則「『大和物語』覚書―『後撰集』との関わりの一面―」(『歌語りと説話』前掲)
山口博「藤原清正論」(『王朝歌壇の研究　村上冷泉円融朝篇』桜楓社　一九六七年)
大和物語輪読会『大和物語研究』第一号〜第四号(二〇〇〇年九月〜二〇一一年三月)

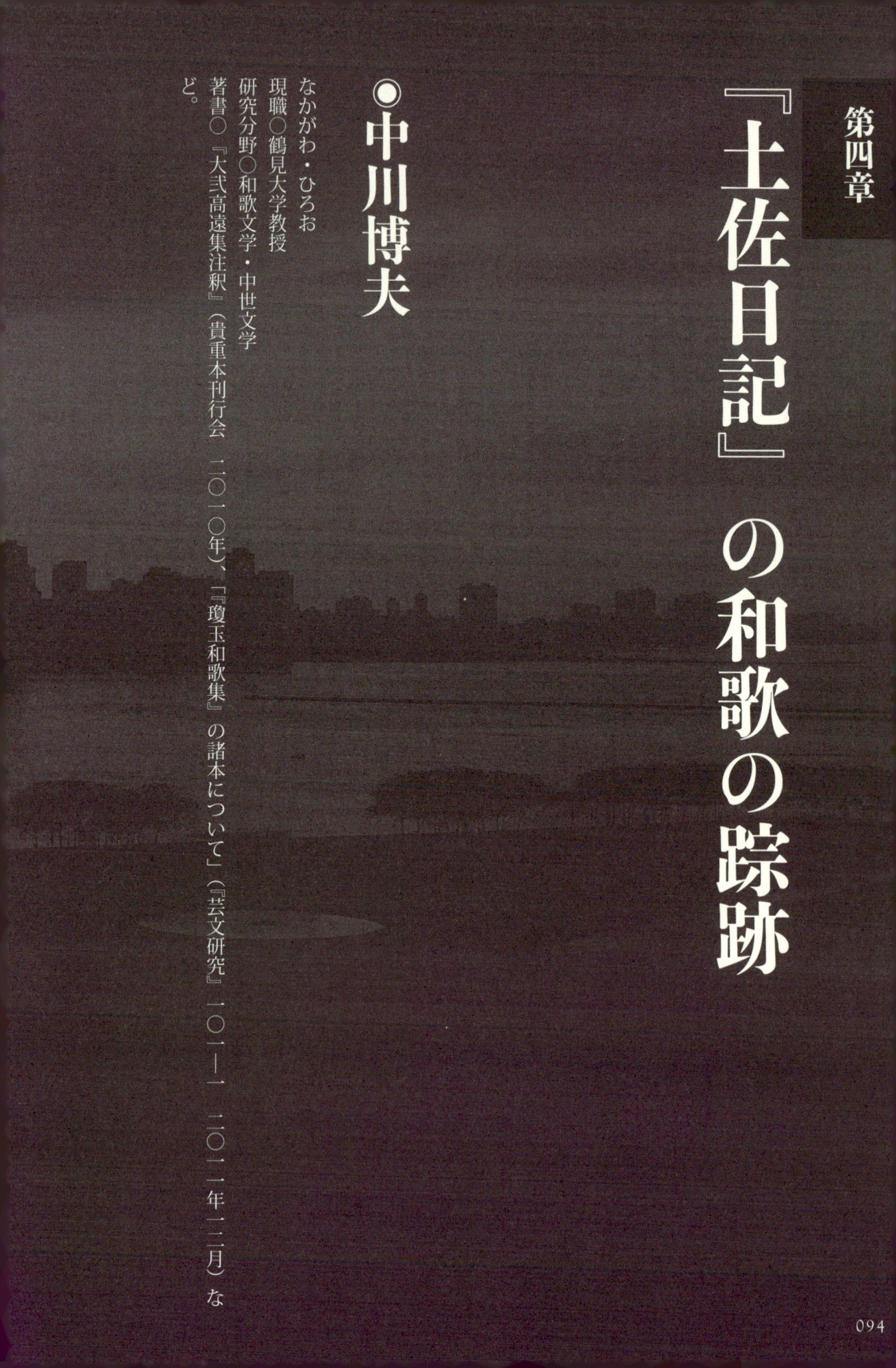

第四章

『土佐日記』の和歌の踪跡

◉中川博夫

なかがわ・ひろお
現職○鶴見大学教授
研究分野○和歌文学・中世文学
著書○『大弐高遠集注釈』（貴重本刊行会 二〇一〇年）、「『瓊玉和歌集』の諸本について」（『芸文研究』一〇一—一 二〇一一年一二月）など。

現在紀貫之は、『古今和歌集』の撰者、『土佐日記』の著者として知られる。前者は勅撰和歌集の第一として、後者は仮名日記の嚆矢として、文学史上に重要な地位を得ている。『古今集』は、和歌や連歌・俳諧のみならず和文や和漢混交文の物語や謡曲等、後代の多様な作品に多大な影響を与えていることは、周知のとおりであろう。他方、『土佐日記』については、今日の文学史的位置や文学的評価の高さに照らして、古典の文学作品に於ける受容については、十分に顧みられているとは言い難い。むしろ、その受容はさほど多大でもなく重要でもないと思い込まれてきたとさえ思われるのである。

本稿は、『土佐日記』の和歌と一部地の文の表現が後代の和歌に摂取された跡を探ることを通じて、平安時代から江戸時代までの『土佐日記』受容の様相を少しく浮き彫りにしようとする試みである。平安時代にも多少の受容の形跡は認められ、鎌倉時代には、今日に写本を伝えた定家や為家とその周辺に受容の跡がやや濃く、室町時代にも幾つかの受容例があり、『土佐日記』が注釈の対象となった江戸時代には、より多くの痕跡を見ることができる。その受容史に、『土佐日記』と著者貫之の新たな価値の一端を見出すことができると考えるのである。

1 はじめに

藤原俊成が、「歌の本体には、ただ古今集を仰ぎ信ずべきことなり」（古来風体抄）と、絶対的古典としての『古今和歌集』を発見し、嗣子定家が、『古今集』を基幹とする三代集を拠るべき古典の世界とする詠作原理と本歌取の方法論を整えた。それ以後の和歌やそれを下敷きにする和文脈の作品は言うに及ばず、それ以前から既に『古今集』は、和語和文の作品の基盤であったこともまた言うまでもない。その撰者の中心が紀貫之である以上、正岡子規が「貫之は下手な歌よみにて古今集はくだらぬ集に有之候」（再び歌よみに与ふる書）と、貫之を批判し『古今集』を否定したことは、短歌革新の旗手としての必然以外の何物でもないのであろう。それが何よりも貫之と『古今集』の存在の大きさを裏付ける証左と言えるのかもしれない。それに比して、やはり子規が「固より貫之定家の糟粕をしやぶるでも無く」（歌よみに与ふる書）と併蔑した、貫之が書き定家が写した『土佐日記』は、どれほどの位置を占めてきたのか。一部の説話や近世以後の散文へのそれの考究（石原昭平、平林文雄等）を除いては十分とは言えない『土佐日記』の受容のありようについて、主に日記中の和歌を対象に一部地の文の表現にも及びつつ、中古から近世までの和歌に落としたその影を探ることにより、その価値の位相の一面なりともに光を当ててみたいと思う。

2 平安時代の受容——恵慶・高遠から院政期までの形跡——

平安時代に『土佐日記』（以下『土佐』と略記する）▼注1が、そしてその和歌がどのように読まれたのかは不分明だが、その僅かな可能性から探ってみたい。知られるとおり、最も早い確実な『土佐』受容の痕跡は、『恵慶集』（古本系統）に見える「貫之が土左の日記かきたる、五とせを過ごしけるに、家の荒れたる所／くらべこし波路もかくはあらざりき蓬生原となれる宿かな」（時雨亭文庫蔵資経本恵慶集・一八二）であろう。「これは、土佐日記の末章、二月十六日帰宅の場面を絵にしたものであって」「本文の絵画化ということは、その製作過程においてすでに本文解釈の意識が作用していることを認めなければならない」（萩谷朴c）と言うとおりであろう。その『恵慶集』に、「いそふりに騒ぐ波だに高ければ峰の木の葉も今は残らじ」（近江に比良といふ所に十月ばかりに下りて、題ども出だして・波の声を聞く・一一六）という歌がある。この「いそふり」は、『万葉代匠記』所引「相模国風土記」逸文に「鎌倉《ノ》郡見越《ノ》崎《ニ》、毎《ツネニ》有《テ》二速浪一崩《ス》レ石《ヲ》。国人名《ケテ》号《イフ》二伊曾布利《ト》一。謂《イフコゝロハ》振《フナリ》レ石《ヲ》也」（契沖全集本）とある語で、「磯触り（磯振り）」、即ち磯あるいは海岸に打ち寄せる波とされる。『土佐』の承平五年（九三五）正月十八日に、前日から荒天で津呂（室津、白浜とも）の泊にあって、「船も出ださで、いたづらなれば、ある人の詠める」という、「磯ふり」を用いた次の歌が記されている。

①磯ふりの寄する磯には年月もいつ《を（定家本）》とも分かぬ雪のみぞふる（一二）

恵慶の生年は未詳だが、天徳から寛和にかけて（九五七〜九八七）活躍し、『土佐』に触れ、かつ「故貫之がよみ集めたる歌を一巻借りて、返すとて／ひと巻に千々のこがねを込めたれば人こそなけれ声は残れり」（恵慶集・一四九）と詠じ、貫之に「尊崇親近の感情」（萩谷朴c）を懐いたと思しき人であれば、一般の古歌には見えない「磯ふり」の語を、『土佐』に学んだと見ることは許されるのではないか。

右の場面より溯る『土佐』承平五年（九三五）正月の「九日のつとめて」には、「大湊より、奈半の泊を追はむとて、漕ぎ出でけり」と外海に船出し、海岸の見送りの人も遠くなり、「船の人も見えずなりぬ。岸にも言ふことあるべし。船にも思ふことあれど、かひなし。かかれど、この歌をひとり言にし

▼注1　『土佐』の本文は、特記しない限り為家筆本（川瀬一馬校注・現代語訳講談社文庫『土佐日記』）により、必要に応じて他の諸本（為家筆本転写の青谿書屋本影印版＝桃園文庫影印叢書九巻。定家本＝尊経閣叢刊複製本）を参照する。近世については、寛永刊本か各々縁ある刊本等と照合する。他の和歌作品の本文は、特記しない限り、勅撰集と私撰集は新編国歌大観、私家集は中世までは私家集大成（CD-ROM版）、近世は新編国歌大観、歌学書は日本歌学大系による。いずれも、表記は読みやすいように改める（通行字体・歴史的仮名遣いに改め、送り仮名・句読・清濁を施す）。

てやみぬ」という、次の歌がある。

②思ひやる心は海を渡れどもふみしなければ知らずやあるらむ（一一。古今六帖・第三・うみ・一七五六、二句「心は海に」、左注「已上二首つらゆき」）

一方、平安中期の藤原高遠に、寛弘六年（一〇〇九）晩秋以後に太宰府から上洛する途次の「島なる桜を見て」と詞書する「老の波世をうみ渡る旅なれど心をぞやるみちしまの花」（高遠集・二一七）という類詠がある。「世をうみ渡る」の「うみ」は「憂み」と「海」の掛詞で、小町の「あまの住む浦漕ぐ舟の楫をなみ世をうみ渡る我ぞ悲しき」（小町集・三三。後撰集・雑一・一〇九〇・小町）に拠るものだろうから、『土佐』歌との関連はむしろ希薄とも言える。しかし、貫之の歌に多く学んだと思しい高遠の姿勢や（中川博夫a）、自詠に比した貫之歌の優越の所以を病床の従弟公任に尋ね問う好士高遠（西行上人談抄）の人物像に照らせば、そもそも任地から帰洛する海路の旅の途次という共通性と、「思ひやる」と「心をぞやる」の類似性とを重く見て、『土佐』歌からの影響の可能性を見てもよいであろう。とすれば、恵慶と並び、『土佐』歌の最も早い受容ということになる。

その視点で高遠歌をもう少し探ると、「植ゑてみる所の名にも似ぬものは黒戸に咲ける白菊の花」（高遠集・七六）に注意が及ぶ。これは、堀河中宮煌子が「上の御局の黒戸の前の遣り水のほとり」で九月九日の菊を賞翫した折に、通りかかった高遠に中宮の女房達十人が次々に詠み掛けた歌に高遠が返した内の一首であるので、場所と時機に基づいて完結する内容ではある。しかしまた、「所の名」は本来歌語ではなく、『土佐』二月一日の、

③黒崎の松原を経て行く。所の名は黒く、松の色は青く、磯の波は雪のごとくに、貝の色は蘇芳に、五色にいま一色ぞ足らぬ。

を、高遠が読んでいたことの反映かとも疑うのである。

さらに、長保元年（九九九）の彰子入内に道長が調度した屏風に献進した高遠の一首で、「葦の中に、

▼**注2** 『土佐』に先行して『亭子院歌合』（五六）には「葦まよふ難波の浦に曳く舟の綱手長くも恋ひ渡るかな」（『新拾遺集』（恋二・延喜十三年亭子院歌合に、恋・一〇二四・読人不知）に初句「葦間より」で入集）がある。『土佐』（貫之）が、これに倣った可能性を見ておきたい。同様の例は他にも少なからずある。紙幅の都合から、「わびしい境涯を生きる『日記』執筆時の貫之」に「いやまさる兼輔への慕情」を見る論座（荒木孝子）に従い、兼輔詠からの影響に限って挙げておく。i

綱手引く人あり」の絵柄の「葦しげき浦にたゆたふ綱手縄長長し日を暮らす舟人」（高遠集・三五）の、「綱手（縄）」から「長」い「日」を起こす高遠詠の発想の直接の先規として、同じく『土佐』二月一日の「船君」の歌、

④曳く舟の綱手の長き春の日を四十日五十日まで我は経にけり（三九）

を想定することができるのではないかとも考えるのである。▼注2

一方、『土佐』では、承平四年（九三四）十二月二十九日に入港して以来元日を挟み、荒天や支障などで正月九日まで留まり続ける大湊で、七日に、「破籠持たせて来たる人」で「歌詠まむと思ふ心ある「人」が、次の歌を詠む。

⑤行く先に立つ白波の声よりも遅れて泣かむ我やまさらむ（八）

成立事情が不分明ではあるが、恐らくは平安中期頃には成立したかとされる『宇津保物語』に「白波の真砂をすすぐ田子の浦に遅れてなぞも歎く舟人」（三・忠こそ・一一一）の一首がある。失踪（実は出家）した愛息忠こそを歎き、憂き世を思い余って千蔭が詠む歌である。「白波」「遅れて」の一致、「泣かむ」と「歎く」の相似、留まる「我」と「舟人」の照応から見て、『土佐』歌を意識して作られたとすれば、恵慶や高遠と同じぐらいかそれ以上に早い、『土佐』歌の受容例ということになろうか。

この『土佐』⑤「行く先に」歌に対して、「ある人の子の童なる」が、「まろ、この歌の返しせむ」として詠んだという、

⑥行く人もとまるも袖の涙川みぎはのみこそ濡れまさりけれ（九）

は、事実「ある人の子の童」が詠んだのか、貫之の創作なのか、判然とはしない。この歌初「行く人もとまるも」が一致する歌として、赤染衛門の「道貞陸奥国になりぬと聞きて、和泉式部にやりし／行く人もとまるもいかに思ふらん別れてのちのまたの別れは」（榊原家本赤染衛門集・一八三）がある。『和泉式部集』（一八一二）では詞書「赤染がもとより」、『後拾遺集』（別・四九一）では詞書「橘道貞式部を

『土佐』「何の葦蔭にことづけて、ほやのつまのいずし、すし鮑をぞ、こころにもあらぬ脛に上げて見せける」（正月十三日）。「いつしかとまたぐ心を脛にあげて天の河原を今日や渡らむ」（古今集・雑体・誹諧・七月六日、たなばたの心を、よみける・一〇一四・兼輔）。ii『土佐』「影みれば波の底なるひさかたの空漕ぎ渡る我ぞわびしき」（正月十七日・二一・ある人）。「嵐吹く山したとよみなく鹿のつま恋ふる音に我ぞわびしき」（中納言兼輔集・しふく山にて・九一）、「朝夕の身にはかへぬね《ママ》あらたまの年つもりつつ我ぞわびしき」（時雨亭文庫伝阿仏尼本中納言兼輔集・一〇四）。この「我ぞわびしき」は、『貫之集』にも「七夕におもふものからあふ事のいつともしらぬ我ぞわびしき」（五五五）、「ちかくてもあはぬうつつにこよひより遠き夢みむ我ぞわびしき」（六一八）と見える。

忘れて陸奥国に下り侍りければ、式部がもとにつかはしける」で、共に歌末「別れを」で見える歌である。「行く人もとまるも」は、詞書の事情に沿えば容易に詠出し得るであろうが、なお後代にも用例が見えないのであれば、赤染衛門が『土佐』歌を見知っていたことの反映かとも思われてくるのである。

さて、鴎（かまめ・かもめ）は、『万葉集』巻頭第二首目の舒明歌「海原は　かまめ立ち立つ」を初めとして、和歌の素材の一つではあるけれども、『万葉集』を除けば、『土佐』の、

⑦祈り来る風間ともふをあやなくも鴎さへだに波と見ゆらむ（四五）

が早い作例の一つとなる。この歌は、前日までの風雨から二月五日にかろうじて和泉の灘から小津の泊に向かう途次に、「今日波な立ちそ、と人々ひねもすに祈るしるしありて、風波立たず。今し、鴎群れゐて遊ぶ所あり。京の近づく喜びのあまりに、ある童の詠める歌」である。なおこの歌は、『古今六帖』（第三・かも・一四九三）に作者「つらゆき」として、二句「かもとおもふを」下句「鴎さへただなみて見ゆらん」で収まる。他にも、『土佐』の歌が『古今六帖』に作者「つらゆき」で見える例がある。▼注3 小異もあり、『古今六帖』の撰歌資料が直ちに『土佐』であったかはなお検証されねばならないが、『土佐』の「船の人」のみならず「人」「ある人」「ある女」「童」「女の童」「昔へ人の母」「淡路の大御（専女）」等の歌をも貫之歌と認定したのであれば、『土佐』に対する解釈が働いたか、『土佐』全体を貫之の所為と見なしたことになろう。いずれにせよ、右大将道綱の男道命阿闍梨の「鴎の多う遊ぶ浦にて／よその目に岩打つ波と見えつるは磯辺に遊ぶ鴎なりけり」（道命阿闍梨集・八四）は、この『土佐』歌の「鴎」を「波」と見る趣向の異曲同工に他ならない。「鴎の多う遊ぶ浦にて」の詞書によれば、属目の叙景ということになるから、ただちに『土佐』歌を知っていたことの反映とまでは言えまい。同様の趣向の歌が、『俊成五社百首』（住吉社・冬・水鳥・三六四）にも「波の上に消えぬ雪かと見えつるは群れて浮かべる鴎なりけり」とあることを併せ見れば、類型的な発想ではあるのだろう。けれどもなお、その趣向の発想の淵源は『土佐』歌であり、例えば、「夕凪は波こそ見えねはるばると沖の鴎のたちゐ

▼注3 本稿中の同様の事例を挙げておく。『土佐』歌番号（『土佐』中の作者、『古今六帖』番号）。一一（船の人、一七五六）、一二三（人、一九四五）、二二六（ある人、三三二五。後撰集一三五五にも）、三一一（女の童、二三九〇）、三三五（ある女、四〇）、四一〇（船なる人、一八九六）、四七（昔への人の母、三八四九）、四九（淡路の大御（専女）、一九六五）。

のみして」（兼好法師集・七四）「大舟も小さき鳥と見えぬべし沖の鴎は浪に消えつつ」（草根集・雑・四九五三）「波の上にうかぶ鴎の数そふと見ゆるや出でし海士の釣舟」（新明題集・雑・眺望・四二五一・通純）「沖つ鳥鴎佃の島響きうち寄する浪と見ゆる卯の花」（うけらが花初編・夏・三二二）等々、類趣の歌が連なって一つの系譜を成している。『土佐』の直接の影響下にあるか否かには関わらず、『土佐』歌がある種の詠み方や類型の始発に位置している点に、その価値を認めるべきである。

ところで、『土佐日記』に、業平の歌が引かれることは周知のとおりだが、二月九日に「かくて船曳き上るに、渚の院といふ所を見つつ行く」中で「故惟喬の親王の御供に、故在原の業平の中将の」「詠める所なりけり」として引く、

⑧世の中に絶えて桜の咲かざらば春の心はのどけからまし（五二）

は、既に諸注指摘のとおり、『古今集』（春上・渚の院にて桜を見てよめる・五三・業平）や『伊勢物語』（八十二段・馬頭なりける人）や『和漢朗詠集』（春・花付落花・一二三）等に見える、三句「なかりせば」が通用の形であろう。業平家集では、『在中将集（尊経閣文庫蔵・一三〇）』（渚の院にて桜の花を・四）『在原業平朝臣集（神宮文庫蔵・文一二〇四）』（渚の院にて桜の花を・四）『業平集（正保版本「歌仙家集」）』（一。詞書無し）等は、三句「なかりせば」である。『業平朝臣集（冷泉家時雨亭文庫素寂本）』（四六）が、詞書「惟喬の親王、渚の院といふ所に、桜の花見におはしたりしに」で、三句「さかざらば（右傍に「なかりせ」とあり）」（原表記片仮名）である（その転写本の書陵部御所本も同じ）。他に三句が「咲かざらば」であるのは、『古今六帖』（第六・さくら・四二一三・なりひら）、公任撰（あるいは具平改撰）という『三十人撰』（四四・在中将三首）、公任撰の『深窓秘抄』（春・一九・業平）等である。『古今六帖』（第二・のべ・一二一二）には「野辺に出でて見るとも花の咲かざらば何に心を慰めて来ん」があり、「咲かざらば」は、「世の中に」歌の専有ではない。しかし、「咲かざらば桜を人の折らましや桜のあだは桜なりけり」（後拾遺集・誹諧歌・題不知・一二〇〇・源道済）と「咲

かざらばなにゆゑ人に知られまし花うれしかる春もありけり」（基俊集・一〇・公実）の両首は、より精確には道済や公実の詠作方法の総合的検証を俟たなければならないが、「まし」の一致から、「世の中に」歌を意識した詠作であると見てもよいのではないだろうか。この両首が、確かに「世の中に」歌の「咲かざらば」系本文に拠ったとしても、いずれの典籍に拠って学び得たかは、現時点では全く分からないけれども、『土佐』と同様の本文の形が、少しく流通していたことは推測してよいであろう。ちなみに、「咲かざらば」の用例は、鎌倉時代では、「植ゑ置きし籬の花の咲かざらば昔の跡といかで知らまし」（現存六帖・秋のはな・四四九・成忍法師）と「あだにのみ散るは憂けれど桜花咲かざらばとはおぼえやはする」（同上・さくら・五八九・尚侍家中納言）の両首が目に付く。共に、措辞や内容から、「世の中に絶えて桜の咲かざらば」歌を意識したと見てよいであろうが、やはりどのような本を典拠としたかは不明とせざるを得ない。

他方、『土佐日記』中でもよく知られた一首であろう、

⑨都にて山の端に見し月なれど波より出でて波にこそ入れ（二一六）

は、正月十七日に荒天で引き返した港（津呂か。室津、白浜説もあり）に碇泊して二十日まで過ごし、二十日の夜に月が出て、「山の端もなくて、海の中よりぞ出で来る。かうやうなるを見てや」と、阿倍仲麻呂の故事を思い起こし、「青海原振りさけ見れば春日なる三笠の山に出でし月かも」（二一五。後述）を引きつつ、「さて、今、そのかみを思ひやりて、ある人の詠める歌」である。この歌は、『後撰集』（羇旅・一三五五）に詞書「土左よりまかり上りける船の内にて見侍りけるに、山の端ならで、月の波の中より出づるやうに見えければ、昔、安倍の仲麿が、唐にて、「ふりさけ見れば」といへることを思ひやりて」、作者「貫之」、下句「海より出でて海にこそ入れ」の形で入集する（古今六帖・第一・ざふのつき・三二五・つらゆき、四句「海より出でて」。奥義抄・一七〇。宝物集・二五二にも）。同集承保三年奥書本は下句が『土佐』と同じで、堀河具世筆本と雲州本は結句が『土佐』と同じ（即ち下句が

『古今六帖』と同じ）である（岸上・杉谷『後撰和歌集』）。『後拾遺集』（羇旅・五二六）の「宇佐の使ひにて筑紫へまかりける道に、海の上に月を待つといふ心をよみはべりける／橘為義朝臣／都にて山の端に見し月影を今宵は波の上にこそ待て」は、貫之歌に倣った詠作と見てよく、それは「波」に拘れば、『後撰集』ではなく『土佐日記』の形に拠ったとも思しいが、『後撰集』の異本や『古今六帖』に拠った可能性も完全に排除される訳ではない。他方、藤原教長の「雲晴れてなぎたるわたの月見れば波より出でて波にこそ入れ」（教長集・秋・月歌とてよめる・四一九）は、より強く『土佐』に拠ったことを窺わせるであろう。院政期の、『土佐日記』受容の痕跡と見ておきたいと思う。

以上のとおり、恵慶や高遠らのような貫之を敬慕していたであろう歌人を初めとして、平安時代を通じて細々と点綴するようにではあるが、『土佐』歌が受容されていた跡を認め得る。また、『古今六帖』等には『土佐』歌を貫之の作と見なす解釈の反映を見ることができ、「貫之」の『土佐日記』が歌人間に相応には認知されていたことが窺われるのである。

ここで、歌学書所引の『土佐』について瞥見しておきたい。範兼『和歌童蒙抄』は「よこほる」の語釈に「貫之が土佐日記」を、清輔『奥義抄』も「うつたへに」「よこほる」「あがた」の語釈に「土佐（の）日記」を、各々引証する。顕昭『袖中抄』は「よこほる」にその両説を引き、「土佐日記」本文を引用しつつ前者の不正確を咎め、「うつたへに」に後者の説を引き、加えて「みをつくし」（顕秘抄、顕注密勘も）「めもはる」（顕注密勘も）「うつらうつら」の語釈にも「土佐日記」を引証する。定家『僻案抄』は「貫之日記」を、順徳院『八雲御抄』も「貫之が土佐日記」を、各々「よこほる」の語釈に挙げ、鎌倉前中期の難語注解書『色葉和難集』は「よこほりふせる」の項に「土佐日記といふ物」を引き、「うつたへ」の項に『奥義抄』説を引く。院政期から鎌倉期にかけて、特異な難語を注解する証左・傍証として、貫之の『土佐日記』が尊重されていたことが窺われるけれども、それは逆に『土佐』が、一般的な歌語の典故としては必ずしも存在していなかったことを示唆することにもなるであろう。

3 鎌倉時代の受容――定家・為家とその周辺――

まず、『土佐日記』を書写して今日に伝えた藤原定家や為家及びその縁者達の和歌に、『土佐』歌の影があるのかを探ってみよう。建仁元年（一二〇一）二月の『老若五十首歌合』で定家は、「山姫の幣の追風吹き重ね千尋の海に秋の紅葉葉」（秋・二八五）と詠む。この「幣の追風」の典拠は、『土佐』の、

⑩わたつみのちぶりの神に手向けする幣の追風止まず吹かなむ（三一）

に求められよう。これは、正月二十六日に海賊追跡の噂に夜半に出航し、手向けの場所で幣を奉らせるとその幣が東方へ散るので、楫取（船頭）が「この幣の散る方に、み船速やかに漕がしめ給へ」と祈請すると、それを聞き「ある女の童の詠める」歌であるが、『古今六帖』（第四・ぬさ・二三九〇）には「つらゆき二首」▼注4として二句「ちひろの神に」で見える歌である。▼注5「「ちふりのかみ」の語が難解であるために、恣まに改めたのであろう」（萩谷朴c）という。「千尋の海に」と詠じた定家は、『土佐』ではなく『古今六帖』の形でこの歌を覚えていたのかもしれない。

一方、「嘉禎三年（一二三七）法印覚寛勧進の「七十首置一字」と同じ試みか。すると定家七十六歳の時の詠」（久保田淳b）と推定される『定家名号七十首』では、「手向けする幣の追風ことづてよ思ふかたより我を送らば」（旅・四〇）と詠んでいる。これは、右の『土佐』歌をより意識した感がある。文暦二年（一二三五）五月十二・十三日に、蓮華王院宝蔵の貫之自筆本を書写した定家であれば当然のことかも知れず、定家の『土佐』歌受容の痕跡と見てよいのであろう。ちなみに「幣の追風」は、定家以降、中世から近世までに用例が散見する。▼注6直接にはこの定家詠や、『土佐』歌を作者「貫之」二句「千尋の神に」で採録した『新千載集』（羈旅・七六二）からの影響である場合もあるにせよ、『土佐』

▼注4 別の一首「降る雪を空に幣とぞ手向けたる春のさかひに年の越ゆれば」（二三九一）は、確かに『貫之集』（八九）に三句「手向けける」で見える歌。

▼注5 『袖中抄』（巻十九）の「ちぶりの神」（九八四～五）の項には「行く今日も帰らんときも玉鉾のちぶりの神を祈れとぞ思ふ」と共に挙げられ、「此の二首はともに貫之詠也」とある。『新千載集』（羈旅・七六二）にも作者「貫之」、二句「千尋の神に」で入集。ここにも『土佐』の歌の作者「女の童」を「貫之」と見なす解釈の跡が認められる。

▼注6 数例を挙げておく。「浪たつる幣の追風早ければ真楫しげぬき渡る舟人」（新撰六帖・第四・ぬさ・一三一〇・真観）、「夏は今日行く瀬涼しき禊ぎ川秋をやさそふ幣の追風」（為村集・夏・川夏祓・五九五）、「払ひすと真袖に波をかけてけり瀬瀬に乱る

歌を原拠とした直接・間接の摂取であると言ってよい。その意味で一例を挙げれば、後鳥羽院詠という「霞立つ春の錦を手向け山幣の追風神のまにまに」（秋風抄・春下・八七。高良玉垂宮神秘書紙背歌書（和歌）・風・一四七、集付「秋風二」四句「幣の追風は」）は、「このたびは幣もとりあへず手向け山紅葉の錦神のまにまに」（古今集・羇旅・四二〇・道真）を本歌にして「幣の追風」を取り併せるが、後鳥羽院が『土佐日記』を読み習ったとまでは断言できないまでも、「幣の追風」が『土佐』歌に遡及することはまた動かないのである。

承久二年（一二二〇）秋に慈円の勧めで詠んだ「四季題百首」の「雨」で、定家は「水もなき小坂を落つる夕立のたきつ瀬受くるもとの谷川」（新編国歌大観本拾遺愚草員外・五二〇）と詠じた。この「水もなき」の原拠は、『土佐』の、荒天で連泊する大湊で正月七日に贈られてきた長櫃の中にある「若菜」に添えてあった、

⑪浅茅生の野辺にしあれば水もなき池に摘みつる若菜なりけり（七）

に求められる。「水もなし」の類句は、貫之と同時代の保憲女にも「水もなき空に網はるささがにのかかれるむしをいをと見るらん」（賀茂保憲女集・一七二）があり▼注7、また勅撰集には、「水もなく舟も通はぬこのしまにいかでかあまのなまめかるらん」（拾遺集・物名・このしまに尼の詣でたりけるを見て・三七八・輔相）や「水もなく見えこそ渡れ大ゐ川岸の紅葉は雨と降れども」（後拾遺集・秋下・三六五・定頼）の両首が収められていて、『土佐』に拠らなくとも詠出し得るものではあったろう。また、輔相や定頼が『土佐』を読んでいた証左はなく、両首間にも内容上の類縁は希薄で、これらの関係性は判然としない。それでも、「水もなし」の類句の初例が『土佐』歌であることに変わりはない。直接・間接の受容・影響か否かは措いて、ここにも、ある和歌表現の始発が貫之の著作にある、と言えることが認められるであろう。

遡って、定家二十六歳の文治三年（一一八七）春の「皇后宮大輔百首」（忍恋）詠「降り立ちて影を

る幣の追風」（琴後集・夏・祓麻・四六六）。

▼注7　『土佐』で、④「曳く船の綱手の長き春の日を四十日五十日まで我は経にけり」（三九・船君）や「今見てぞ身をば知りぬる住の江のまつより先に我は経にけり」（四六・ある人）と、二首に用いられている「我は経にけり」の句は、他には保憲女の「かりそめのたびと結びし草枕紅葉するまで我は経にけり」（賀茂保憲女集・一七八）に見える程度の特異な歌句で、その点でも『土佐』と保憲女との関係は注意されてよいであろう。

も見ばや渡り川沈まむ底の同じ深さを」（拾遺愚草・二五六）は、『源氏物語』の「降り立ちて汲みはみねども渡り川人のせとはた契らざりしを」（真木柱・四〇七・光源氏）を本歌にする（久保田淳b）が、「同じ深さ」の先行例は、『土佐』二月十六日の「桂川、月の明きにぞ渡る」折に「また、ある人詠めり」とする、

⑫桂川我が心にも通はねど同じ深さに流るべらなり（五九）

が目に付くのみである。▼注8 定家が『土佐』歌に学んでいたとすれば、やはり比較的早くから、『土佐日記』を披見し得ていたことになろうか。

定家詠の『土佐』歌からの受容は、さらに追尋の要があるにせよ、定家が「殊に見習ふべき」とした三代集や、三十六人集の「殊に上手」の歌の中で、『古今』に次ぐ位置にあって古典歌集として扱われた『伊勢物語』（詠歌大概）からのそれに比せば、その度合いが比べるべくもなく低いことは認めてよいであろう。定家詠に少しく『土佐』の影が見えるのだとすれば、それはやはり、古典和歌の第一『古今集』の撰者にして、「殊に上手」として「人麿」に次いで記す「貫之」の著作であるから、ということに因るのであろう。定家が、今日のような文学的価値を『土佐』に見ていたかは、不明とせざるを得ない。

さて、先にも見たとおり、『土佐』の「ある人」の⑨「都にて山の端に見し月なれど波より出でて波にこそ入れ」（二六）は、『後撰集』（羈旅・一三五五）では、作者「貫之」、下句「海より出でて海にこそ入れ」）で見える。定家に比肩する家隆の「秋風に波より出でて澄む月を雲なき空に吹上の浜」（玉吟集・秋・同家（前内大臣家）、名所秋歌に・二一五三）の「波より出でて」には、この「都にて」歌の『土佐日記』所収の形からの影響を見て取ることができるであろう。一方、「都にて山の端に見し月」の措辞からは、『千五百番歌合』の兼宗詠「都にて見しにかはらぬ月なれど山里さびし有明の空」（雑二・二九〇七）への影響が看取されるが、『土佐』と『後撰』のいずれに拠ったかの徴証はなく、勅撰集に

▼注8 『伏見院御集』の「里続き同じ深さに積もればや雪に折れゆく竹のむらむら」（雪中村居・一四五九）は、定家詠に学んだかあるいは偶合か。

負ったかと憶測するしかないところである。また、為家の「都にて山の端高く待ち出でし月の桂は麓なりけり」（大納言為家集・雑・寛元元自二西山禅室一帰洛之時、自二路次一更送レ之・一七二一）にも、「都にて」歌からの影響が認められるであろうが、為家の場合には、父定家も自身（嘉禎二年（一二三六）八月二十九日）も『土佐』を書写していることを思えば、必ずしも『後撰集』に負ったとのみ見るべきではなく、たとえ直接には『後撰集』に拠ったとしても、それが『土佐』歌の異伝であることは認識していたと見てよいのではないか。為家の男為氏の妻の兄弟である雅有の「都にて雲井のよそに見しかども軒端に出づる山の端の月」（飛鳥井雅有集・雑・三七〇）や、為家の妻（為氏の母）の甥である宇都宮景綱の「都にて待たれし峰を越え来てもなほ山よりぞ月は出でける」（玉葉集・旅・旅歌とて・一一九六。沙弥蓮愉集・六八二）も、同様に考えてよいのかもしれない。為家は、独撰した『続後撰集』（雑上・一〇三五）に、『土佐』二月九日の「ある人の詠める」、

⑬君恋ひて世を経る宿の梅の花昔の香にぞなほにほひける（五四）

を、詞書「貫之土左任はてて上り侍りける道にて、渚の院の梅の花を見てよみ侍りける」、作者「よみ人しらず」で、採録しているのでもあった。

ところで、『土佐』には、十二月二十九日から碇泊した大湊で元日に、歯固めなどの諸事に不便をかこち、「ただ、押鮎の口をのみぞ吸」いながら、「今日は都のみぞ思ひやらるる」としつつ、

⑭小家の門のしりくべ縄の鯔《なよし》の頭、ひひら木ら、いかにぞ、

と「言ひ合へるなる」という場面がある。『夫木抄』に為家の歌として「世の中は数ならずともひひら木の色に出でては言はじとぞ思ふ」（巻二十九・ひひら木、黄部・同（貞応三年百首、木廿首）・一四〇七四）と見える。「ひひら木」（柊）は、基本的に和歌の素材ではない。「木廿首」という制約下に敢えて選択した題材であろう。その際に、『土佐日記』の一節が為家の頭をよぎらなかったであろうか。僅かな可能性を見ておきたい。

その為家の後半生の伴侶である阿仏尼の『安嘉門院四条五百首』には、「子を恋ふる秋の心はさ牡鹿の妻思ふにもなほまさるらん」（新日吉社・鹿・三五一）の一首がある。これは、「物色自堪傷客意　宜将愁字作秋心（物の色は自ら客の意を傷ましむるに堪へたり　宜なり愁の字をもて秋の心に作れること）」（和漢朗詠集・秋・秋興・二二四・篁）やそれに拠った「ことごとに悲しかりけりむべしこそ秋の心を愁へといひけれ」（千載集・秋下・三五一・季通）に「秋の心」の詞を負い、「さ牡鹿」が「妻」を恋しく思うという通念を下敷きにしている。同時に、『土佐』正月十一日の「暁に船を出だして、室津を追ふ」（船中）で、亡娘を追憶して母は特に悲しみ、「下りし時の人の数足らねば、古歌に「数は足らでぞ帰るべらなる」といふことを思ひ出でて、人の詠める」という、

⑮世の中に思ひやれども子を恋ふる思ひにまさる思ひなきかな（一六）

を踏まえているのではないか。「和歌文書以下運び渡す」（源承和歌口伝）と、為家が定家から相伝した和歌文書等を掠め取ったと伝えられ、『土佐』の流れに棹さす日記紀行『十六夜日記』を記した阿仏尼が、『土佐』に目を向けていたとしても不思議はないであろう。

その阿仏尼と為家の子で、『土佐日記』の伝承筆写（桃園文庫本）でもある為相に、「袖にのみ払ひし露はををよりて人こそ分けね宿の道しば」（文保百首・恋・一五八五）の作がある。この歌の「ををよりて」は、「麻を縒りて」あるいは「緒を縒りて」であろうか。これは、『土佐』二月三日の「風吹くこと止まねば、岸の波立ち返る。これにつけて詠める歌」という、

⑯ををよりてかひなきものは落ち積もる涙の玉を貫かぬなりけり（四〇）

に遡及する句である。貫之には別に「ををよりて貫くよしもがな朝ごとに菊の上なる露の白玉」（新編国歌大観貫之集・天慶二年四月右大将殿御屏風の歌廿首・女ある家の菊・三九〇。古今六帖・第六・きく・三七四三、二句「ぬくものにもか」）という後出歌がある。他に例を見ないこの句を、為相が独自に詠出したとは考え難く、やはり貫之の歌に学んだ結果かと思われる。為相は、『土佐日記』にせよ

『貫之集』にせよ披見し得たと想像されるが、ここに為相の『土佐』享受の跡を見ておきたいと思う。同様に、為相の「真砂越す波かと見れば数知らず鴎群れゐる沖の離れ洲」（藤谷集・海道百首歌の中・しらすか　遠江・二八四。夫木抄・雑八・はなれす・海道宿次百首、しらすか・一二三〇〇）は、先に見た、『土佐』の⑦「祈り来る風間ともふをあやなくも鴎さへだに波と見ゆらむ」（四五・ある童）を知っていたことを反映した一首ではないかとも考えるのである。

さて、『土佐』では、十二月二十七日に、「大津より浦戸をさして漕ぎ出」でて、夭死した女児を愛惜しつつ、「鹿児の崎」の磯で、国司公館の人々と惜別を交わした後に、その人々が謡う「惜しと思ふ人やとまると葦鴨のうち群れてこそ我は来にけれ」を賞賛して、「行く人」が次のように詠む。

⑰棹させど底ひも知らぬわたつみの深き心を君に見るかな（六。古今六帖・第三・うみ・一七五五、三句「わたつうみの」五句「君は知らなん」）

貫之は別に、「棹させど深さも知らぬふちなれば色をば人も知らじとぞ思ふ」（後撰集・春下・一二七。袖中抄や河海抄にも所引）という、想念は異なるが言詞の点で類似した歌を残している。「棹させど」は、和歌では特異な句である。貫之歌以外には、後嵯峨院第三皇子にして鎌倉幕府第六代将軍宗尊の「みるめさへかただの沖に棹させどつれなき人や我に教へし」（竹風抄・巻二・文永五年十月三百首歌・不逢恋・四二五）が目に付く程度である。これは、「みるめ刈るかたやいづくぞ棹さして我に教へよ海人の釣舟」（新古今集・恋一・一〇八〇・業平。伊勢物語・七十段・一二九）を本歌にするので、その「棹さして」に従った「棹させと」との掛詞ではある。また、「棹させど」の句を抵抗なく使う保証は、先づ勅撰集たる右の『後撰集』歌に求められるべきであろう。▼注9 しかしその身分境遇と詠作の傾向から、古典から当代までの広範な歌書類を目にする環境にあったかと思しい宗尊（中川博夫ｂｃ）の師の一人が『土佐』の書写者である為家であることを思うと、宗尊が『土佐日記』を目にする機会がなかったと断言するには躊躇を覚えるところである。

▼注9　『土佐』正月八日の「照る月の流るる見れば天の川出づるみなとは海にざりける」（一〇・ある人）は、『後撰集』（羇旅・一三六三・貫之）に詞書「土左より任はてて上り侍りけるに、舟のうちにて月を見て」、結句「海にぞありける」で入集する。『古今六帖』（第三・みなと・一九六八・つらゆき）には、初句「入る月の」で見える。例えば、『夫木抄』（雑六・きよみ川、するが・三百六十首中・一一二四一）に「衣笠内大臣」家良の歌として載る「清見川出づるみなとに潮満てばせかれてたたふ浦の入海」が、貫之詠に負うところがあったとしても、それはやはり『後撰集』に拠ったとみるべきであろうか。

ところで、鎌倉末期頃の『土佐日記』の受容の一端を示す事例がある。原初形態は、嘉元元年（一三〇三）十二月奏覧の『新後撰集』の直前に二条家親近の地下の撰かという『歌枕名寄』には、「土佐日記」の名が、「澪標」（巻十三）「河尻」（巻十六）の二箇所に、「貫之土佐日記云、みをつくしより出でて、難波をすぎて河尻に入る云云」「裏書云、貫之土佐日記云、六日みをつくしのもとより出でて、難波をすぎて河尻に入る云云」と見える。『土佐』為家本は「（二月）六日。澪標のもとより出でて、難波に着きて《ナシ（定家本）》河尻に入る」であって、同書の編纂の粗雑さを窺わせる。また、為相とも交流した遠江の勝間田長清撰で延慶三年（一三一〇）頃成立という『夫木抄』は、『恵慶集』の「或所の御屏風の歌」の「うたたねの橋、旅人行く」の一首「橋の名をなほうたたねと聞く人の聞くは夢路かうつつながらに」（一八五）を、詞書「貫之が土佐日記を絵にかけるに、うたたねの橋を旅人行く」（雑三・橋・うたたねのはし、大和・九四四四・恵慶）で採録する。さらに、「続千載和歌集が成立した元応二年（一三二〇）をあまりくだらない頃に編まれたもののようである」（荒木尚・赤塚睦男『新編国歌大観』第十巻同書解題）という『高良玉垂宮神秘書紙背歌書（和歌）』（風・二二四）に「土佐記　いづみのとまりにて、日のよきにふねはやといへば／みふねよりおほせたぶなりあさかたのいでこぬさきにつなではやひけ　梶取歌」（「あさかた」に合点。原表記片仮名。荒木尚他編著『高良玉垂宮神秘書・同紙背』所収本）と見える。これは、『土佐』二月五日で、「和泉の灘」から「小津」に向かいつつ、「船疾く漕げ。日のよきに」と催促すると、「楫取」（船頭）が「船子ども」（水夫達）に次のように言い、

⑱御船よりおほせたぶ《ふ（桃園文庫本）》なり。朝北の出で来ぬ先に、綱手はや曳け。

さらに、「この言葉の歌のやうなるは、楫取のおのづからの言葉なり…書き出だせれば、げに三十文字あまりなりけり」と続く一節を、内容を承けて「歌」と認識したものであり、『土佐』受容の確実な事例である。▼注10『歌枕名寄』の杜撰、『夫木抄』の誤認、『高良玉垂宮神秘書紙背歌書（和歌）』の意改はあるにしても、それらが「貫之」の「土佐日記」「土佐記」の名を記していることは、当時の『土佐日記』

▼注10ちなみに、室町期の冷泉流の連歌用の注釈書とされる『六花集注』には「御舟ヨリ仰《アヲキ》タフナリ朝北ノイテコヌ先ニ綱手《ツナ》ハヤヒケ／是ハ土佐ノ御祭歌也／十月／霜月／也」（古典文庫〈蓬左文庫〉本・一三六）と見える。

の流布の一端を窺わせる点で意味があろう。

鎌倉時代の定家や為家等『土佐日記』書写者とその周辺の詠作の、『土佐』歌の特徴に類似した事例は、『土佐』受容の痕跡として見て然るべきかと思われる。しかし、そこに貫之の著作としての『土佐日記』であるという以上の価値観が存したかは、疑問とせざるを得ない。なお、鎌倉時代末期の『土佐』受容の明徴は、『土佐』本文の相応の流布を窺わせるが、それはまた定家や為家の書写と全く無縁ではなかったのかもしれないと思うのである。

4 南北朝・室町時代の受容——正徹や実隆など——

引き続き中世後期の『土佐』歌受容の形跡を追ってみたい。『土佐』二月五日に、「住吉のわたりを漕ぎ行」きつつ、「ある人」が「今見てぞ身をば知りぬる住の江の松より先に我は経にけり」（四六）と詠み、「昔へ人（亡き娘）の母」が娘を「一日片時も忘れねば詠める」という、次の歌がある。

⑲住の江に船さし寄せよ忘れ草しるしありやと摘みて行くべく（四七）

この一首は、『古今六帖』（第六・わすれぐさ・三八四九）には「つらゆき」の歌としてある。康安頃（一三六一〜二）に成立という『頓阿句題百首』に見える「言問はむ舟さし寄せよ住の江のえなつを過ぐるむこの浦人」（旅・江辺問船子・三〇八・良春）は、「ふねさしよせよ」という特異な句の一致から、この歌に負ったと見てよいのではないか。『古今六帖』に拠った結果である可能性は排除されないが、「旅」の歌として詠出されたことに照らせば、良春が『土佐』歌に倣った可能性をより高く見たいと思う。

『土佐』正月二十日には、「二十日の夜の月出でにけり。山の端もなくて、海の中よりぞ出で来る」よ

うな光景を見てか、往時阿部仲麻呂が唐土から帰朝せんとする折に詠んだ歌として、

⑳青海原ふりさけ見れば春日なる三笠の山に出でし月かも（二五）

と引く。『古今集』（古今集・羇旅・四〇六）や『新撰和歌』（別、旅・一八二）に初句「天の原」で載る歌である。「貫之は、土佐日記のこの場面において、海に面して月を詠ずる情景にふさわしく、かつ年少読者の理解に便ならしめるために、第一句を任意に「あをうなばら」と改変したのであって、決して、第一句を「あをうなばら」とする異伝本文が他にあったものを取り入れたのではあるまい」（萩谷朴c）というが、「伝承歌としての可能性もある」（東城敏毅）との異論もある。いずれにせよ、「青海原」自体は、『万葉集』に「青海原風波なびき行くさ来さつつむことなく舟は早けむ」（巻二十・二月十日於二内相宅一餞二渤海大使小野田守朝臣等一宴歌一首・四五一四・家持。綺語抄・二四〇、二句「かみなみなびき」）と見え、また、延喜六年（九〇六）の「日本紀竟宴和歌」では「青海原いざなぎ見れば大八洲ませきとどものかそにぞありける」（得伊奘諾尊・二八・菅根）とも詠まれる。改作説に立てば、だからこそ貫之もこの「青海原」の語を用いたと思われ、あるいは同じく渡航する際の餞別歌という類縁から、貫之が万葉歌を念頭に積極的に改作したと見られなくもない。この「青海原」は、右の三首以降和歌の用例は多くない。中世では、正徹が「時をうる空もひとつに春の色の青海原ぞいとど霞める」（草根集・晦日、平頼資勧めし続歌に・早春海・七四一六）と用いるのが早い。必ず『土佐』に拠ったとまでは断言できまいが、もしそうであるならば、『土佐』所引歌の微かな影響の跡ということになる。

その正徹は、「日を経れどわきてたまれる水もなし浜のま砂の五月雨の頃」、「水もなき空にめぐりて聞こゆなり雲を汀の葦鴨の声」（草根集・住吉法楽詠百首和歌・夏・五月雨・八三四、同・冬部・水鳥・三九〇九）と、先に定家に論及して見た「水もなし」の類句を用いている。これに、「藤なれや堤の下樋朽ちはてて水なき池に浪ぞまされる」（草根集・春部・池上藤・三〇九九）という、「水なき池」の作例があることを併せ見ると、正徹は勅撰集や定家の歌ばかりではなく、『土佐』の⑪「浅茅生の野

▼**注11** 私家集大成本の『草根集』（侍長谷寺仏前詠五十首和歌・雑・神祇・一〇五六）では結句が「ぬさの上風」。これは、「追」の草体を「上」に誤ったと見る。

▼**注12** 「うれしがりけれ」は、「うれしかりけれ」にも解されている。

▼**注13** 他に「生まれしも」の句は、近世の松平定信詠「故郷といづれをいはん生まれしも又おひたちしかたもある身は」（三草集あさぢ・雑・故郷・六九九）が目に入る程度。

▼**注14** 数例を挙げておく。「追風に帆に任せつつ行く舟の泊まり定めず恨めしの身や」（拾玉集・略秘贈答和歌

辺にしあれば水もなき池に摘みつる若菜なりけり」（七）を見習っていたかとも考えるのである。それは、前述した、『土佐』歌を原拠に定家詠を媒介として後代に詠み継がれた「幣の追風」の語を、正徹が「行く舟の遠き浪路に散りくるや日も夕潮の幣の追風」（草根集・雑部・羇旅・五一一一）や「この山のあらゆる神に手向くなりみよことのはの幣の追風[注11]」（新編国歌大観草根集・神祇・一〇五一三）と用いていて、特に前者が『土佐』正月二十六日の⑩「わたつみのちぶりの神に手向けする幣の追風止まず吹かなむ」（三一・女の童）と、

㉑追風の吹きぬるときは行く舟の帆手打ちてこそうれしがりけれ[注12]（三二・淡路の専女）

の両首を意識したと見られることを考え併せるとき、より強く推認されるであろう。とすればあるいは、正徹の「友ぞなきさらむ此の世も生まれしもよしや独りと月をのみ見て」（草根集・秋部・狩見月〔「独見月」の誤りか〕・三七一四）の「生まれしも」も、『土佐』の巻軸近く、「かかるうちに、なほ悲しきに堪へずして、ひそかに心知れる人と言へりける歌」である、

㉒むまれしも帰らぬものを我が宿に小松のあるを見るが悲しさ（六〇・女）

を知っていた反映かと推測するのである[注13]。

ちなみに、右の㉑「追風の」歌は、「この間に、風よければ、楫取りいたく誇りて、船に帆上げ、など喜ぶ。その音を聞きて、童も媼も、いつしかとし思へばにやあらむ、いたく喜ぶ。この中に、淡路の専女といふ人の詠める歌」という。「追風」に「行く船」を言うことは、鎌倉時代から近世までに相当数の作例が見え[注14]、類型として認められる。それらは、相互に影響した可能性は当然あろうし、独自に詠出された歌もあろう。また、近世の作品の内、後述する貞徳や秋成や諸平等の『土佐』を享受したと認められる人の歌については、『土佐』に学んだ反映と見てよい場合もあろう。いずれにせよ、これらの類型の始発が、『土佐』の「追風の」歌であることは動かない。ただし、『新古今集』に「追風に八重の潮路を行く舟のほのかにだにもあひ見てしかな」（恋一・一〇七二）があって、むしろこれがその後の

百首・三四三二）、「追風に真楫しげぬき行く舟の早くぞ人は遠ざかりぬる」（新拾遺集・恋四・一三一一・源貞世）、「淡路島せと行く舟の追風に散りくる花や跡の白波」（李花集・春・一三七）、「行く舟の追風きほふ明石潟潟ほに月を背けてぞ見る」（衆妙集・九州道の記・七六四）、「追風のあまりあや吹く行く舟にここぞ泊まりといふ声もがな」（後十輪院内府集・雑・海路・一四三一）、「床の浦や漕ぎ行く船の楫枕跡より涼し袖の追風」（逍遊集・夏・船中納涼・九八七）、「蘆原の　瑞穂の国を　中におきて　外行く波の　千重浪の…入りくる船は　玉はやす　武庫山風を　追風に…騒ぐ入江を　漕ぎたみて　行くちふ船は　蜑ならぬ　難波をとめの　家路ゆく船」（藤簍冊子・春・春日遊墨江・一二六）、「何事か思ひ残さん朝びらきこぎゆく舟の真帆の追風」（柿園集・雑・船・八五〇）。

類詠群の形成に影響していると思われる。同歌の作者正三位権中納言源師時は、保延二年（一一三六）四月六日に六十歳で没した院政期の歌人である。恋歌である師時詠は、『土佐』歌の叙景とは異なる。しかし、上句が「帆」から「ほのか」を起こす序詞で下句に恋情を詠じている仕立て方は、『土佐』歌も有意の序詞である上句から「帆手」（帆布）に「手」（人の手）を掛けて下句に感情を表出しているので、これに通う。偶合か院政期の『土佐』受容の痕跡か、判断は難しい。が、たとえ偶合であったとしても、詠み方の一つの原型が『土佐』の歌にあることは間違いない。他に、個別の歌句についても、「日をだにも」「道の遙けさ」（三三・ある女）「あまならば▼注15」（三五・ある女）「名にし負へば▼注16」（女・三七）「しるしありやと」（四七・母）「かへらぬものを」（六〇・女＝著者）「別れせましや▼注17」（六一・同上）等について、同様のことが言えるであろう。『土佐』歌が、後代の類詠に直接影響していなくとも、ある類型や類句の始発であることは、『土佐』にその歌を著録した貫之の価値が、和歌の亀鑑『古今集』の撰者たる貫之の和歌史上の位置付けに重なる点があると言えるのではないだろうか。

　さて、明応元年（一四九二）八月に小河御所の祖本を書写し、同年十月に句点・声点を付し講義した（実隆公記）という三条西実隆の、「わがかたは涙の玉の数そへて人わされ貝君拾ふらん」（私家集大成雪玉集・巻十二・文亀三年九月九日已来同年公宴・忘恋・五〇三〇）の第四句「人わされ貝」は、「さ」の傍記「す歟」について「人忘れ貝」が本来と見るべきであろう。とすると、この歌は、『土佐』二月四日の「この泊の浜には、種々のうるわしき貝、石など多かり。かかれば、ただ昔の人をのみ恋ひつつ、船なる人の詠める」という、

㉓寄する波うちも寄せなむ我が恋ふる人忘れ貝▼注18おりて拾はむ▼注19（四一。三条西家本も同じ。古今六帖・第三・かひ・一八九六、作者「つらゆき」）

に負っているのではないか。実隆が『土佐』を享受したことの反映と捉えたいと思う。一方、衲叟馴窓の家集で、「井上宗雄氏によって千葉勝胤または同孝胤かと推定されている、ある貴顕の懇請に応じて、

▼注15　一首は「おぼつかな今日は子の日かあまならば海松をだに引かましものを」（正月二十九日・三五）で、この歌は、『古今六帖』（第一・子日・四〇）に作者「つらゆき」四句「海松をしぞ」で見え、貞治（一三六二〜八）初めに足利義詮の命で撰したという四辻善成の『河海抄』（巻七・澪標・一二九一）にも集付「六帖（朱か）」（天理図書館伝兼良筆本）あるいは四句「海松をこそ」脚注「六帖貫之」（同文禄五年写本）として引かれている。なお、『河海抄』（巻七）には、「みをつくし　国史に、難波江に始立澪標のよし見えたり。其所をばみをつくしといふと土佐日記にあり」とある。これは一見、『土佐』二月六日「澪標より出でて難波に着き《ナシ（定家本）》」を参照したように思わせる。しかし、『河海抄』の注文は『土佐』の一節を含む前後の分脈に完全に整合するとも言えず、上記のとおり『河海

馴窓が自撰、編集したもの。永正一一年（一五一四）四月に成立したか」（赤瀬知子『新編国歌大観』解題）という『雲玉集』に、詞書「下総千葉の浦を」として見える読人不知の「植ゑ置きし所の名にも似ぬものは黒戸の浜の白菊の花」▼注20（雑・四六〇）は、前出の高遠歌「植ゑて見る所の名にも似ぬものは黒戸に咲ける白菊の花」の剽窃かとも疑われる一首である。「黒戸の浜」と「白菊の花」の色味を対照させる趣向の前提となるであろう「黒戸の浜」の景趣は、宮中の「黒戸」を詠んだ高遠歌よりも、むしろ『土佐』二月一日の「黒崎の松原を経て行く。所の名は黒く、松の色は青く、磯の波は雪のごとくに、貝の色は蘇芳に、五色にいま一色ぞ足らぬ」によく照応する。該歌の作者は、あるいは高遠歌を盗みつつ、その背後に『土佐』の表現があることを把握していた人物であったのかもしれない、とも考えるのである。

以上から見ると、南北朝から室町時代までの『土佐』歌の受容の形跡は、前代までより顕著とは言えないが、それは多分に調査の不十分さに起因するかと思われ、今は右の幾許かの事例に、前代から続く『土佐』受容の僅存を見ておきたいと思う。

抄』が該歌を『土佐』所収歌としては引かない（『古今六帖』歌として引く）ことを思えば、あるいは前掲『夫木抄』のような『土佐』の「澪標」の一節を摘録したものに拠った間接的受容かとも疑われるのである。

▼注16 ただしこの「名にし負へば」の句は、『小町集』（六）『寛平御時菊合』（三二）『亭子院女郎花合』（三七）にも見える。これらが先行か。

▼注17 ただしこの「別れせましや」の句は、『土佐』との先後は不明ながら、むしろ同じ貫之の「暁のなからましかば白露のおきてわびしき別れせましや」（貫之集・六九二。後撰集・恋四・八六二。拾遺集・恋二・七一五。和漢朗詠集・暁・四二〇）が、後代により影響を与えたであろう。

▼注18「人忘れ貝」は、万葉以来の「恋忘れ貝」と『古今集』の「人忘れ草」を併せたような趣がある。他の用例は、傅大納言道綱の孫、参議正三位兼経の男（母加賀守藤原順時女弁乳母）である正四位下藤原顕綱（長元二年（一〇二九）〜康和五年（一一〇三）六月二七日、七五歳）の家集『顕綱朝臣集』に「蘇芳色なる貝の小さきを、これなん忘れ貝といふ、まことか、見知りたりやとて、人の見せければ／これやさは人忘れ貝おぼつかなえこそしらなみあまにとはばや」（二六）と見える。また、『続後撰集』には「いまさらにたたば玉となりななむ難波の寺の人忘れ貝」（釈教・かの寺（天王寺）に戒師初めて置くとてよみ侍りける・六三一・実氏）がある。共に『土佐』歌からの摂取か否かは不明。

▼注19「おりて拾はむ」は、意外にも用例が希少な特異句。ただし、「君がため波の玉しくみつの浜ゆき過ぎがたしおりて拾はん」（新拾遺集・羇旅・亭子院難波に御幸せさせ給うける時よみ侍りける・七六〇・貞数親王）が、『土佐』歌に先行か。

▼注20 この「黒戸の浜」は、『更級日記』に「その夜は、くろとの浜といふ所に泊まる」「まどろまじ今宵ならではいつかみむくろとの浜の秋の夜の月」とある浜であろう。

5 近世の受容——事例の一端覚書——

安土桃山時代を経て、江戸時代になると、『土佐』の刊本（寛永二十年（一六四三）、慶安四年（一六五一）、万治三年（一六六〇）、寛文元年（一六六一）等々）が出版され、相俟って写本も多く生まれ、国学（和学）の展開に伴い、「写本板本を用いて先人の説を取捨し、自説を注記する等の作業を行なうものが跡を絶たぬ有様であった」（萩谷朴c）のであるから当然、前代までとは比較にならない程に、『土佐』の歌が受容されたであろうことは想像に難くない。以下に、偶々目に付いた近世の受容例を、覚え書きとして、年代順に一覧に列挙しておきたい。（〇囲み数字が『土佐』の和歌と地の文。＊がそれを受容したと思われる歌）

▼中院通勝（弘治二年（一五五六）〜慶長一五年（一六一〇）三月二五日、五五歳）

㉔ひさかたの月におひたる桂川底なる影もかはらざりけり（二月十六日・五七・ある人）

＊行く秋に底なる影もとどまらず阿武隈川の波の上の月（通勝集・百首和歌・秋・阿武隈川・五五五）▼注21

▼藤原惺窩（永禄四年（一五六一）〜元和五年（一六一九）九月一二日、五九歳）

⑭小家の門のしりくべ縄の鯔《なよし》の頭、ひひら木ら、いかにぞ、（元日）

＊春やまだあくと岩戸の今日しかもしりくべ縄の引き渡すらむ（惺窩集・春・六二）

㉕ゆくりなく風吹きて、漕げども漕げども、後《しり》へ退《しぞ》きに退きて、ほとほとしくうちはめつべし。（二月五日）

＊忘れけり後へ退きに退く▼注22なりのるやただ世をうさぎむまとて（惺窩集・驢馬倒載図 戊午の年三月二十二日、松童亭上酔裏迅筆・一一六）

▼松永貞徳（元亀二年（一五七一）〜承応二年（一六五三）一一月一五日、八三歳）

⑳青海原ふりさけ見れば春日なる三笠の山に出でし月かも（正月二十日・二五・仲麻呂）

＊青海原ふりさけ見れば霞より時時あまる海人のつりぶね

▼注21「阿武隈川」を題とするこの歌が、「世とともにあぶくま河の遠ければ底なる影を見ぬぞわびしき」（後撰集・恋一・五二〇・読人不知）を本歌にすることは一目瞭然であるが、そもそも「川」の「底なる影」（「底」は「其処」との掛詞）を詠むことは、この読人不知歌の素性が不明なので、『土佐』歌との先後もまた分からない。しかしいずれにせよ、その「影」が「月」の光である歌の原拠は、この『土佐』歌である。従って、通勝がこの『土佐』歌に倣った可能性は見ておきたいと思う。

▼注22「後へ退き」は、和歌では早く花山・一条朝頃の人という為信に「六月晦日に、恨みてあはぬ人に、大幣につけてやる／大幣に君が心のあらませばけふは夏越しの祓へしてまし」の「返し」として「祓へする草人形の菅貫は後へ退きぞまづせられける」（為信集・一四〇）、俊頼に

(逍遊集・春・春海・二五八)
＊青海原ふりさけ見れば満ちてくる今宵の月や空の初潮
(逍遊集・秋・八月十五夜百五十首・一三六九)

▼烏丸光広(天正七年(一五七九)～寛永一五年(一六三八)七月一三日、六〇歳)

⑤行く先に立つ白波の声よりも遅れて泣かむ我やまさらむ
(正月七日・八・人)
＊梅散りて鳴く鶯の声よりも惜しむ心は我やまさらむ(黄葉集・春・庭の梅の散りそめたるに・四〇五)

▼望月長孝(元和五年(一六一九)～延宝九年(一六八一)三月一五日、六三歳)

㉖千代経たる松にはあれどいにしへの声の寒さ▼注23はかはらざりけり(二月九日・五三・ある人。寛永刊本も同様)
＊夏もまたなぎさの松に鳴く蝉の声の寒さは時雨ふるなり
(広沢輯藻・夏・樹陰蝉・三二五)

▼山名義豊(元和九年(一六二三)～元禄七年(一六九五)一月一〇日、七三歳)

㉗風による波の磯には鶯も春もえ知らぬ花のみぞ咲く(正月十八日・二三・人。寛永刊本も同様。古今六帖・第三・いそ・一九四五・つらゆき)
＊潮風に荒磯千鳥立ちさわぎ鶯知らぬ花に鳴くなり(鳥の跡・冬・千鳥・四六一・同〔山名玉山入道＝山名義豊＝戸田茂睡の従兄〕)

▼下河辺長流(寛永四年(一六二七)～貞享三年(一六八六)六月三日、六〇歳か)

⑩わたつみのちぶりの神に手向けする幣の追風止まず吹かなむ(正月二十六日・三一・女の童。寛永刊本・慶安刊本も同様)
＊降る雪の幣の追風しるべする道とてゆかばなほやまよはむ(晩花集・冬・羈中雪・三二〇。林葉累塵集・冬下・羈中雪といふことを・長流・七一四、結句「猶やまど▼注24はん」)

▼契沖(寛永一七年(一六四〇)～元禄一四年(一七〇一)二月二五日、六二歳)

⑧世の中に絶えて桜の咲かざらば春の心はのどけからまし
(二月九日・五二・業平)
＊心とく夏野のさゆり咲かざらば秋はそれとも見やはとがめん(漫吟集・夏上・百合草・九〇四)
⑩わたつみのちぶりの神に手向けする幣の追風止まず吹かなむ(正月二十六日・三一・女の童。以上寛永刊本も同様)
＊なるとこす舟をかしこみ心をやちぶりの神の幣に砕かむ
(林葉累塵集・雑五・なるとをよめる・一三二六・契沖)

▼田安宗武(正徳五年(一七一五)～明和八年(一七七一)六月四日、五七歳)

⑨都にて山の端に見し月なれど波より出でて波にこそ入れ
(正月二十日・二六・ある人。寛永刊本も同様)
＊鴎鶄の佃の島にしばし居て波より出でし月を見しかも
(悠然院様御詠草・月出でたるを見て・三九九)
㉘行けどなほ行きやられぬは妹がうむ小津の浦なる岸の松原(二月五日・四四・船君。寛永刊本・万治刊本二句「行やられねば」、慶安刊本二句「行やられね《ぬイ》ば」)

「木工助敦隆が乗りたる馬の、ことのほかに痩せ弱くして遅かりければ、遅れたりけるを待ちつけていかにと問へば敦隆／ほねあがりすぢさへたかき駒なれや」に対して付けた「ひにゆくことは後へ退きに」(新編国歌大観散木奇歌集・一五七五。私家集大成は結句「しかへしそきに」)がある。これらが、『土佐』の影響下にあったか否かは、さらに追及されるべきであろう。

▼注23「声の寒さ」に類する歌詞としては、「声の寒し(けし)」の類が「尾花吹く秋の夕風身にやしむ尾上の鹿の声の寒けき」(林葉集・秋・五三二)を初めとして、中世を通じて散見する。他には、「眺むれば刈田の雪にゐる雁の友呼ぶ声の寒き曙」(後鳥羽院御集・同〔元久〕二年三月日吉卅首御会・冬・一三四〇)や「起きてみねど霜深からし人の声の寒してふ聞くも寒き朝明」(花園院御集(光厳

＊妹がうむおほあまつみよ久にあれ小五月にうつ毬代にせむ（悠然院様御詠草・大柑子を・三四五）

▼加藤宇万伎（享保六年（一七二一）〜安永六年（一七七七）六月一〇日、五七歳）

⑩わたつみのちぶりの神に手向けする幣の追風止まず吹かなむ（正月二十六日・三一・女の童。寛永刊本・土佐日記解本も同様）

＊みこもかる　信濃の国は　山ゆけど　野ゆけどあらき其の道の　ちぶりの神の　み心も　荒びやすらん　国がらに　あれます人も　あらし雄の　たけびおらびて　人国を…（藤簍冊子・七三一・古戦場・しづ屋のうし）

▼上田秋成（享保一九年（一七三四）〜文化六年（一八〇九）六月二七日、七六歳）

㉙いつしかといぶせかりつる難波潟葦漕ぎそけて御船来にけり（二月六日・四九・淡路の専女。古今六帖・第三・かた・一九六五、作者「つらゆき」四句「葦こぎわけて」。寛永刊本・土佐日記解本も同様）

＊湊入の五手の船は早きかも漕ぎそけてくる沖のゆふだち（藤簍冊子・夏・ゆふだち雨・二六一）

㉑追風の吹きぬるときは行く舟の帆手打ちてこそうれしがりけれ（正月二十六日・三二・淡路の専女。寛永刊本も同様。土佐日記解本は二句「ふきくるときは」結句「うれしかりける」で「一本ふきぬる時」と割注。）

＊空かすむ難波の海の朝なぎに帆手打ちつれて出づる舟人（藤簍冊子・雑・五七八）

▼鵜殿余野子（?〜天明八年（一七八八）二月、六〇歳余）

⑪浅茅生の野辺にしあれば水もなき池▼注25に摘みつる若菜なりけり（正月七日・七・人。寛永刊本も同様）

＊老の浪は更にもよらじ水もなき池の若菜の千代をつむとも（佐保川・土佐の国なる人、母の七十の賀し侍るとてよませ侍りし・五五）

▼加藤千蔭（享保二〇年（一七三五）〜文化五年（一八〇八）九月二日、七四歳）

㉚見渡せば松のうれごとに▼注26住む鶴は千代のどちとぞ思ふべらなる（正月九日・一二・船人）

＊子日するのべの小松のうれごとに日かげのかづら千代かけてみむ（うけらが花初編・雑・人の六十の賀に、寄松祝を・一四四一）。

⑩わたつみのちぶりの神に手向けする幣の追風止まず吹かなむ（正月二十六日・三一・女の童。以上寛永刊本も同様）

＊玉ぼこのちぶりの神もたすけなんたびゆく君が行くさ帰るさ▼注27（うけらが花初編・巻七・藤原の宇万伎が難波へ行くを送ることば・一六二八。八十浦之玉・宇万伎が難波に行くを送る・一六三にも）

▼香川景樹（明和五年（一七六八）〜天保一四年（一八四三）三月二七日、七六歳）

㉚…かくて、宇多の松原を行き過ぐ。その松の数のいくそばく、幾千歳経たりと知らず。もとごとに波うち寄せ、枝ごとに鶴ぞ飛び通ふ。おもしろし、と見るに堪へずして、船人の詠める歌、

見渡せば松のうれごとに住む鶴は千代のどちとぞ思

院）・冬・冬朝・六二）が注意されるが、『土佐』からの影響下にあるとは言えないか。

▼注24なお、長流編『林葉累塵集』（寛文一〇年（一六七〇）七月刊）所収の「太田資早」の「わたの原波と風との思ふどちたたまくもうき舟の道かな」（雑一・舟にて出で立つ人に読みておくりける・一〇三五）は、『土佐』の「立てば立つゐればまたゐる吹く風と波とは思ふどちにやあるらむ」（正月十五日・一八・女の童。古今六帖・第三・なみ・一九五一。寛永刊本も同様）に負った作であろう。ちなみに、久保田淳aは、季経の「風さゆるとしまが磯の群千鳥立ち居は波の心なりけり」（冬・文治六年女御入内屏風に・六五一）の参考歌として『土佐』の「立てば立つ」歌を挙げる。他に、中世和歌で表現がやや類似したものを挙げておく。「浜千鳥声しきるなり白波の立てば立つなる暁の空」（公衡百首・

ふべらなる（正月九日・一二・船人。土佐日記創見本も同様）
＊しき島の宇多の松原つばらにも残れば残る千代の跡かな（桂園一枝拾遺・雑・土佐日記なる宇多の松原のかた・六九五）
㉛春の野にてぞ　ねをばなく　わか薄に　手切る切る　摘んだる菜を　親やまぼるらむ　しうとめや喰ふらむ　かへらや（正月九日・一三・舟唄。「かへらや」は、定家本「かつらや」。講談社文庫本は「（食ふらん）か。つらや。」とする。桃園文庫本影印「くふらむ。よむへ《かへらや》」に拠り、通説に従う。土佐日記創見本は「わか薄に　手切る切る」が「わかす丶きにて《て》きるきる」）
＊姑に摘まれしよめ菜あはれその時過ぎてこそ花咲きにけれ（桂園一枝・誹諧・題知らず・九三〇）※「姑」を詠む特異さから『土佐』に負った可能性を見たい。
㉜心もとなさに、明けぬから、船を曳きつつ上れども（二月九日。土佐日記創見本も同様）
＊明けぬから鳴く鶯はあら玉の年よりさきにたちかへりけむ（桂園一枝拾遺・春・初春鶯・五）※「明けぬから」は他に用例が見えない特異な句。

▼木下幸文（安永八年（一七七九）〜文政四年（一八二一）一一月二日、四三歳）
⑭小家の門のしりくめ縄の鯔《なよし》の頭、ひひら木ら、いかにぞ、（元日。土佐日記創見本。為家本は「しりくめ」が「しりくべ」）
＊今日といへば門にさしたるひひらぎのあなかどかどし世の人のさが（亮々遺稿・貧窮百首・一五四〇）※習俗の写生だが、それを歌に詠む保証に『土佐』があったか。

▼熊谷直好（天明二年（一七八二）〜文久二年（一八六二）八月八日、八一歳）
④曳く船の綱手の長き春の日を四十日五十日まで我は経にけり（二月一日・三九・船君。土佐日記創見本も同様）
＊…とぶ鳥の　とどめもあへず　四十日五十日　今は限りし　ちかければ…（浦のしほ貝・雑・弘化二年三月八日より五月八日に至り法隆寺聖徳太子の尊像霊宝等天王寺にて開扉長歌・一四三一）

▼沖（澳）安海（天明三年（一七八三）〜安政四年（一八五七）八月二七日、七五歳）
㉘行けどなほ行きやられぬは妹がうむ小津の浦なる岸の松原（二月五日・四四・船君。寛永刊本も同様）
＊陸奥は　いづくはあれど　なつかしき　浦はこのうら
見がほしき　島はこの島　妹がうむ　をじまの崎よ
船うけて　真梶ぬきたれ…
妹がうむをじまの崎の松が根のまさきくあらば又かへり見む（八十浦之玉・雑・松之浦島に舟にのりて見ありきしとき・澳安海・九八六〜七）

▼井上文雄（寛政一二年（一八〇〇）〜明治四年（一八七一）一一月一八日、七二歳）
㉝かの人々の、口網ももろ持ちにて、この海辺にてになひ出だせる歌（十二月二十七日。土佐日記考証本は、「もろもち」が「もろ《は定》もち」）
＊心せよなき名も人の口網にになひ出でつついひさわぐ世

冬・四四）、「荒磯に寄せ来る浪の立てば立ち返ればかへる友千鳥かな」（続門葉集・冬・四七七・法印長順）。

▼注25「水もなし」の類辞は、前述のとおり、早く貫之と同時代の保憲女の家集や、勅撰集（拾遺集・三七八、後拾遺集・三六）にも見え、定家にも作例があって、『土佐』歌は、それらにも先行する広い意味での原拠ではあるが、後代詠それぞれに直接に摂取されたか否かは即断できない。参考までに以下に、「水もなし」の類句を用いた歌を挙げておく。「水もなき空にしすめる月ながら今宵千里にしく氷かな」（逍遊集（貞徳）・秋・八月十五夜・一三二三）、「のどけしな世には濁れる水もなき春をうつせる池の鏡は」（後水尾院御集・雑・池水似鏡・八三二）、「水もなき空に見るだに涼しきをまして川せの夏の月影」（鈴屋集・夏・河夏月・五〇九）。以上の中では、後水尾院の一首

ぞ（調鶴集・恋の歌・寄網恋・六九六）

㉞目もうつらうつら、鏡に神の心をこそは見つれ。楫取の心は、神の御心なりけり▼注28（二月五日。土佐日記考証本は「心は」が「こゝろ《ことば、》は《為》」）

＊楫取の心を神の心にて見渡す沖は山かげもなし（調鶴集・雑の歌・海上眺望・七五八）

▼加納諸平（文化三年（一八〇六）～安政四年（一八五七）六月二四日、五二歳）

⑭小家の門のしりくべ縄の鰡《なよし》の頭、ひひら木ら、いかにぞ、（元日。寛永刊本は「しりくべ」が「しりくめ」、「ひひら木」が「ひらら木」、「いかにぞ」が「いかに」）

＊わが門のなよしの頭よしや世は春の光のさすにまかせん（柿園詠草・雑・せちぶとて、人人さわぐに・九八五）。

※幸文の場合と同様。

⑩わたつみのちぶりの神に手向けする幣の追風止まず吹かなむ（正月二十六日・三一・女の童。寛永刊本も同様）

＊世を祈る幣の追風早ければあたせし船はかげもとどめず（柿園詠草・雑・風・五八七）

⑱御船よりおほせたぶなり。朝北の出で来ぬさきに、綱手はや曳け（二月五日。寛永刊本も同様）

＊わがせこが春の急ぎに衣たてば朝北さえて梅かをるなり（柿園詠草・冬・早梅・四八三）

㉟もはら風止まで、いや吹きに、いや立ちに、風波の危ふければ（二月五日。寛永刊本も同様）

＊…神風の　あからしま風　いや吹きに　いふきすさびて　わたつみの　そこ吹きかへし…（柿園詠草・長歌・一一一七）

㊱かくてさし上るに、東の方に山の横ほれる▼注29を見て、人に問へば、「八幡の宮」と言ふ。（二月十一日。寛永刊本は「横ほれる」が「よこをれる」）

＊…ふりさけて　国がた見れば　横ほれる　そともの山は　秋山と　もみぢかざせり…（柿園詠草・長歌・一〇九五）

以上を通覧すると、『土佐日記』を書写したり講読したり注釈を残したりしている人達、即ち惺窩（慶長五年頃に実隆本系を書写し漢字を宛てる）、光広（寛永二十年伝為相筆本を書写）、貞徳（慶安元年五月講読）、長流（土佐日記抄）、契沖（書入、付箋考勘▼注30）、真淵（土佐日記打聞）、宇万伎（土佐日記解）、景樹（土佐日記創見）、秋成（土佐日記解補訂▼注31）、またその門下の人々、つまり貞徳門の長孝、県門（真淵門）の宗武・余野子・千蔭、景園派（景樹門）の幸文・直好、『土佐日記考証』を成した岸本由豆流門の文雄等であることになる。それ以外の、実隆の曾孫で実枝に学んだ通勝はもちろん、義豊、

が、「池」の詠み併せの点で、やや『土佐』歌の面影がある。その視点で、「水なき池」の用例も挙げておく。「寺ふりぬ誰もむすばで月ひとり水なき池に氷をぞしく」（松下集（正広）・自歌合　三百六十番・古寺冬月・二八七二）、「千本みなしげき浮葉にかくろひて水なき池に咲くはちすかな」（逍遊集・雑・池上蓮・二八四八）」。貞徳については、先に挙げた「青海原」歌が『土佐』に負った確度が高いことに照らせば、上述した正徹の場合と同様に、先に挙げた『土佐』の⑪「浅茅生の」歌を知っていたと見てよいであろう。

▼注26 他に「うれごとに」を詠む古歌は、「秋の山影やかたぶくひぐらしのこのうれごとに鳴き渡るらん」（家持集・二五七）が目に付く程度。

▼注27 これはむしろ、『袖中抄』に「わたつみの」歌と併載の「行く今日も帰らんとき

安海、諸平等であっても、『土佐日記』に触れていたのではあろう。近世の『土佐』歌受容の博捜は今後に譲るが、その基盤は、国学・和学の考究の対象として、また「仮名文で紀行を綴ろうとする際」の「第一の規範」（一戸渉）として、『土佐日記』が存在したことにあるのは間違いない。それは、貫之が『古今集』の撰者であったことや、『土佐日記』の祖本たる貫之自筆本が時々の権力者に秘蔵され、その書写者が定家や為家、および勅命を奉じた宗綱あるいは実隆という権力の庇護下にある有力歌人であったことに起因するある種の権威化に従うかのように、近世国学・和学の注釈作業が、藤原惺窩や松永貞徳等に始発し、季吟・長流・契沖・真淵等を経て、幕末まで不断に行われたことにも因るのであろう。

それらの詠作傾向は中世までに比せば、地の文に負った作品がやや目に付き、また、特異な語句の使用や習俗の写生という王朝和歌の伝統の埒外を詠む典故・保証に『土佐』を用いたような印象が残る。総じては、『土佐』がより深く享受されたことの反映と捉えるべきであろう。

6 むすび

文献上の明示的な『土佐日記』受容の証拠が必ずしも多くはない中で、後代の和歌の表現にその受容の跡を探りつつ辿ると、平安時代中期から院政期を経て、今に本文を伝えるのに与った定家や為家等の鎌倉時代はもちろん、室町時代に至るまでの各時代に、僅かずつではあるが『土佐日記』が一種の典故として働いていた様を窺うことができる。さらに、江戸時代には、本文の流布や国学・和学の展開の環境の中で、はっきりと注釈対象たる作品として姿を現しつつ、近世和歌の表現にも『土佐日記』の受容の痕跡を、より鮮明に認めることができる。ただし、『土佐日記』は「豊富周到な内容をもつ歌論書」（萩谷朴a）で「表層第一主題」が「歌論展開」にあると見る（同e）にせよ、その「主題は自己反照、

も玉桙のちぶりの神を祈れとぞ思ふ」（九八四）に倣ったとも思しい。注（5）参照。

▼**注28** ちなみに、幽斎に「大かたはかがみをみても思ひしれ空にくもらぬ神の心と」（衆妙集・詠百首和歌・神祇・九九）がある。一般的な神祇歌の仕立てのようにも思われるが、『土佐』の一節に沿う内容でもあるので、一応注意しておきたい。

▼**注29**「横ほる」の語は、『古今集』東歌「甲斐歌」の「かひがねをさやにも見しがけけれなくよこほりふせるさやの中山」（一〇九七）の「横ほりふせる」があるので、これをも当然学んでいたに違いないが、ここは『土佐』に拠ったと見る。

▼**注30** 寛永二十年刊『土佐日記』に考勘書き入れし、同種の版本に縫付された自筆付箋にも書き付けを残す。後者は鶴見大学図書館蔵。その考勘は、「三手文庫蔵契沖自筆書入同版本とほぼ内容が一致す

特に亡児哀傷の部分に存する」（平沢竜介）と見るにせよ、少なくとも中世までは、そのような主題性を認識して『土佐』歌が受容されたとは認められず、近世でも、国学・和学が『土佐』全体をどのように捉えていたかは課題の一つになろうが、右に掲出した『土佐』受容歌の一端を見る限りでは、『土佐』細部への親昵の度は増したにせよ、受容の仕方が中世までと大きく異なるようには思われない。それでも、『古今集』のように公的に開かれた撰集とは異なり、かつは歌集でもない『土佐日記』が、今日のような「自照性を持つ自由な文芸としての日記文学を創始した」「作品」（松村誠一「土佐日記」『日本古典文学大辞典』第四巻）といった文学的価値観とは、必ずしも同じ見方であったとは断定し得ないはずの平安時代から江戸時代までに、それなりに読み継がれて、その表現が和歌に摂取されていたとすれば、それはやはり紀貫之の著作であるという認識の功用と考えられる。特に定家以後は、俊成から定家に受け継がれた『古今集』を絶対視するような和歌観から、その中心撰者たる貫之の著作として尊重されたのであろう。

ただし、蓮華王院宝蔵に勅封されていた「紀氏自筆本」を「不慮の外に見」て「感興に堪へず自ら之を書写」（定家本奥書）した定家にとってみてさえも、それは貫之の著作の自筆本に感応したのであって、「古歌の景気を観念し心に染むべ」きために「殊に見習ふべき」（詠歌大概）ものではなかった。本歌取は、本歌の心なり詞なりを取ったことを詠作者以外もが認識し得ることがその成立の原理的要件であり、だからこそ例えば定家は歌人誰もが共有すべき古典として三代集・伊勢物語・三十六人集の上手の歌を「見習ふべき」と説示したと見てよく、『土佐日記』歌がその対象でないことは、その日記紀行たる性質ばかりでなく、その和歌の雅的価値への疑義や流布の限定に起因して、至極当然ではあったのであろう。『源氏物語』に代表される物語等の場面や情緒を本説にするような詠作方法についても、恐らくは脚色や虚構を交えて、遊戯性や諧謔性や風刺性を織り込みつつ自在な表現をとった『土佐日記』が、その典故たり得なかったことは、これに同断と言えるであろう。とすればしかし、近世の『土佐』

る」という（『古典籍と古筆切』池田利夫執筆）。

▼**注31** 秋成の『春雨物語』所収「海賊」に『土佐』の影響があることは、早くから指摘がある（中村幸彦）。さらに、一戸渉『上田秋成の時代』は、『土佐日記解』の成立を究明しつつ、その補訂の前後で「秋成の『土佐日記』受容には」「明らかな径庭が認められる」ことを論証する。

の本文と理解の広まりに照らせば、またあるいは、例えば賀茂真淵は「土佐日記も常に見よ」（歌意考草稿本）と言い、「土佐日記はかの（古今集）序よりまされり」（にひまなび）ともし、「土佐日記」を筆頭に「伊勢物語・大和物語・古今六帖・三十六人家集」を併記して「もてあそび給へ」（県居歌道教訓）とまで言っていて、あたかも定家が示す必習の古典に『土佐』を加えたかのごとき価値観を覗かせていることを象徴的に見れば、『土佐』の歌文を本歌・本説にした詠作もあり得てよく、それは近世和歌全体の中で改めて検証されるべきでもあろう。いずれにせよ、裏返せば、院政期から鎌倉期にかけての歌学書類が難語注解に『土佐日記』を引証することと符合するかのように、『土佐日記』の影響下に詠まれたであろう和歌は、やや特異な表現に着目した営為という側面があったとも思しく、反面に勅撰集に採録されるような作品たり得なかったこともまた当然なのかもしれない。けれどもそれはやはり、貫之という存在を殊に意識した後代の歌人達の姿勢を窺わせると言ってもよいのであろう。

そういった『土佐』の直接の受容の例に加えて、『土佐』に直接負ったのではなくとも、結果としてその表現が後出の和歌の始発になっているような間接的な受容の例も併せて、各時代の『土佐』に対する価値観の変遷や歌人毎の受容の細かな差違などは一先ず措き、平安時代から江戸時代までを総じて『土佐』歌の受容の様相を捉えるとき、和歌の始原・基盤としての『土佐日記』の「貫之」の表現に、その価値を見るべきであると考えるのである。

主要参考文献リスト

荒木孝子「『土佐日記』の基層―兼輔関係歌からの視座―」(『研究と資料』二八　一九九二年一二月)
荒木尚他編著『高良玉垂宮神秘書・同紙背』(高良大社　一九七二年七月)
安藤靖治「『貫之集』における実頼贈答歌をめぐって―『土佐日記』終章の二首の詠歌に寄せて―」(『麗沢大学紀要』五七　一九九三年一二月)
池田亀鑑『古典の批判的処置に関する研究』(岩波書店　一九四一年二月)
石原昭平「土佐日記の説話的享受と歌説話の貫之」(『文芸と批評』二-一(通巻一一号)　一九六六年六月)
一戸渉『上田秋成の時代』(ぺりかん社　二〇一二年一月)
大杉光生「『土佐日記』中の和歌の一考察」(『鈴鹿工業高等専門学校紀要』一七-一　一九八四年三月)
川瀬一馬校注・現代語訳『土佐日記』(講談社文庫　一九八九年四月)
岸上慎二・杉谷寿郎校注『後撰和歌集』(笠間書院　一九八八年五月)
久保田淳a『新古今和歌集全評釈』第三巻(講談社　一九七六年一二月)
久保田淳b『訳注 藤原定家全歌集』上・下(河出書房新社　一九八五年三月・八六年六月)
繁原央「安倍仲麿望郷歌考―日中比較文学の視点から―」(『常葉学園短期大学紀要』二七　一九九六年一〇月)
鈴木健一編『江戸の「知」―近世注釈の世界』(森話社　二〇一〇年一〇月)
玉上琢彌編『紫明抄・河海抄』(角川書店　一九六八年六月)

辻和良「名古屋女子大学　和文庫本『土佐日記（解）』翻刻（1〜4）」（『名古屋女子大学紀要（人文・社会編）』三八、三九、四三、四四　一九九二、三、七、八年三月）

東城敏毅「安倍仲麻呂在唐歌―『土佐日記』「青海原―」の歌との比較―」（『国学院大学大学院紀要（文学研究科）』二七　一九九六年三月）

中川博夫a『大弐高遠集注釈』（貴重本刊行会　二〇一〇年五月）

中川博夫b「『瓊玉和歌集』注釈稿（一）〜（四）」（『鶴見大学紀要』四五〜四七　二〇〇八〜一〇年三月、『鶴見日本文学』一四　二〇一〇年三月）

中川博夫c「『竹風和歌抄』注釈稿（一）〜（三）」（『鶴見大学紀要』四八〜四九　二〇一一〜一二年三月）

中村幸彦校注『上田秋成集』（岩波書店　一九五九年七月）

萩谷朴a「『土佐日記』は歌論書か」（『国語と国文学』二五・六　一九四八年六月）

萩谷朴b「土佐日記の和歌の作者についての再説」（『解釈』九・四　一九六三年四月）

萩谷朴c『土佐日記全注釈』（角川書店　一九六七年八月）

萩谷朴編d『影印本土佐日記（新訂版）』（新典社　一九九八年四月）

萩谷朴e『紫式部の蛇足　貫之の勇み足』（新潮社　二〇〇〇年三月）

久松潜一他校訂『契沖全集』第六巻（岩波書店　一九七五年四月）

平沢竜介「『土佐日記』の意匠―和歌に関する記述の分析を通して―」（『言語・文学研究論集（白百合女子大学）』一二　二〇〇二年三月）

平林文雄「『土佐日記』の後世文学に及ぼした影響（その受容と変容）―上田秋成『海賊』、田岡典夫『姫』、花田清輝『泥棒論語』―」（『日記文学新論』勉誠出版　二〇〇四年三月）

正岡忠三郎他編『子規全集』第七巻（講談社　一九七五年七月）

松尾聡編『校註　土佐日記』（武蔵野書院　一九四九年九月）
渡辺秀夫「土左日記に於ける和歌の位相―〈よむ〉と〈いふ〉―」（『日記文学　作品論の試み』笠間書院　一九七九年一〇月）
私家集大成CD化委員会編『私家集大成CD-ROM版』（エムワイ企画　二〇〇八年一一月）
新編国歌大観編集委員会編『新編国歌大観』第一～十巻（角川書店　一九八三年二月～九二年四月）
尊経閣叢刊『土佐日記』（育徳財団　一九二八年四月）
鶴見大学図書館『古典籍と古筆切』（鶴見大学　一九九四年一〇月）
天理図書館善本叢書和書之部第七十巻『河海抄 伝兼良筆本 一』（八木書店　一九八五年三月）
東海大学桃園文庫影印本刊行委員会編東海大学蔵桃園文庫影印叢書第九巻『土佐日記・紫式部日記』（東海大学出版会　一九九二年二月）
日本古典文学大辞典編集委員会編『日本古典文学大辞典』第四巻（岩波書店　一九八四年七月）

第五章

定家本としての『枕草子』

——安貞二年奥書の記主をめぐって

◎佐々木孝浩

ささき・たかひろ

現職○慶應義塾大学附属研究所斯道文庫教授

研究分野○日本古典籍書誌学・中世和歌

著書○共著『大島本源氏物語の再検討』（和泉書院　二〇〇九年）、「「屋代本平家物語」の書誌学的再検討」（千明守編『平家物語の多角的研究屋代本を拠点として』ひつじ書房　二〇一一年）、「冊子本の外題位置をめぐって」（『斯道文庫論集』第四六輯　二〇一二年三月）など。

『枕草子』の伝本は四系統に分類され、その内の「三巻本」系統が現在の流布本的存在となっている。この「三巻本」の諸伝本は基本的に、安貞二年（一二二八）三月の「耄及愚翁」の本奥書を有しており、八十年以上も前からこの奥書の記主は藤原定家であろうと推定されている。今日迄この説に異を唱える意見は現れておらず、と同時にその確定もなされないままとなっている。書誌学の知見や研究方法を古典文学作品の研究に活かそうと考えている稿者の立場から見ると、その確定がなされていないことは大いなる疑問であると共に、『枕草子』研究史上の大きな問題点でもあるように思われる。

そこで本稿では、「三巻本」との呼称の書誌学的な問題点を指摘した上で、藤原定家の書写した諸作品の奥書との比較等から、この奥書を定家のものと断定できることを検証した上で、定家の『枕草子』からの引用文や、他作品の定家奥書本に存する勘物との比較等によって、本文もその奥書と一連のものと考えてよいことを確認して、今後は三代集や『伊勢物語』等と同様に、『枕草子』においても「定家本」と呼ぶべきことを提唱した。

続いて、中世期の諸文学作品における『枕草子』の引用文に、「定家本」が殆ど見出せないことを確認する一方で、「定家本」から抜粋されたことが知られている、『枕草子絵巻』と「抜書本」の制作の場をそれらの書風や書物としての形態等から推定すると共に、「定家本」に存する他の奥書の内容を検討して、その本文は寺院で保持されたものが、足利義政の集書活動によって書写されて、現在に伝わるに至ったに過ぎないことをも再確認して、「定家本」の限定的な受容の一端を明らかにした。

以上の考察と検討によって判明した事実から、今後の「定家本枕草子」の研究の方向性についての提言を行った。

1 はじめに

文学研究における定説や常識というものは、時に極めて危険な存在となる。それを当然のことと受け止めて研究を始めると、それが誤っていた場合、必然的に誤った方向に進んでしまうことになるのである。出発地点を自分の目で良く確かめてから研究を行うべきなのであるが、国文学研究にはそれが難しくなっている分野があるのではないだろうか。特にそう思われるのが書誌学的な分野である。書誌学に関する基礎的な知識と経験がないために、対象とする作品が保存された書物の性格や特性、価値等を十分に把握できず、与えられた校訂本文や校本を特に意識することもなく用いざるをえなくなっているのが、昨今の学界の状況であるように思われるのである。

その端的な例が「大島本源氏物語」の書誌学的な認識の誤りであろう。▼注1 途中の巻に存する書写奥書でもない本奥書が、全体の書写を伝える内容と認識されたことは、半世紀以上も続いた「大島本」の不運であり、学界の不幸であったことをはっきりと認識すべきである。それをどうでも良いと認識する者に、真の本文解釈は可能なのであろうか。新しい見解が提示された後でも、その正否を個々の研究者が自分の目で判断できない状況は、学界として望ましい有り様でないことは確かであろう。

デジタル化が進み、どれ程高精細な古典籍画像が膨大に提供されようとも、その画像を正しく読み解く能力がなければ、宝の持ち腐れになってしまうのである。そういう状況が進みつつある今日こそ、もう一度書誌学という学門を見直して、これを国文学研究に応用できる能力を身に付けるべき時が来ていると言えるのではないだろうか。

書誌学研究の立場から、従来の源氏物語研究を覗き見して感じた大いなる疑問が、「大島本源氏物語」

▼注1 この問題については、「「大島本源氏物語」に関する書誌学的考察」(『大島本源氏物語の再検討』和泉書院二〇〇九年、初出は『斯道文庫論集』第四一輯二〇〇七年二月)を参照いただきたい。

の素性の認識と、二種の奥入の前後関係が確定していない事実であった。[▼注2] 同じように無責任を承知で枕草子研究を眺めてみると、やはりとても不思議に感じる問題がある。それは特定の書物の書誌的な認識ではなくて、ある本文の系統に対する認識への疑問である。本稿ではその問題を取り上げて、具体的に検討してみたいと考える。

▼注2「二つの定家本源氏物語の再検討―「大島本」という窓から二種の奥入に及ぶ―」（『大島本源氏物語の再検討』）を参照いただきたい。

2 三巻本枕草子の呼称の問題

『枕草子』の本文の系統分類に関する現在の一般的な認識を知るのに、枕草子研究の初心者が、『枕草子大事典』（枕草子研究会）の「伝本の形態とその特徴」に拠るのは、穏当な方法であろう。そこには、池田亀鑑が「伝能因所持本」（能因本）・「安貞二年奥書本」（三巻本）・「前田家本」・「堺本」の四系統二種類（三巻本が二類に分けられる）に分類して（池田亀鑑b）以来、「この分類がほぼ定説と認められている」として、その分類について詳細に説明されている。稿者はその分類に疑義がある訳ではない。

ここで取り上げたいのは、この『大事典』でも最初に言及されている「三巻本」の奥書に関する認識の問題なのだが、それを取り上げる前に「三巻本」という呼称について確認しておきたい。

やはり池田亀鑑の『枕草子』の系統分類に関する記念碑的な研究論文に、「三巻本は、もと三巻に分かれてゐたらしいので附せられた名称である。岡西惟中が傍註の凡例で「三巻之本少而見者亦少」と云つてゐる本が即ちこの本であらう」[▼注3]と記されている（池田亀鑑a）ように、この呼称は伝統のあるものであることは確かである。しかしながら、書誌学を学ぶ者として若干の違和感を覚えずにはいられないのである。

そもそも「巻」という単位は、巻子装の書物を数える時に用いるものであったが、折本や冊子本等の

▼注3 以下論文の引用に関しては、旧字は通行字体に改めたことをお許しいただきたい。

新しい装訂が誕生し、巻子装の書物がそれらに転写されるようになって、「巻」の意味に揺れが生じたのである。例えば今日見かける古今集の写本は、綴葉装であるにせよ袋綴であるにせよ、二帖（冊）か一帖（冊）であるのが普通である。当初は二十巻と序巻からなっていたものが、巻子装よりも冊子本の方が分量的な保存能力が高いために、纏めて書写されるようになったのである。そうなると「巻」は物理的な単位ではなくなり、内容的なまとまりを示す「章」に近い意味になってしまったのである。この為に今日の書誌学では、巻子本を数える単位としては「軸」を用いるのが一般的となっている。

それならば「三巻本」はどうかと言うと、『大事典』の柿谷雄三氏が担当された「三巻本」の解説に、「古く正徹の『清巌茶話』（『正徹物語』下）などに枕草子が「三札《さつ》（冊）」（三巻）としるされており」と指摘されているように、惟中が「三巻」と記したのは、三冊本であったということであり、「巻」は「冊」と同じ意味で用いられていると考えてよいであろう。内部構成的に三部になっているということでもなく、物理的に三冊で書写されているという場合に、「三巻本」と呼ぶのはやはり不適切であると思うのである。

さらに拘るようであるが、『枕草子』は成立当初から基本的に巻子装で書写されたことはなかったはずである。成立当時からの名称であるかどうかはともかくとして、「草子」は「冊子」と同じであり、巻子装に記されたものではないことを表している。この書名でなくても、内題もなく女房が著したこのような作品は、公式性が強く最も格の高い装訂であると言える巻子装に書写されたとは考えがたいのである。こう書くと、今日同じく随筆に分類されている、鴨長明『方丈記』の大福光寺本が巻子装であることを反証としてあげる方もおられるかもしれない。しかしながらこの本が片仮名書きであることは、広義の仏書であることを示していると考えられるのである。また『枕草子絵巻』こそ最たる事例に見えるかもしれないが、室町時代後期までは挿絵があるものは、冊子にではなく巻子に書かれるのが普通であったことは、『源氏物語絵巻』等の少なからぬ例によって明らかであり、▼注4 別の規範を当てはめて考え

▼注4 この問題については、拙稿「絵巻物と絵草紙―挿絵と装訂の関係について―」（『斯道文庫論集』第四五輯二〇一一年二月）を参照いただきたい。

る必要があるのである。

池田利夫氏が「三巻本という呼称は、この系統に三冊から成る伝本が多いことに依るが、中には一冊本もあれば、二冊本、五冊本もあって、必ずしも適切な呼び名ではない」と記しながらも、「問題はあっても、既に一般化して用いられているので、便宜上捨てがたい」と述べている（池田利夫）ような認識が、今日この呼称を用いている人々に共通した考え方ではないだろうか。既に通行している系統分類の名称を変えようと提唱するのは容易なことであるが、新しい名称が用いられるようになるのは極めて困難なことである。

本稿もそれを承知した上で、従来の「三巻本」をなるべく使用せず、後述する別な呼び方を用いたく思うのである。以下の考察はその理由を説明することにもなるはずである。

3 安貞二年奥書の記主の問題

『大事典』の解説には、「池田亀鑑博士が「安貞二年奥書本」とも「三巻本」とも呼ばれたが、前者の呼び名がより妥当ではあるものの、わかりやすい「三巻本」が通称となってしまった」とも記されており、「三巻本」という名称を不本意に思っているようにも読める。ともかくも「三巻本」▼注5の系統に属する本は基本的に安貞二年の奥書を有しているのであり、それ故に「安貞（二年（奥書））本」等と呼称されることがあったのだが、これならば先に記したような「巻」という文字に関連する厄介な問題とは無縁であり、確かに妥当であると思われる。稿者もこの呼称で基本的に異存はないのだが、この奥書の認識について大いなる疑問を抱かざるを得ないのである。

その奥書を、三巻本の善本として用いられることの多い陽明文庫蔵本の影印（『陽明叢書国書篇十 枕

▼注5 新しい呼称を提示するまでは「三巻本」を用いることとしたい。

草子　徒然草』思文閣出版、一九七五）に拠り、私に句読点を加えて次に掲げてみたい（以下の引用文も同様である）。

本云
往事所持之荒本紛失年久、更借出一両之本、令書留之。依無證本不散不審。但管見之所及勘合舊記等、注付時代年月等。是亦謬案歟。

安貞二年三月

耄及愚翁　在判

「本云」・「在判」とあるように、これは書写奥書ではなく本奥書である。確かに「安貞二年」（一二二八）とあり、「三巻本」に属する諸本はこの時に「耄及愚翁」なる人物によって書写された本を祖本とすることが判るのである。この人物が誰であるのかを明確にすることは、「三巻本」の素性や性格を知る上でも当然必要な手続きであろう。

勿論そのことに関する先学の指摘があり、池田亀鑑は、「文章の書き工合だけから見ると、如何にも定家らしい」と延べ、同年の定家の日記にはそのことが見えないので、「彼がたしかに此草子を書写させたかどうか明かでない」とし、書々を博捜して定家である確証を求めた後に、「たとひ彼の書写又は校合した証本が残つてゐなくても、枕草子が他の古典同様に、篤学な彼に、愛好せられ、手を加へられたとは想像され得ることと思ふ」と記すものの、やはり「どうも定家のやうに見えるけれど、今にはかにそれときめることは勿論出来ない」と慎重な保留をしているのである（池田亀鑑a）。

この定家と見る考え方を補強したのが楠道隆で、「三巻本奥書の「耄及愚翁」はすでに言われているように藤原定家と考えてよいが（付記参照）」と記し、末尾の「付記「耄及愚翁」について」において、文中に「耄及」と「愚老」の語を有する、定家『僻案抄』の嘉禄二年（一二二六）奥書を、該当箇所に傍線を付して引用している（楠道隆）のである。わずかに二年前の奥書から、「耄及」と「愚翁（老）」

が定家の慣用的な語であったらしいことが確認された訳であり、確かにこれで蓋然性がより高まったと言えるであろう。

その後に、池田亀鑑が定家説の考証過程で引用した（池田亀鑑a）、山岡浚明の『類聚名物考』中の、「加々爪甲斐守藤原直澄の家にある、定家卿真蹟の明月記の残闕年月不知、た、臨時祭試楽の次第書し物に、此書を引きて枕草帋と紫式部日記を引てはた、紫式部とのみ書れたり」（私に読点を付した）との記述に見える、定家が『枕草子』から抜粋した文章を有する資料が現存することが明らかになり、定家説が補強されることとなった。該当する重要文化財『臨時祭試楽調楽』は枡形本であり、巻子装の『明月記』でないことは明らかである。猶同書は一九四三年に古典保存会から影印が刊行されている。

こうした記主を定家と見る意見に対する反論は確認できず、『大事典』でも「耄及愚翁」の注記として、「藤原定家とする説が有力。安貞二年は六七歳。『僻案抄』（嘉禄二年八月）の奥書に「今迫二耄及之期一（中略）至二于愚老之没後一」の記述が見え、自筆の『臨時祭試楽調楽』には、三巻本枕草子の引用がある」と記されており、俄勉強の稿者が辿った研究史の確認が誤りでないことを教えてくれるのである。

このような研究状況を知った時、稿者は何故もっとはっきりさせないのか、「説が有力」のままで問題はないのかと、強い疑問を抱かざるをえなかった。書誌学的研究において、奥書の記者を明確にする作業は基礎的な手順の一つだからである。

4 安貞二年奥書の再確認

そこでその疑問を払拭する為にも、問題の安貞二年奥書が本当に藤原定家のものであるのかを総合的に検討してみたい。

先ずは楠が指摘した『僻案抄』の奥書を、定家自筆本の模写本である、宮内庁書陵部蔵鷹司家旧蔵本（鷹・六四五）に拠って改行箇所を改めて掲げておきたい。▼注6

往年治承之比、古今後撰両集受庭訓之口傳。年序已久、雖恐忽忘。先達古賢之所注、猶非無其失。
況依恥管見謬説、故不載紙筆。今迫耄及之期、顧余喘之盡、至于愚老之没後、為散遺孤之蒙昧、抽
最要而密々所染筆也。更莫令他見。

嘉禄二年八月　日　　戸部尚書（花押）

確かに「今迫耄及之期」・「至于愚老之没後」の表現には共通性が認められ、自身を「愚翁」に似た「愚老」と呼ぶことも確認でき、迫っている「耄及之期」に、この二年後の安貞二年には突入したと認識していたのだとも納得できるのである。この他にも、「往事」・「往年」の書き出しや、「謬案」・「謬説」の表現なども共通点として追加できよう。

なるほど比較材料として『僻案抄』奥書は適切であるが、その対象となりうるものはまだ他にも少なからず存在するのである。

例えば橋本不美男は、「この耄及愚翁が誰であるかわからないが、勘注のつけ方、奥書の記し方などは定家筆『更級日記』の場合とよく似ている」とで述べている（橋本不美男）。橋本編『御物 更級日記 藤原定家筆』（笠間書院一九七二年）に拠って示してみると、

先年傳得此草子、件本為人被借失、仍以件本書寫人本更書留之、傳々之間字誤甚多、不審事等付
朱、若得證本者、可見合之為見合時代勘付舊記等

と、確かにここでも、「不審」・「證本」や「勘付舊記等」等の類字表現が見えるのである。

続いては、定家真筆『拾遺和歌集』の奥書を、久曽神昇氏編『藤原定家筆 拾遺和歌集』（汲古書院一九九〇年）の影印によって改行箇所を改めて挙げてみたい。

▼注6　『僻案抄』の三系統の内、最も成立の早い二類本に属する本で、嘉禄二年当時の奥書を確認するには最適である。詳細は稿者が解題を担当した、『古今集注釈書影印叢刊 僻案抄』（勉誠出版二〇〇八）を参照いただきたい。

天福元年仲秋中旬、以七旬有餘之盲目、重以愚本書之。八ケ日終功

翌日令読合訖

此集世之所傳無指證本。仍以数多舊本校合、彼是取其要。猶非無不審。又算合抄之證本。（以下略）

天福元年（一二三三）は安貞二年の五年後になるが、ここでも「無指證本」であるとか、「非無不審」等と、似た表現を見出すことができる。

また奥書ではないが、定家の『源氏物語』書写を伝える有名な『明月記』元仁二年（嘉禄元年・一二二五）二月十六日条との共通性も見逃せない。『冷泉家時雨亭叢書時雨亭叢書　明月記　三』（朝日新聞社一九九八年）の影印に拠り、改行箇所を改めて引用してみたい。

自去年十一月、以家中小女等、令書源氏物語五十四帖。昨日表紙訖、今日書外題。生来依懈怠、家中無此物建久之比被盗失了。無證本之間、尋求所々。雖見合諸本、猶狼藉未散不審。雖狂言綺語、鴻才之所作、仰之弥高、鑽之弥堅。以短慮寧辯之哉。

ここでも「無証本之間」・「未散不審」等の表現が見え、こうした言い方が定家の慣用表現であったことが確認できるのである。また同記の天福元年（一二三三）二月七日条にも「耄及而猶在世」と見え、「耄及」も定家の好んだ語彙であったらしいことが判る。▼注7

加えて、天理大学図書館蔵の『秋篠月清集』は安貞二年五月二日に、時雨亭文庫蔵『散木奇歌集』は同年八月に、定家が冒頭を書写して奥書を記したものであり、この年に定家が『枕草子』の書写を行っても不思議ではないことが判るのである。しかも後者の奥書は、『冷泉家時雨亭叢書　散木奇歌集』（朝日新聞社一九九三年）に拠れば、

家本於或所引失了云々。仍以件本被書寫之故、更借前亜相、又令書之、凌老眼一見了。

後學散木（花押）

安貞二年八月

とあり、家の本が無くなってしまったことから書き起こし、「凌老眼一見」と「耄及」を思わせる表現

▼注7　「耄及」の語は、『春秋左氏伝』の「昭公元年」に「諺所謂老将知而耄及之者」とあるのに拠ると思われ、天福元年と考えられている七月二十九日付の石清水八幡宮田中宗清書状にも、「如此幼学書、耄及病重、皆忘却候」等と見えている（鎌倉遺文四五一六）。一般的に用いられた可能性があることを考慮しても、定家の使用が目に付くのは確かであろう。

を用い、家集名に因んだ戯名を用いている等、やはり『枕草子』奥書との共通性は高いのである。

また池田亀鑑は『明月記』で確認できないことを気にしていたが、書写年次が明らかな写本でも、『明月記』にその記事が見えない事例は少なくない。しかもそもそも安貞二年の同記は現在が確認されておらず、『枕草子』については気にする必要はないのである。

勿論、以上のような事例や定家の文章的な癖を知っている人物が、ある種の悪意を持って、定家になりすました奥書を作成したとも考えられはするであろうが、そこまで想像力を豊にする必要はないであろう。

以上の考証により、この安貞二年奥書は定家が記したものと断定できると考える。

5 定家本としての特徴

この様に定家の奥書であると確定できれば、「三巻本枕草子」という呼称は、「安定二年奥書本」から一歩進んで「定家本枕草子」と改めることも可能になる。巻子でないという形態とも無縁で、帖冊数も関係なく、素性がはっきりする点でも優れた呼称であると言えるのではないだろうか。

ただし、奥書は本文に附随するものであるが、本来的なものであるとは限らず、校合本の奥書であった可能性や、後人の妄補である危険性にも留意しなければならないことは言うまでもない。ここでも本文も定家本であるかどうかの吟味が必要なのである。

その検討は、定家本とは如何なるものであるかという問題とも不可分であるはずである。先に言及した『臨時祭試楽調楽』の引用文は、早くに田中重太郎によっても三巻本系統であることが指摘されている（田中重太郎b）。「三巻本」は池田亀鑑によって二類に分けられており（池田亀鑑a）、本文や勘物に細かな異同が存する他、安貞二年奥書に続く奥書の有様にも明確な違いが存している。第二類本より優れた本文とされている第一類本は、冒頭の「春はあけぼの」より「いとほしげなきもの」迄を共通して欠いている点に顕著な特徴があるが、問題の箇所はまさにその欠けた部分のものであり、他系統の影響を受けているとされる第二類の本文としか比較できない恨みがある。

田中校本（田中重太郎ａ）や、二類本をＡＢＣの三種に分類し、他に別本を立てられた杉山重行氏の校本（杉山重行ｂ）で比較してみると、第二類本本文との少なからぬ異同もあるものの、能因本や前田本等ではないことが認められるのである。引用の場合は常につきまとう問題で、何処まで忠実に書き抜いたのか不明ではあるが、極僅かな分量にせよ、失われた第一類の本文を伝える可能性がある資料として注目できることは確かであろう。

以上は追認でしかないが、確かに「三巻本」とされてきた系統の本文は「定家本」と断言できないまでも、「定家所持本」に近い本文を有することが確認できるのである。

続いて定家本としての特徴を確認する方法としては、勘物のあり方を検討する方法が考えられよう。安貞二年奥書に「管見之所及勘合舊記等注付時代年月等」とある通りに、三巻本の本文には行間や末尾に少なからぬ勘物が存している。

そこでこの勘物が定家の手になるものであるのかを検討してみたい。それには奥書に共通性が認められた、御物本『更級日記』の勘物と比較するのが有効であろう。例えば『更級日記』には、「まゝは、なりし人」とある本文に対して、「上総大輔後拾遺作者中宮大進従五位上高階成行女孝標朝臣為上総時為妻仍号上総」との勘物がある。これなどは、『枕草子』一五六段の「こうきてんとはかん院の左大将の女御をそきこゆる」との本文に対し、「女御従二位　内大臣公季女　母兵部卿有明親王女　長徳二年七月十日入内八月九日為女御[廿三]」（杉山重行ｂの翻刻に拠る）とあるのと、勘物を付す箇所やその内容に共通性を認めることができるのではないだろうか。また前者で「その年もかへりぬ」とあるのに「治安元年」と勘物を付し、後者でも一三三段冒頭の「園融院の御はてのとし」とある部分に「正暦三年二月」と加えているような、年月を明らかにしようとする姿勢も似ていると言える。更に、前者が「権大納言記／三月十九日卯刻病者気絶…」と公家日記を引用し、後者も「小野右府記長保元年九月十九日…」と言った具合に、日記名に「云」等を付けずに引用する点も共通している。勘物を付せば誰がやっても似たようになるとも言えようが、作品の性格の違いを越えた繋がりを感じずにはいられないのである。

更に注目したいのが、本文末尾に存在する勘物である。『枕草子』には本文末尾に「源経房朝臣」と「橘則季」の経歴勘物が記されているが、『更級日記』にも「ひたちのかみすかはらのたかすゑのむすめの日記也…」との識語に続いて、「孝標」と「橘俊通」の経歴勘物が存している。試みに同じ橘氏の則季と俊通のものを比較してみたい。

橘則季 越中守則長一男 母前長門守橘元愷女 陸奥守則光孫
天喜五年正月十一日非蔵人 進士 縫殿助
康平三年十二月廿七日補蔵人 卅六 縫殿助
四年二月廿八日式部丞
六年六月廿八日卒 卅九

橘俊通 但馬守為義四男 母讃岐守大江清通女
治安三年四月廿日昇殿左衛門尉 元帯刀長
萬寿四年三月三日使宣旨
長元四年十一月廿一日補蔵人五年正月七日叙爵 卅一

長久二年正月廿五日任下野守　蔵人使巡四十
天喜五年七月卅日任信濃守　従五位上任中
康平元年十月五日卒　五十七　女年五十一

則季の勘物は比較しやすいように改行箇所を変更したが、父母を示し官歴と卒年を年齢を注記しながら挙げる形式も同じであることは一目瞭然であろう。また則季は清少納言の最初の夫橘則光の孫で、俊通は日記中には実名は出てこない作者の夫というように、どの様な人物を取り上げるかという点でもやはり似通うものがあるのである。ここも当時の人物に注記を加える際の定式だとも言えようが、やはり両者の共通性の高さは、同一人物の手になることを示していると考えられるのである。

この他にも、書陵部蔵御所本や学習院大学の三条西家旧蔵本等で定家筆本の面影が伝わる、天福二年（一二三四）正月書写の『伊勢物語』にも、本文中に「高子元慶元年正月為中宮卅六」等と勘物がある他、本文末尾に「業平朝臣・行平卿・紀有常・二条后・河原左大臣融」等のほぼ同形式の経歴勘物が確認できるのである。

「三代集」を例に挙げるまでもなく、定家の関与した伝本には勘物が附されたものが多いのであり、その点でも「安貞二年奥書本」は定家的な特徴を濃厚に備えているのである。

この様に、本文や勘物においても定家との関係が想定できるのであり、やはり全体として「定家本」と呼称することが可能であると判断できるのである。

6　定家本の受容

翻って考えると、安貞二年の奥書の記主が不明となった背景には、「定家本」の受容の問題が関係していると思われる。定家本であると認定されて、広く用いられていたならば、安貞二年の本奥書に定家のものであることを示す「定家卿」・「京極黄門」等といった注記が加えられる等して、誰のものか不明になることもなかったのではないかと考えられるからである。またこの問題は、『枕草子』自体の享受や受容の問題とも不可分であろう。

『枕草子』の後代への影響についても、久保田淳氏（ａｂ）や木越隆氏の御論文、『枕草子大事典』の「作品への影響」等の先学の研究の蓄積がある。

『枕草子』は『源氏物語』や『伊勢物語』程に顕著ではないが、相応に後世の様々な作品に影響を与えたり引用されたりしている。中世期に限っても、『無名草子』や『徒然草』、あるいは『原中最秘抄』・『河海抄』・『仙源抄』・『類字源語抄』・『花鳥余情』・『源語秘訣』・『狭衣物語下紐』・『詞華集註』・『蓮心院殿説古今集註』等の物語や歌集の注釈、更には歌学書『色葉和難集』・『八雲御抄』・『代集』・『了俊一子伝』・『正徹物語』、紀行文『なぐさめ草』、歌合『三十番歌合』、有職故実書『禁秘抄』、武家家訓『竹馬抄』等々、実に多種多様な作品にその名が見えている。また擬古物語『むぐらの宿』や様々な和歌作品などに影響を与えたことも指摘されている。これらに歌合『前摂政家歌合嘉吉三年』や歌集『歌枕名寄』を加えることもできるのである。

まだ検討が十分に出来ていないのであるが、上記の作品群から安貞二年以降に成立したものに限定して確認しても、明確に定家本に拠っていると判断できるものは見出せない。

『正徹物語』に「三札《さつ》」とあるのは、先にも言及したように「三巻本」という名称と結び付けて考えられているが、そもそも正徹が読んだものが定家本であったという確証はないのである。ただし、安貞の奥書が定家のものということになれば、正徹の師であり、その著作『了俊一子伝』において、「一、三代集の歌の外に、つねに可二披見一抄物事。三十六人の家集等、伊勢物語、清少納言枕草子、源氏物語等也。これらは歌心の必々付物也」（日本歌学大系本）と、和歌を学ぶ際の必読書として『枕草子』を高く評価していた今川了俊が、定家の子孫の冷泉為秀の弟子であったことが一層重要な意味を帯びてくるであろう。正徹が定家本を披見した可能性は確かにあるのである。

源氏物語注釈書類に引用された『枕草子』本文に関する、近時の研究として注目すべきは、沼尻利通氏の一連の御論文である。氏は使用する注釈書の本文を慎重に選択し、引用が孫引きである可能性に配慮して、多くの見解を提示しておられる（沼尻利通）。定家本が引用された可能性については、『河海抄』の『異本紫明抄』からの孫引きでないものに、定家本か能因本か判断が付かない例があるとの指摘があるのみである。河内本の注釈書に非定家本の『枕草子』が用いられたのも、当然なことのようには思えるのである。

歌合の判詞で確認できる引用は僅かに二例であるが、系統の推定はある程度可能である。従来も指摘があったのは、伏見院が正安二年（一三〇〇）～嘉元元年（一三〇三）の間に催した『三十番歌合』の、為兼のものかと考えられている判詞である。七番左「暮天雁」題の俊兼朝臣歌「色薄き夕日のきはに飛ぶ雁の翅さびしき遠方の空」（一三）に対して、「左の歌、夕日の際、飛ぶかりの翅淋しきなど侍るは、彼清少納言が枕草子に、夕日はなやかにさして、山ぎはいとちかくなりたるに、雁などのつらねたるが、いとちひさく見えて飛びゆくなど、いとをかしとなん、…」（新編国歌大観本）と、はっきりとした引用が見られるのである。これは『枕草子』第一段を踏まえていると考えられるが、田中校本で確認すると、該当部分には四系統の顕著な違いが存している。定家本は「ふゆひのさして山の端いとちかうなりたるに…」とあって異なっており、最も近いのは能因本の「夕日花やかにさして山きはいとちかくなりたるに…」である。全くの同文ではないが、引用の省略などを考慮すると、判者は能因本に拠ったと考えることは許されるであろう。判詞が為兼のものだとなると、定家本を用いていないということが問題となる。この事例のみで問題を膨らませるのは危険ではあるが、為兼が披見することが出来た為相所持の御子左家相伝本に▼注8、『枕草子』がなかった可能性も考えられるのである。

▼注8 為兼の為相所持本の披見については、伊達家本古今集の奥書や、『僻案抄』の慶應義塾大学附属研究所斯道文庫蔵本（〇九一・ト三六・一）や豊橋市美術博物館蔵本（森田文庫七八〇）等に見える弘安元年為兼本奥書、『日本書蹟大鑑5』（講談社、一九七九）白鶴美術館所蔵の同年の為兼奥書切等に明らかである。猶、井上宗雄『京極為兼』（吉川弘文館、二〇〇六）を参照いただきたい。

新たに追加できるのは、嘉吉三年（一四四三）二月十〜十二日に一条兼良が主催した『前摂政家歌合嘉吉三年』で、判は衆議であったが、判詞は兼良が自ら担当している。その百五十五番左の「後冬」題の女房（兼良）歌、「昔よりすさまじき物といひおきし霜夜の月に年の暮れぬる」（三〇七）に対する判詞に、「左歌は清少納言枕草子に、すさまじき物はしはすの月よと申し侍る心にや…」（同）とあるものである。これは現存本の「すさまじき物は」の段に確認できないのだが、文明四年（一四七二）に初稿本が成立した兼良の源氏注『花鳥余情』にも、「しはすの月夜少納言はすさましき物といひしを」（源氏物語古注集成本）と見えている。先行する源氏注『異本紫明抄』『紫明抄』『河海抄』等には、「すさましき物しはすの月よをうなのけしやう」との一文が存しており（沼尻利通）、兼良がこれらに拠ったのか、異本系統の本文を見ていたのか判然としないが、「定家本」を用いていないことは確かである。

以上極簡単な検討ではあったが、ともかくも定家本はそれほど広く流布していたとは考えがたいことは、概ね確認できたものと考える。

7 定家本の抄出本

こうした引用の事例とは別に、抄出や抜書本が定家本の本文を有していることが確認されている。その古い例として注目できるのが、白描絵巻としても著名な『枕草子絵巻（絵詞）』である。現存本は七段分の一軸であるが、筆跡が二手あることなどから、もとは二軸であったと考えられている。この絵巻についての先行研究とその本文の特性については、杉山重行氏の論文が詳細である（杉山重行 a）。杉山氏は絵巻の本文が、「一・二類本文に比して誤写・誤脱・省文などの例が多く、優勢本文といえる要素を持ち合わせているとはとても認めがたいものである」と、従来の研究が第一類と第二類の原態を探る方向性で絵巻の本文を検討してきたことに警鐘を鳴らしておられる。「現存絵巻の本文は、一類本と二類本文が接触して成ったとみられる原本文の系統を継承しているではないかと推測される」との結論は、両類の分岐の時点が不明な現状においては、俄に判断が付かないけれども、絵巻の本文が三巻本（定家本）に基づいていることは認められているのである。

この絵巻は、『看聞御記』永享十年（一四三八）十二月三日条に見える、「墨絵」の「清少納言枕双子絵」「二巻」に該当するのではないかと考えられている。後光厳院（伏見宮貞成親王）は、「室町殿」（足利義教）より詞の筆者が伏見院と伝えられていることに意見を求められ、似ているがそうとは思えず、「萩原殿進子内親王」の筆跡かもしれないが確かではないということで、結局伏見院宸筆とは見えない旨を返答したという。絵巻の制作年代について、小松茂美は「十四世紀前半頃の遺墨、しかも伏見院流の名手による筆跡とみるのであると」と述べ、料紙が伏見院周辺で多く見られる雲紙であることも指摘している（小松茂美）。

以上を纏めると、『枕草子絵巻』は伏見院子孫である持明院統周辺で制作されたが、伏見院曾孫の崇光院皇子の栄仁親王に始まる伏見宮家に相伝されたものではないことになる。書風を確認してみると、三冊の上冊部分の抜粋本文を書写したものと、中冊部分のそれとの二手の内、後者の方が伏見院流の書風を強く示している。真蹟が多く残る伏見院の筆でないことは明らかであり、後光厳院が候補に挙げた伏見院皇女進子内親王の筆跡との比較が必要になる。幸いなことにその筆跡は、文和三年（一三五四）十一月に花園院七回忌追善供養の為に詠進された「法華経要文和歌懐紙」▼注9に見ることができる。立命館大学蔵藤井永観堂文庫旧蔵のものや、金沢市立中村記念美術館蔵手鑑収載のものと比較すると、同筆とは断定できないものの書風の共通性が認められるのである。花園院皇子の覚誉入道親王の筆跡にも似通うところがあり、誰と断定することはできないものの伏見院流の筆跡であることは確実であると思われる。書風を異にするもう一手も南北朝頃の特徴を有しており、「十四世紀前半」との推定は、もう少し

▼注9 この懐紙に関する詳細は、岩佐美代子氏『京極派和歌の研究　改訂増補新装版』（笠間書院二〇〇七年）、および羽田聡氏「法華経要文和歌懐紙」の伝来と復元―立命館本を中心として―」（『アート・リサーチ』第八巻二〇〇八年三月）を参照いただきたい。

だけ幅を後ろにずらす必要がありそうだが、穏当なものと考えられるのである。

十四世紀前半は、貞和二年（一三四六）に『風雅集』の竟宴が催されたように、後期京極派の活動が活発であった時期である。しかし観応二年（一三五一）の擾乱の際に、同派の庇護者であった光厳院や光明院と崇光天皇までもが南朝方に捕らわれて離京するに及んで、その歌壇は崩壊し、約六十年間続いた京極派の命脈は殆ど絶えてしまった。天皇を奪われた足利義詮が後光厳天皇を擁立したことに伴い、新たに形成された京都歌壇では、長年親密な関係にあった大覚寺統と行動を共にせずに、都に留まっていた二条為定が復権を果たし、延文元年（一三五六）六月に勅撰集撰進の綸旨を得て、同四年に『新千載和歌集』を完成させている。▼注10 十四世紀中葉は政治的・歌壇的にも激動の時代であったのである。

持明院統周辺の制作となると、『枕草子絵巻』の筆者達が定家本枕草子をどのような経路で披見できたのかということが問題となる。伏見院流の筆跡の保持者は京極派歌人でもある可能性が高いが、同派の祖たる為兼が定家本を用いていなかった可能性のあることは先に確認したところである。二条家復権以後に、同家が相伝していた定家本が後光厳院の周辺で利用されたとも考えたくなるが、証拠は何もないのである。何らの見通しも提示できないが、『枕草子絵巻』が伏見院流の書風を示し、定家本を用いているという事実は、その制作の問題においても重要な意味を有しているのであり、今後そうした観点からも更なる研究が必要であると考える。

定家本の受容を考える上で欠かすことのできないもう一つの存在が、現在二種が知られている抜書本である。『校本枕冊子』に翻刻のある、近世初期の書写と考えられる「清少納言枕双紙」（略本）は、「三巻本」に近い本文であると確認されているが、他に類本が無く、抄出の年代も不明であるので取り上げないこととしたい。ここで注目したいのは、同じく田中重太郎の校本が備わる（田中重太郎 a）他、岸上慎二の詳細な研究も存する（岸上慎二）、内題に「清少納言枕双紙抜書」（双紙の表記は様々である）とある一群の写本である。現在五本の伝本が確認されているが、静嘉堂文庫蔵本に明応五年（一

▼注10 井上宗雄『中世歌壇史の研究 南北朝編 改訂新版』（明治書院 一九八七年）や、岩佐美代子氏『京極派歌人の研究 改訂増補新装版』（笠間書院 二〇〇七年）を参照いただきたい。

四九六）の伝未詳の智盛なる人物の、相愛女子大学図書館蔵吉田幸一旧蔵本には永禄三年（一五六〇）の無名の書写奥書がある他、東山御文庫蔵本は後小松院筆と極められており、古写本に恵まれない定家本中にあって、抜書ではあっても無視できない伝本が複数存在しているのである。

この五本には細かな異同が数多く存し、直接的な書写関係を想定しがたいことは、吉田本を底本とする校本に明らかであるが、同系統のものであることは確かであり、その祖本の成立が何時なのかという問題は、定家本の受容を考える上でも重要である。静嘉堂本の奥書に「此一冊宗祇法師抜書侍云々」とあるのは、吉田本の明応五年（一四九六）が、文亀二年（一五〇二）没の宗祇晩年に該当することからも大いに気になるところである。こうなると東山本の書写年代が問題になるが、岸上も「伊地知鉄男・橋本不美男の両氏の御意見としては後小松天皇筆といつて先づ誤りないだらうと御助言を賜つた」と記しているように、図版による限り、確かにその筆跡は『宸翰英華』等で確認できる後小松院の仮名の手に似通っている。後小松院宸翰であれば、その崩じた永享五年（一四三三）以前の書写となり、宗祇による抄出ではありえないことになる。岸上が言うように東山本は現存諸本の祖本には位置しえないと考えられるので、少なくとも十五世紀の始め頃までには成立して、相応に流布していたことになるのである。

それとは別に、これら三本の書物としての特徴を確認して気になる傾向がある。静嘉堂本の智盛について、岸上が「連歌関係か僧侶ではないかと思ふ」と記しているが、確かにその名や花押は武家上がりの連歌師の匂いが濃いように思われる。また同本には歌反故と連歌四句が存し、その連歌に「文明十九年云々」、「紹」等と注記があるのだが、後者について岸上が連歌師の「紹永ではないか」との伊地知説を紹介している。この本が折紙綴葉装という、下に折目がくるよう折った楮紙を重ねて綴葉装にする、連歌師が用いることの多い装訂であることからしても、連歌と縁の深い本であることは疑いないようである。そうなると、吉田本に宗祇の名前が見えるのも、宗祇書写本の存在を伝える情報である可能性もある。

浮上してくるのではないだろうか。

これらに連動して注目されるのが、東山本の形態である。図版と岸上の報告のみで確認したことであるが、縦一四・四糎×横二二糎の綴葉装の横本で、上部に雲があり金銀泥の下絵のある雲紙を用いていることは、冊子本としてかなり珍しい形状であると言える。この様な形が生まれた過程を想像すると、大きなままの雲紙を横半分の折紙にして金銀泥の下絵を加えた、連歌懐紙の清書の為の料紙を転用し、そのままでは横長で読みにくいので、中央で二つ折にするか切るなどして綴じたものと考えられるのである。後小松院筆だとしても、この本も連歌と縁の深い写本であると言えそうである。

『源氏小鏡』や『勅撰名所和歌抄出』等の梗概書や抄出の類は、連歌師が連歌を詠むための手引きとして作成されたものが多く、『清少納言枕双紙抜書』も同様の性質を有するものである可能性は高いと言える。類聚章段を中心に抜き書きしていることも、連歌の付合の参考書として制作・受容された可能性が高いことを示しているのではないだろうか。宗祇の『長六文』『心付事少々』『分葉集』(「清少納言枕草紙」の名が見える)『宗祇袖下』等を始めとして、連歌関係書や連歌論書に一つ書き形式が目立つことも、そうした見方を補強するものであろう。今後はこの抜書を中心的に用いた、連歌における受容についての研究も必要なのではないだろうか。

8 定家本の流布の問題

このように古写本に比較的恵まれている抜書本とは異なり、定家本自体には目立った古写本が確認できない。杉山氏の「伝本解題と研究」(杉山重行b)に拠りつつ書写の古いものを挙げていくと、第一類では陽明文庫本(甲本)が室町中期写とされ、勧修寺家本が「文明の奥書に近い頃といわれる」とある程度である。第二類本では、前田家本が「『尊經閣文庫國初分類目録』には「室町中期写」と記されるが、もう少し下るか」とされ、岸上本が室町時代末期とあるのが目立つ。両類共に江戸初期頃の写本は多いのであるが、抜書本のような、書写奥書や書風で明確に室町写と断言できるものは極めて少ないのである。これのみで室町期には抜書が流布していたと言える訳ではないが、定家本が室町期にはそれほど広まっていなかったことは諸本の奥書からも推測できるようである。

第一類と第二類は、本文的な特徴により分類されているのは勿論だが、有する奥書にも明確な差異が存しているのは良く知られるところである。第一類本の殆どには、安貞二年の奥書に続いて、以下の様な奥書がある。重要美術品の岸上慎二旧蔵中邨本が奥書の情報が豊富で比較的整っているようなので、杉山氏の翻刻を参考にし、一部文字を訂して示しておきたい。但し改行や空白は忠実ではないことを御了解いただきたい。猶「（ ）」内は他の複数の伝本と校合して補ったものである。

A　古哥本文等雖尋勘、時代久隔和哥等多以不尋得、纔見事等在別紙。

B　自文安四年冬比仰面々令書寫之。
同五年中夏事終、校合再移朱點畢。
秀隆兵衛督大徳書之

C　文明乙未之仲夏、廣橋亜槐送實相院准后本下之本末、兩冊見示曰余書寫所希也。嚴命弗獲黜馳禿毫。彼舊本不及切句、此新寫讀而欲容易、故比校之次加朱點畢。
正二位行權大納言藤原朝臣（教秀）

D　右本切句勘文爲證本之由見（于）奥書矣。家傳之本紛失、仍拭老眼染禿筆令書寫。貽後日比者乎。
正三位清原朝臣枝賢 法名道白

E　申請楊明御本写之。

天正十一年二月八日令校合畢

詳細は杉山氏の御報告に拠られたいが、最善本とされる陽明文庫甲本と、比較的書写の古い勧修寺家蔵本はA～Cまでを有するのみだが、一類本の多くはDをも有しており、更にEを有する一群がある。奥書で見る限り全ての一類本の伝本はCの勧修寺教秀筆本を祖本とすることになる。勧修寺家蔵本はCの文明乙未（七年・一四七五）に近い頃の写とされるが、奥書のある下冊を教秀の自筆短冊などと比較して、教秀筆ではないようである。

これに対し、二類本は安貞奥書に続いてC奥書のみを有するものである。こちらも奥書だけ見れば勧修寺教秀筆本を祖本とすることになるにも拘わらず、両類の本文に差異が存しているのは何故かという問題は、ABの存在の意味と絡めて様々に考えられて来たが、未だ決定的な説は提示されていないようである。この件についても新見は持ち合わせていないが、定家本の流布において勧修寺教秀筆本が大きな役割を担ったことを強調しておきたい。この本がなければ定家本は抜書しか伝わらなかったかもしれないのである。

ところで、近時このC奥書について注目すべき見解が提示された。小川剛生氏は和歌文学会二〇一一年度一二月例会での御発表「歌書の蒐集と伝来―内裏と室町殿を中心に―」において、教秀奥書中の「厳命」は将軍足利義政の命であるとする画期的な指摘をされ、この教秀の書写を、義政が応仁・文明の乱後に廷臣を動員して大規模に行った、歌集類の書写活動中に位置付けられたのである。

「嚴命弗獲黙」の「黙」は、図版で見る限り陽明文庫甲本も勧修寺家蔵本も「黙」と読め、第一類の奥書を詳しく解釈した橋本不美男が「黙カ」と傍書している（橋本不美男）ように、草体が似ることからの写し崩しかと考えられる。この書写の古い両本で既に奥書の誤写が生じているのである。「弗獲」は「不得」と同意であり、ここは「厳命を無視し得ず」というような意味になろう。当時共に正二位権大納言で武家伝奏と身分的には等しく、十三歳も年下であった広橋亜槐（綱光）の依頼を、「厳命」と記すことが少々気になっていたのだが、綱光は武家伝奏として教秀に義政の命令を伝えただけで、教秀も下命者を明記せずに「厳命」で匂わせたと解すれば、この奥書の内容はすっきりするのである。

義政の集書活動が定家本流布の起爆剤になったのであるが、「下之本末両冊」のみとは言え、▼注11 義政が探しえて教秀に書写させた本が、洛北岩倉実相院の准后増運（近衛房嗣男）の所持本であったことは注意される。洛中ではその伝本を求められなかったことを意味する可能性があるからである。

それはさておき、第一類のようなBとCが連なる形が本来的なものであったとするると、増運所持本は文安四年（一四四七）書写本ないしその転写本であることになる。Bに朱点を移したとあるのに実相院本に朱点がないことは、転写本だと考えれば理解可能だが、三十年以内に書写した本を「旧本」と呼ぶのはやはり不自然に思えることからも、直接的な関係は想定しがたいのは確かである。そうしたことから、橋本不美男のBは「補充した上巻部の、底本を示す奥書の転載とみられよう」とする説も生まれてくるのである。このBの「秀隆兵衛督大徳」は、未詳な僧侶としか言えないのであるが、「大徳」とは他者からの敬称で、自称として用いられるのかという点で不安が残る。この問題についても博雅の御教示を御願いしたい。不毛な確認ばかりで恐縮であるが、BもCも現存の定家本が寺院で保存された本文であったことを教えてくれるのであり、その限定的な流布状況の一端を伝える可能性があるのである。

南北朝期の絵巻以降、室町中後期頃までは、定家本は抜書も含めて、僧侶や連歌師等により伝えられてきたのであり、公家間で相伝されてきたものを確認できないのである。このことは、先のささやかな検討でも定家本の引用的な受容がしかと確認できなかったように、定家本が定家の子孫や定家の信奉者の間で尊重されて相伝された形跡がない、という事実と連動しているようにも思われる。こうした状況が、安貞奥書が早い時期から定家のものと認識されなくなったらしいことに繋がっているように考えられるのである。定家筆安貞二年書写『枕草子』の相伝過程が非常に気になるのであるが、現状では今後の研究で新たな資料が発見されるのを望むしかないようである。

▼注11 義政の命となると、寄合書、つまり分担書写の可能性も考える必要があろう。

9 おわりに

繰り返すまでもなく、本稿は『枕草子』を本格的に研究したことのない稿者が、素人の立場で従来のその本文研究、といっても奥書研究に限定されたものではあるが、を見渡して感じた疑問点について、稿者なりの解答を提示したものである。

そう考えられていたことを、そうだと断定しただけのことで、特に目新しいことを述べた訳ではないが、奥書の記者が誰であるのかということは等閑視してよい問題ではないことを再確認するとともに、それを明らかにすることが本文の研究にどの様な意味や影響があるのかを、一つの例として検討した次第である。

伝本には一本も触らずに記述した、書誌学研究の立場からは許し難い文章であることは幾重にもお詫びしたいが、書誌学研究の知見を活かす方法を幾つか意図的に提示したつもりである。奥書の記述を尊重することもその一つであり、伝本のあり様に受容を探るということもそうした視点での検討であり、また書物の形態から保存された本文の性格を推測する方法の有効性は、特に強調しておきたいことである。

部外者的な立場から見ると、近時『枕草子』研究はあまり活発でないように見えるが、安貞奥書が定家のものであるということの意味を改めて考えることから始めれば、本文や勘物の再検討は元より、定家が『枕草子』を書写した意味を多角的に検討することや、三代集や源氏・伊勢両物語等を含めた「定家本」という存在の総合的な研究等々、今後に行うべき研究課題が幾つも見えてくる気がするのである。また抜書本を広義の連歌書として捉え直し、その受容を具体的に確認していくことも必要であろう。

書物は本文の保存の為の器に過ぎないが、器を検討することから理解できる本文の特性があるはずなのであり、そうした研究はまだまだ手付かずなことが多いのである。一見古くさく見える書誌学的研究であるが、デジタル技術の普及により、高精細な画像を大量に見られるようになった今日程、その力を発揮しやすい時代はないであろう。書誌学的研究がもっとより多くの古典文学研究者に理解されて、それを用いた本格的にして画期的な研究の成果が次々と公表されることを夢見て、この無謀な試みの書き物の筆を擱きたい。

主要参考文献リスト

池田亀鑑 a 「清少納言枕草子の異本に関する研究」(『国語と国文学』第五巻一号一九二八年一月)

池田亀鑑 b 「枕草子の形態に関する一考察」(『岩波講座日本文学一〇』岩波書店一九三二年)

池田利夫『複刻日本古典文学館 枕草子』(日本古典文学刊行会一九七四年)

木越隆「校正への影響―主として中世への影響」(『諸説一覧 枕草子』明治書院一九七〇年)

楠道隆「成立―枕草子の本文から考えた成立論―」(『国文学解釈と鑑賞』第二九巻一三号一九六四年一一月)

久保田淳 a 「中世人の見た枕草子」(『国文学 解釈と教材の研究』第一二巻七号一九六七年六月)

久保田淳 b 「枕草子の影響―中世文学―」(『枕草子講座4』有精堂一九七六年)

杉山重行 a 『三巻本枕草子本文集成』(笠間書院二〇〇八年)

杉山重行 b 「三巻本枕草子本文攷―『枕草子絵巻』本文の性格について―」(『語文(日本大学)』第九

九輯一九九七年一二月）
田中重太郎編a『校本枕冊子』（古典文庫一九五三年）
田中重太郎編b『校本枕冊子　附巻』（古典文庫一九五七年）
沼尻利通『國學院大學大学院研究叢書　平安文学の発想と生成』（國學院大學大学院二〇〇七年）　収載関係論文は「『異本紫明抄』所引枕草子本文の再検討」（『古代中世文学論考一三』新典社二〇〇五年）・「『河海抄』所引枕草子本文の再検討」（『古代中世文学論考一六』新典社二〇〇五年）・「『紫明抄』に引用された枕草子本文」（『国学院大学大学院紀要（文学研究科）』第三六輯二〇〇五年三月）・「河内学派と枕草子―『原中最秘抄』における引用態度を中心に―」（『日本文学論究』第六五号二〇〇六年三月）
萩谷朴a「枕草子解釈の諸問題（十）」（『枕草子解釈の諸問題』新典社一九九一年、初出は『国文学』第四巻八号一九五九年六月）
萩谷朴b『枕草子解環二』（同朋出版一九八二年）
橋本不美男『原典をめざして―古典文学のための書誌』（笠間書院一九七四年）
枕草子研究会編『枕草子大事典』（勉誠出版二〇〇一）

第六章

和歌史の中の『枕草子』

◉渡邉裕美子

わたなべゆみこ

現職○宇都宮大学（非常勤講師）

研究分野○中世文学、和歌文学

著書○『最勝四天王院障子和歌全釈』（風間書房　二〇〇七年）、『新古今時代の表現方法』（笠間書院　二〇一〇年）、『歌が権力の象徴になるとき』（角川学芸出版　二〇一一年）など。

今日、一般的に古典文学史の中で「随筆」に分類されている『枕草子』ではあるが、和歌との関わりは意外に深くて強いものがある。こうしたことは『枕草子』の研究者にはよく知られていて、早くからその関係の解明が課題として意識されてきた。近年、それは、章段構成論理と和歌がいかに関わるのかなど、もっぱら『枕草子』作品内部の問題として論じられる傾向にある。本稿では、そうした問題からいったん離れて、『枕草子』に描かれる和歌関係記事が和歌史の中でどのような位置にあるのかを確認することを目指した。論じる際に軸としたのは、勅撰集に対する意識である。検討してみると、勅撰集の中では『万葉集』と『古今集』に対して特別な意識が見える。現在、『万葉集』は、勅撰集とは数えないが、かつてはそのように考えられており、特に作者清少納言の父元輔が勅命により読解作業に当たった歌集として、尊重する気持ちがあったものと思われる。しかし、『枕草子』の中で、『万葉集』が引き歌などに積極的に用いられているわけではない。『万葉集』が出典と考えられてきた、たとえば「清涼殿の丑寅の隅の」(二〇段)で伊周が朗唱したという歌も、別の形で流布していたと考えられる。ちなみに、この歌は二〇段の中では重要な意味を持つ。一方、『古今集』については、より直接的に規範として尊重する意識が見え、しばしば引き歌にも用いられる。しかも、それは清少納言の個人的な意識としてではなく、定子が単なる教養以上の重みを持つものとして尊重していたさまが描かれる。清少納言の時代には、この二集の他、『後撰集』が勅撰集として既に存在した。元輔はその撰者のひとりである。しかし、『後撰集』は『古今集』のように表立って尊重されることはなく、また、引き歌にされることも少ない。ところが、清少納言は、「打聞」に対する憧れを吐露している。実は、この「打聞」に入るような歌を多く撰入しているのが、『後撰集』なのである。つまり、一方では『古今集』を規範として尊重しつつ、自身の詠歌のあり方とては後撰集的な世界を志向していたことが明らかになる。

1 はじめに

分厚い研究史を有する『枕草子』研究において、和歌との関わりはその柱をなすと言ってよい。それは和歌の出典考証から始まり、近年は和歌的な表現と『枕草子』各章段の表現との距離がしばしば問題とされ、和歌からの「離反」「逸脱」「離陸」などと指摘されるあり方に、『枕草子』独自の表現方法や表現構造を見定めようとする論が積み重ねられている。本稿でも『枕草子』と和歌の関わりを論じようとするのだが、こうした『枕草子』の内部へと深く掘り下げる論とは方向性を異にする。『枕草子』のいくつかの記事を取り上げて[注1]、それを大きな和歌史の流れの中に位置づけてみたい。

2 勅撰集への視線

類聚章段[注2]の中でも一章段の記述量が少なく、ほとんど取り上げられることのない章段に次の六五段がある。

集は　古万葉。古今。

「集は」という書き出しは、少し離れた章段ではあるが、漢籍を列挙する「書《ふみ》は」（二〇〇段）、物語を列挙する「物語は」（二〇一段）と対照され[注3]、「歌集は」の意と考えられる。その中でも勅撰集を意識して挙げたもので、「作者の持っているもののうちから、自由に選択した結果」（津本信博）ではないだろう。挙げられているのは、『枕草子』が最も多く利用している『古今和歌六帖』（以下『古今六帖』）で

▼注1　『枕草子』の現存諸伝本は、三巻本・能因本・前田家本・堺本の四系統に分類され、このうち章段の配列が秩序だっていない三巻本・能因本は雑纂本、秩序だった配列を持つ前田家本・堺本は類纂本と呼ばれる。雑纂本のほうがより原形に近く、類纂本は後人の再編集本と考えられている。本稿では、三巻本の校訂本文を用いる石田穣二訳注『新版枕草子』（角川文庫ソフィア文庫一九七九年）に拠って本文を提出し、章段番号も同書に拠った。

▼注2　『枕草子』の約三〇〇に上る章段は、一般的にその内容から、ものの名称や事がらを列挙する類聚章段、宮仕え中の見聞を記録した日記的章段、それ以外の随想章段に分けられている。

▼注3　類纂本では、「文は」「集は」「物語は」と連続して並ぶよう再編されている。

はない。『枕草子』の時代、そもそも「勅撰集」という用語がなく、その概念がいまだ明確ではなかったと指摘される（増田繁夫）ことを考えれば、ここで、勅命を受けて撰集された歌集を特別なものとする意識が見えることは重要だろう。後代には、単に「集」と言っただけで、たとえば『無名草子』の「女のいまだ集など選ぶことなきこそ、いと口惜しけれ」のように、歌集の中でも特に勅撰集を指す例が見える。最初に挙げられた「古万葉」は『万葉集』のことで、『袋草紙』（撰集故実、故撰集子細）や『古来風体抄』などから知られるように、かつては勅撰集として尊重されていた。能因本では、『古今集』の後に『後撰集』を加えて、より明確にこの章段が勅撰集を意識していることを打ち出していると言えるだろう。『袋草紙』（雑談）には、『拾遺集』撰集以前には、『古今集』『後撰集』に『万葉集』を加えて「三代集」と号していたという説が見える。能因本系統の本文を底本とする『清少納言枕双紙抄』▼注4には、次のような注が付されている。

> 此段は和哥の集のいみじきをしるされたり。凡古より和哥の集は私にも撰び、家のをも集め、勅を奉りてゑらびなどする事、世々にふりたり。さればそれらの中に勅撰こそいみじけれと也。勅撰の中にも此三代集は就中いみじきと也。

このうち「勅撰こそいみじけれ」という意識が読み取れるとの指摘については認めてよいだろう。ただし、「勅撰の中にも此三代集は就中いみじきと也」と言っても、藤原公任撰『拾遺抄』の成立が長徳二年（九九六）から長保元年（九九九）頃とされ、それを増補したと考えられる『拾遺集』の成立はさらに遅れて寛弘三年（一〇〇六）頃と推測されているので、『枕草子』に描かれた時代に▼注5『拾遺集』はまだ成立していない。『拾遺抄』は、後代には『拾遺集』に代わって勅撰と数えられることがあるほど重視され、清少納言は『拾遺抄』に拠った知識を持つと指摘される（橋本不美男など）こともあるが、引き歌とされる『拾遺抄』所収歌が見えるのは、明らかに成立以前であったり、成立前後の微妙な時期で『拾遺抄』に拠ったかどうか確定できない章段ばかりである。そもそも『枕草子』で引き歌とされた歌

▼注4 加藤盤斎著、延宝二年（一六七四）刊。以下『枕双紙抄』。引用は、九州大学附属図書館音無文庫蔵本に拠り、ウェブ上に公開されている画像データベースを利用した。句読点は私意。

▼注5 定子崩直前の長保二年（一〇〇〇）五月の記事（二二五段）が、史実としてわかる『枕草子』中の最終記事となる。ただし、執筆・加筆は定子没後も続けられていたと考えられ、それは寛弘年間（一〇〇三〜一〇一一）に及ぶかと推測されている。

に当たってみると、『古今集』と『古今集』所収歌が半数以上を占め、『枕双紙抄』が「私にも撰び」という私撰集では、『古今六帖』以外に拠ったと思われる例は現存歌集の範囲内では見出せない。「家のをも集め」という私家集から歌を引いたと思われる例もごく僅かである。

では、この六五段の記述が、『古今六帖』を除くと、『枕草子』全体の引き歌のあり方を反映しているのかと言えば、そうではない。『万葉集』は早くから『枕草子』の表現の出典として指摘され、清少納言の「教養」のひとつと目されてきた（阿部俊子など）。『枕草子』の引き歌の出典考証をした岸上慎二は、『万葉集』については一〇首を引き歌と指摘する（岸上慎二ａ）。また、類聚章段で名称だけが挙げられ、特に歌句が引かれていない場合は「引き歌」からは除外されているのだが、その類聚章段のうち、たとえば「山は」（一〇段）のように、天海博洋が「各山の背後に万葉歌を蔵して、それぞれある人物を中心とした恋物語」を語っていたり、「何気なく山を配列し、その裏に万葉歌を存分にあしらって」いたりするとし、清少納言が「『万葉集』の原典をかなり味読し、比較的精確な知識を持っていた」と主張する例もある（雨海博洋ａ）。

しかし、『万葉集』出典とされる歌は、『古今六帖』にも所収されている場合がほとんどで、書物としての流布度などを考えると、『古今六帖』を経由して享受されている可能性のほうが高い。「山は」（一〇段）で挙げられた山名についても、『万葉集』との関係を格別視しない理解のほうが一般的で、むしろ『古今六帖』との関連が顕著な章段と指摘される（西山秀人）。清少納言の父清原元輔が「梨壺の五人」の一人として『万葉集』の読解作業に当たったことはよく知られ、また、元輔と同時代に活躍した曾禰好忠や、少し遅れて花山院歌壇で活躍し藤原長能のように、新奇な歌風を志して意識的に『万葉集』を摂取して詠歌する歌人も存在する。しかし、作者や作者と交流するような一般の貴族たちが、『万葉集』に直接親しみ、意識的に自らの表現に取り入れて、特に日記的章段で描かれるような日常的な会話などで用いていたわけではないのだろう。岸上が挙げる一〇例のうち『古今六帖』などに見当たらないのは、「清涼殿の丑寅の隅の」（二〇段）で、伊周が口ずさんだ「月も日もかはりゆけども久にふる三室の山の」（万葉集・巻十三・三二三一）と、「職の御曹司の」（四六段）に見える「遠江の浜柳」の出典かとされる万葉歌（巻七・一二九三）くらいである。このうち後者の万葉歌の第二、第三句は、「遠江吾跡川楊」（現訓「とほつあふみの　あどかはやなぎ」、次点期の訓を伝える広瀬本では「トヲツエニワレ　トカハヤナギ」）となっており、歌句が一致せず、作者が踏まえるのは、その類歌ではないかと指摘されているので、残るは伊周の詠じた一首しかない。しかし、こちらも『和歌体十種』中に見えるなど、『万葉集』を直接の出典と考えなくともよい。この「月も日も」歌については、若干問題があるので、後にもう一度、触れることにしたい。傾向としては『枕草子』で『万葉集』が直接引き歌に用いられることは、まずないと言ってよい。そうした作者の日常的な言語生活とはかけ離れたところで、「集は」と言ったときには、史上初めて撰進された権威ある古代の勅撰集、そして何より父元輔が勅命により読解作業に当たった勅撰集としてその名を挙げていることに注意すべきだろう。

3　規範としての『古今集』

「集は」で「古万葉」の次に挙げられる『古今集』が、この時代、規範と意識されてたということは言うまでもない。先に触れたように、能因本では、『古今集』の後にさらに『後撰集』が続くが、『枕草子』における『古今集』と『後撰集』に対する態度には大きな差異がある。よく知られた「清涼殿の丑寅の隅の」（二〇段）において、『古今集』は全歌を暗誦すべき必須の教養であることが、他ならぬ定子の口から語られている。さらに、定子が古今集歌を踏まえた趣向を用い▼注6、会話に用いる姿が描かれること▼注7も重要だろう。引き歌と指摘される古今集歌は、岸上の指摘で二〇首に上り（岸上慎二a、さらに何

▼注6　一三八段で、定子が清少納言に「山吹の花びらただ一重」を送ったのは、「山吹の花色衣ぬしや誰とへどこたへずくちなしにして」（古今集・雑体・一〇一二・素性）を踏まえると考えられる。「わがやどのやへ山吹はひとへだにちりのこらなんはるのかたみに」（拾遺集・春・七二・読人不知）に拠るという説もあるが、それでは定子の意図が明確に汲めないので、とらない。なお、和歌の引用は『新編国歌大観』に拠り、表記を私意により改めた。

▼注7　二六二段では、定子が「わが心なぐさめかねつ更級やをばすて山にてる月を見て」（古今集・雑上・八七八・読人不知）を踏まえて、「姨捨山の月はいかなる人の見けるにか」と語る。ただし、この歌は『古今六帖』（三三一〇）、『大和物語』（一五六段）にも入る。

首か指摘できそうだが大勢は変わらない）、うち『古今六帖』との共通歌は半数に留まる。『万葉集』とは異なって生きて用いるべき規範だったと考えられる。これに対して、『後撰集』は『古今集』のような形で直接話題とされることは全くない。引き歌として指摘されるのは五首程度に過ぎず、定子の口から発せられることは一度も無い。『後撰集』は「褻」の歌中心に編纂されており、秩序だった世界を構築する『古今集』とは大きく異なる性格を持つと指摘される（片桐洋一）。後代の勅撰集は『古今集』を範とするので、勅撰集の中で特異な存在となった。そうした性格の違いは明確に意識されていたものと思われる。

規範としての『古今集』を直接的に描く「清涼殿の丑寅の隅の」の段は、中関白家の絶頂期である正暦五年（九九四）と推測される、うららかな春の日の出来事を記す。弘徽殿の上の御局の「高欄のもと」には大きな「青き瓶」が据えられ、美しく咲き誇った五尺もある桜がたくさん挿してある。帝と定子、そして伊周が揃ったこの場で、女房たちは定子から「ただ今おぼえむ古き言《こと》、一つづつ書け」と古歌を所望された。突然の求めに女房たちはみな周章狼狽しつつも、まず上﨟女房たちが古歌を二、三提出し、それから清少納言も『古今集』に載る藤原良房歌、

染殿の后の御前に花瓶に桜の花をささせ給へるを見てよめる　さきのおほきおほいまうちぎみ

年ふればよはひはおいぬしかはあれど花をし見ればもの思ひもなし（春上・五二）

の第四句を「君をし見れば」と改作して差し出した。詞書に見える「染殿の后」は良房の娘の文徳天皇女御明子のことで、歌中の「花」は明子を喩えたものである。

差し出された歌を見た定子は「ただこの心どものゆかしかりつるぞ」と言い、まずは提出された古歌すべてに満足の意を示している。「心ども」は清少納言ひとりの「心のはたらき、歌の心」を激賞したものであるとの解釈もあるが（森一郎）、三田村雅子が、定子の対応は「ただ一人のみを激賞するので

はなく、それぞれの良さを掬いあげるような」ものであって、「そうでなくては大勢のプライドの高い女性達を束ねていくことは困難であったに違いない」と指摘するとおりだろう。

他の女房が提出した「春の歌、花の心」を歌う古歌が、どのようなものかは明らかではないが、たとえば、

誰しかもとめて折りつる春霞たちかくすらむ山の桜を
（古今集・春上・五八・貫之、詞「折れる桜をよめる」）

限なき君がためにと折る花は時しもわかぬ物にぞ有りける
（古今集・雑上・八六六・読人不知）

吹く風にあつらへつくる物ならばこの一枝はよきよと言はまし
（古今六帖・四〇五二）

のような歌を具体的に想定してみると、定子が初めに他の女房も含めて褒めたのはよく理解できる。しかし、話はここで終わらない。定子は続けて、父道隆がかつて古歌を改作して、一条帝の父円融帝を讃える歌として賞讃を得た話、村上天皇の御代に宣耀殿女御芳子が『古今集』を完璧に暗誦していた話を語る。この二つの挿話によって、清少納言の改作歌こそが定子の求めていた「正解」であったと印象づけられるのである。

定子が語った挿話のうち宣耀殿女御の話は、村上朝を理想とする記述が『枕草子』の中に他にも見え、定子後宮が村上朝の文化の継承者をもって任じていたと指摘される（竹内美智子、高田祐彦など）だけに重要であろう。女御の父である左大臣藤原師尹は、帝が女御に課す『古今集』暗誦の試験に、女御がうまく対応できるかどうか、「いみじうおぼし騒ぎて、御誦経など、あまたせさせたまひて、そなたに向きてなむ、念じ暮したまひける」ほど心配していたという。この話では宣耀殿女御だけでなく、この師尹の姿も印象的である。『古今集』の暗誦は単なる風流韻事ではない。大洋和俊が「古今集暗誦の課題が単に教養の域に止まるものでなく、王権との結びつきを保証する有効な方法であることをあらわしている」と指摘するように（大洋和俊ａ）、女御の寵愛、ひいては左大臣家の政治的立場を左右す

るほどの重みを持っていたのである。

4 想起される「古歌」

前節で取り上げた「清涼殿の丑寅の隅の」の段は、これまで繰り返し論じられてきた。そうした中で、この場面は「定子の演出」なのであって、そもそも定子が良房歌を意識して、桜の花を挿した青い瓶を準備させ、女房たちに古歌を所望して、その意図に気づくかどうかを試したのであり、清少納言だけが唯一の「正解」にたどり着き、さらに定子の思いを超えて改作までしてみせた、というとらえ方がほぼ定説になっているように見える（清水好子、石田穣二など）。

しかし、この場面は、本当に定子の演出によるのだろうか。このようなとらえ方が支持されているのは、ひとつには瓶に挿された桜は仏教儀礼で仏を荘厳するために飾られる以外には珍しい、という考え方があるからなのだろう。確かに、岩井宏子が、良房によってなされた「宗教儀礼とは全く無縁の場で花を生けて見せる」行為は、「時の権力者ゆえに初めて可能」な「時代の先端を行く行為」であると指摘するように、良房の時代には珍しかったと考えられる。岩井は、さらに『枕草子』の当該箇所を「良房の歌を意識しての行為」であるとして、「瓶花が様式美として確立するには程遠く、良房の瓶花の趣向と、その斬新性が後世の貴族社会の人々の知的興味を唆るに留まっていた」とするのだが、この点については疑問がある。高橋由記が用例を博捜して考察しているように（高橋由記a）[注8]、良房の例の後、瓶に挿した花を歌う例は、『伊勢物語』『貫之集』『惟成弁集』『紫式部集』『道命阿闍梨集』『大斎院前御集』『伊勢大輔集』など、いくつも拾うことができる。瓶に花を挿して楽しむことは、それが「様式美として確立」していたかはさておき、この時代、それ程珍しいことではなかったと言える。良房の歌

▼注8　ただし、高橋由記は「天皇―中宮―中宮の身内」と「瓶にさされた花」という状況が一致するとして、定子の瓶に花を挿す行為は良房歌を意識したものと結論する。

は、そうした事例の契機となったのかもしれないが、常に先例として意識されたわけではないだろう。『馬内侍集』には次のような、二〇段とよく似た場面での詠歌が見える。馬内侍は、右馬権頭源時明の娘で、初め円融天皇に仕え、その後、大斎院選子、次いで定子に仕えたと考えられている。

清涼殿の御つぼねに上渡らせ給ひて、梅の花の少なく咲きたるを、けぢめも見えじかし少なければと仰せられしかば

さかりありて散らましいかに惜しままし心のどけき春の花かな（一）

同じ年の三月に、中宮の御方に花を瓶にささせ給ひて、これが散る心詠めと仰せられしかば

散らじとやたのめそめけんはかなくもとまらぬ花にそふ心かな（二）

三田村雅子はこの「散らじとや」の歌を、「この時代、花を瓶に生けることが、仏に供える場合を除いては極めて特殊な、稀なことであったこと」を根拠として、『枕草子』二〇段と同じ場で詠まれたと推測し、「中宮定子の命令は「この花の心を詠め」とでもいった程度であったのを」、清少納言は「古歌」を求められたと解釈し、馬内侍は「これが散る心詠め」と思い込んだのではないかとする。しかし、瓶に花を挿して楽しむことが決して珍しくなかったことは述べたとおりで、さらに、この二番歌詞書の「中宮」は円融天皇中宮の媓子であろうとの考証（高橋由記b）に従うべきと考えられるため、三田村説は成り立たないことになる。そもそも、三田村説に拠った場合、二〇段に見える「ただ今おぼえむ古き言、一つづつ書け」という定子の発言だけでなく、それに続く「とくとく、ただ思ひまはさで、難波津もなにも、ふとおぼえむ言を」という、『古今集』仮名序に見える古歌「難波津に咲くやこの花冬ごもり今は春べと咲くやこの花」を例に出して明確に古歌を求める発言も、清少納言の思い込みあるいは虚構と解さねばならない。『枕草子』に描かれた定子と清少納言の応答の呼吸が「現実のレベルの、多様な解釈を許す混沌とした状況から、さまざまの可能性をそぎ落とし、切り捨てた枕草子の章段論理の中で初めて成り立つものであった」という三田村の主張は首肯できるが、ここまで虚構とするのは無理

があろう。『馬内侍集』は、同時代に定子以外の中宮のもとで瓶に挿した花が、ごく普通に賞美されていたことを物語る例と考えればよい。良房歌を特に意識せずとも、花が瓶に挿されて飾られることは十分あり得たのである。『馬内侍集』には、もう一例、「瑠璃の壺」に挿して花を楽しんだ例も見える。

東三条の花を瑠璃の壺に挿して、たのごひの箱に据ゑて、これは散りにけるを、新しくさして参らせよとて、少納言の蔵人といふ人につかはしし

桜花誰に心をかよはしていかに匂ひをとどめざるらん（一九八）

このような花瓶の据えられた場面では、眼前の花を見て新しい歌を詠むのが普通である。定子が、ここで単に歌を詠むように命じたのではなく、ことさらに「古き言」と古歌を求めたのは、それに先立って、

「月も日もかはりゆけども久に経る三室の山の」といふ言を、いとゆるるかにうちいだしたまへる、

と伊周が「月も日も」という歌を詠じたことに刺激されたからではないか。古歌を求めた時点であれば、定子が良房歌を想起した可能性は否定されない。初めから定子が良房歌を意識して瓶に挿した花を準備していたのであれば、この場面に伊周の朗唱はあってもなくてもよいことになる。あれば確かに定子後宮を讃美する雰囲気が強くなるだろうが、なくても定子の「問」に打てば響くような「答」を用意する清少納言という構図は成立する。にもかかわらず、わざわざここに伊周の口ずさんだ歌が記されるのは、定子の「問」を引き出す重要な働きをしたからではないだろうか。

二〇段の〈中宮、桜の花瓶、伊周〉で構成される場が、『古今集』良房歌とぴったり重なるという点も、定子が初めから良房歌を意識していたとする根拠としてよく持ち出される（石田穣二など）。しかし、清少納言の歌が詠み出されたことによって初めて、その重なりは意識されたのであり、実のところ、帝の存在が不明な場面（染殿の后の御前）と強く意識される場面（定子の弘徽殿の上の御局）、中宮の側にいるのが父（良房）と兄（伊周）、歌を詠んだのが父自身（良房）と女房（清少納言）、といく

つもずれがあるにも関わらず、共通する構図だけが浮かび上がったのである。

ところで、この伊周の詠じた歌には少なからず問題がある。原歌とされる万葉歌は、平城京遷都後の吉野行幸の途次、飛鳥で詠まれた作者未詳の長歌の反歌で、『万葉集』▼注9には次のように見える。

月日《ツキモヒモ》　摂友《カハリユケドモ》　久経流《ヒサニフル》　三諸之山《ミモロノヤマノ》　礪津宮地《トツミヤトコロ》（巻十三・三二三一）

結句の▼注10「とつ宮」は「外つ宮」、つまり離宮の意で、遷都後も飛鳥の地に小治田宮のように離宮が存在していたとも、飛鳥に遺された宮殿を離宮と呼んだものであろう▼注11とも言われる。石田穣二が、伊周がこの歌を「詠じた気持ちがどこにあるのかもう一つはっきりしない点がある」というように、このままでは、この場面にぴったりとは嵌まらないのである。広く言えば「時の推移と宮廷の永続性を対比的に捉える」（高田祐彦）歌ということになるかもしれないが、他にいくらでも宮廷讃美の歌がある中で、わざわざ離宮を意味する「とつみや」を読む行幸従駕歌を詠じる違和感はぬぐえない。石田は「「とつ宮どころ」というのに、この上の御局に帝がお出ましになっていることを暗に意味させているのであろう」とするのだが、そのような解釈はやはり苦しい。『枕草紙旁註』▼注12は「とつみや」に「遠宮」の字を当てており、当時、「とつ宮」が離宮とは別の意で解釈されていた可能性もあるが、内裏以外の宮殿であることに変わりはないだろう。

ただし、第二節で触れたように、清少納言やその周囲の人々の間で交わされた歌に『万葉集』に直接拠ったと思われる例は他にはなく、ここでも恐らく別の形で流布していた歌に拠ったのだと推測される。『和歌体十種』の「神妙体」に、この歌が「つきも日もかはりゆけどもひさにふるみむろの山のとつみやどころ」（八）と収載されていることは、この時代、反歌単独で享受されていたことを物語る。この書は『忠岑十体』とも称されるが、その内容から壬生忠岑撰は否定され、一〇世紀末から一一世紀初頭の成立と考えられている。さらに、注目されるのは、能因撰の『玄々集』に、

月も日もかはり行けども久にふるみむろの山のとこ宮所（六六）

▼注9『万葉集』は『新編国歌大観』に拠り西本願寺本の訓を右傍に記して引用し、旧国歌大観番号を用いた。『新編国歌大観』が記す当該歌の現訓は、「つきひは　かはらひぬとも　ひさにふる　みもろのやまの　とつみやところ」。

▼注10新編日本古典文学全集頭注。

▼注11曽倉岑『萬葉集全注　巻第13』（有斐閣二〇〇五年）。

▼注12岡西惟中著、天和元年（一六八一）刊。以下『旁注』。引用は『国文注釈全書』（すみや書房一九六八年）に拠る。

という形で撰入されていることである。『万葉集』の結句は万葉仮名では「礪津宮地」と表記され、『校本萬葉集』を検索しても「とこみや」の訓は見いだせない。ところが、後世、『新勅撰集』（賀・四八九）には「とこみや」の形で「読人不知」歌として入集し、「とこみや」という本文が流布していたことをうかがわせる。▼注13「とこみや」も『万葉集』（巻二・一九六など）に見える語で、万葉仮名では「常宮」と表記され、「永遠の宮殿」の意である。この意味であれば、伊周が詠じた場面にふさわしい。『枕草紙春曙抄』▼注14は伊周朗唱歌の典拠として『新勅撰集』から歌を引き、「とこ宮所は、とこしなへにかはらぬ心の祝の詞也」と注している。『玄々集』の成立は永承年間（一〇四六〜一〇五二）で、永延から寛徳に至るおよそ六〇年間（九八七〜一〇四六）の歌人の秀歌を撰んでいるので、撰歌範囲前半がちょうど『枕草子』の時代と重なっている。ただし、三巻本『枕草子』には第四句までしか記されず、結句は不明である。能因本でこの部分は、

　月日もかはりゆけどもひさにふるみむろの山とみやたかくといふ事をゆるゝかにうちよみいだしてゐ給へる▼注15

となっており、「とみやたかく」の部分に何らかの誤写があると考えられ、結句が記されていたのかもしれないのだが、やはりどういう形であったかわからない。▼注16いずれにしろ第四句「三室の山の」まででは宮廷讃美の意は読み取れないので、結句が伊周によって朗唱されたかどうか、『枕草子』にそもそも記されていたかどうかに関わらず、ここで結句は想起される必要がある。それは「とこ宮所」であった蓋然性のほうが高いのではないか。

　ところで、『玄々集』は、この歌をなぜか「長能十首上総守」として、長能作の一〇首（六二〜七一）のうちの一首として載せている。長能は藤原道綱母の弟にあたり、花山院を中心とした歌人圏の主要歌人として活躍していた。一〇首のうち「月も日も」歌と「わかくはの妹が手なれの夏衣かさねもあへず明くるしののめ」（六八）の二首については他に出典を確認できないのだが、残りの八首は長能作と確

▼注13『新勅撰集』から歌を引く『歌枕名寄』も結句を「とこ宮どころ」とする。その一方で、同歌を『万葉集』から引用する『古来風体抄』（一五一）、『夫木和歌抄』（八八四二）には「とつ宮どころ」とある。

▼注14北村季吟著。以下『春曙抄』。引用は『北村季吟古註釈集成』（新典社一九七七年）に拠る。清濁は私意。

▼注15能因本の引用は『枕草子：能因本』（笠間影印叢刊10、笠間書院一九七一年）に拠る。清濁は私意。

▼注16能因本を底本とする松尾聡・永井和子校注・訳『枕草子』（日本古典文学全集、小学館一九七四年）は、本文を「月日もかはりゆけども久に経るみむろの山の」と、「宮高く」といふ事をゆるるかにうちよみ出だしてゐたまへる」として、「宮高く」を言祝ぎのことばを言うと解釈し、その部分の現代語訳を

認でき、全く根拠もなく長能作とされたわけではないだろう。撰者の能因は長能を和歌の師とした（『袋草紙』雑談）と伝えられ、一〇首という数は『玄々集』入集歌人中最多で、意識された歌数だったと思われるだけに無視できない異伝である。想像を逞しくすれば、長能が万葉歌を場面に応じて結句の一字を改作して用いたということがあったのではないかと思われてくる。長能は、万葉歌、古今集時代の和歌などの表現を取り入れて作歌し、また当意即妙な歌を得意としたと指摘される（徳植俊之）。もし、この推測が許されれば、清少納言は、伊周が詠じた万葉歌の改作歌に導かれて、古今集歌の改作をしたことになろう。『玄々集』に長能歌として撰入されているという根拠だけで、ここまで言うことは危険であろうが、ひとつの可能性として提示しておきたい。

「宮が高くそびえるように、中宮さまがときわにお栄えあそばすように」とする。しかし、「宮高し」が言祝ぎの詞として用いられていたという根拠は示されていない。

5 「集は」から「歌の題は」への連接

「集は」に続くのは、次の六六段である。

歌の題は　都。葛。三稜草《みくり》。駒。霰。

「集は」にこの章段が続くことで感じるのは、何と言っても、『古今集』を規範とする意識と、ここに選択された「題」との間の大きな落差であろう。能因本でも、やはり「集は」の次に「歌の題は」の章段が続き、「霰」の下に、さらに「さゝ。つぼすみれ。ひかげ。こも。たかせ。をし。あさぢ。しば。あをつゞら。なし。なつめ。あさがほ」が挙げられている。『枕双紙抄』は、この章段について、

此段は哥の題をしるされたり。抑哥の題はあまた侍るを、是のみこゝに挙られたる事、いかにとをしはかるべし。今こゝに挙られたる題は、即前段萬葉古今などの中にある題のむずかしきをしらせたる也。前段のうつりにて侍ればおもしろきつゞき也。

と解説する。岸上慎二は、この注を取り上げて、類似した記述の見える『旁注』とともに、「枕草子を教諭の書と考へ、難しい題を示して、第三者に教へるといふ姿勢に理解するのは行き過ぎであらう」と指摘する（岸上慎二b）。また、岸上が、ここに挙げられたひとつひとつの「題」について能因本も含めて検討して示したように、これらは「萬葉古今」よりも『古今六帖』との一致率が高い。『古今六帖』は「数多くの和歌を収集・分類して三代集時代の表現の枠組み」を示しつつ、三代集よりも「広く多様な」表現世界を持つと指摘される（鈴木宏子）。ここに挙げられた歌題のうち、「三稜草」は『古今六帖』に拾い上げられているが、三代集には見えない。確かに、この章段が「萬葉古今」の難しい題を教えるために書かれたとは考えられない。ただし、『枕双紙抄』の最後の一文「前段のうつりにて侍ればおもしろきつゞき也」という指摘は、ある意味、当たっていると言えるのではないか。岸上は、これらの題が歌合題に全く見えないことを確認しているが、単に珍しい「題」が挙げられているというだけでなく、前段に挙げられた古今集世界と一致しない題が続いていることが問題だろう（ただし、能因本では「集は」に『後撰集』が挙げられ、それに続くことになるので、その落差は三巻本程ではない）。

『古今集』が歌を四季と恋と雑に分類し、四季の歌の中では季節の推移が表現されるように、恋の歌では恋の諸段階が順序を追ってたどれるように、細やかな配慮のもと配列し、現実の世界の諸事象を理念化・一般化し、秩序づけていることはよく知られる。歌合題は、基本的にそうした『古今集』が分類・配列によって示した秩序だった世界を基盤として展開されていく。たとえば、後に晴儀歌合の規範として仰がれる天徳四年（九六〇）『内裏歌合』の歌題構成は以下のようになっている。

霞、鶯、柳、桜、款冬、藤、暮春／首夏、卯花、郭公、夏草／恋

春七題と夏四題と「恋」からなり、春題と夏題の各歌題はおおよそ季節のめぐりの順に並べられている。もう一例挙げてみよう。『枕草子』と同時代、花山天皇出家後の正暦年間（九九〇〜九九五）に催された『花山院歌合』の題は、歌合が開催された当季である夏題と「祝」と「恋」が組み合わされてい

る。

郭公、卯花、橘、夏草、蛍、瞿麦、蚊遣火、水鶏《くひな》／祝／恋もちろん歌合で取り上げられる歌題が、必ずしも先行する勅撰集の範囲内にあるわけではない。掲出した四季の歌題のうち、「夏草」や「水鶏」は、『古今集』では取り上げられておらず、後代の勅撰集で歌材となる景物である。そうした新しい歌題を含みつつも、その基盤は『古今集』に見られる歌材や配列に求められると言ってよいだろう。

「集は」（六五段）で『古今集』が挙げられたならば、続く「歌の題は」（六六段）には、このような『古今集』を基盤として展開された歌合題のような題が続くことを期待してしまう。しかし、その期待は大きく裏切られることになる。藤本宗利は類聚章段について、「読者を巻き込んでその通念を攪乱し、彼らが無自覚に依拠している既成の価値体系に対しての見直しを迫る機能を有した、一種の挑発的な仕掛とでも呼ぶべき本質を備えている」と指摘するが（藤原宗利a）、ここではそれが、章段の連接によってなされていると言えるかもしれない。また、清少納言の「自然観照」は「『古今集』的美意識に反発したものであった」という指摘があるが（上野理）、ここでは、「集は」と「歌の題は」が連接されることで、一方では『古今集』を規範として仰ぎながら、一方ではそれとは裏腹な世界への志向を持つことが、鮮やかに浮き彫りにされているのである。

6 「打聞」への憧れ

古今集世界とは裏腹な世界への志向は、次の「うれしきもの」（二六一段）に見える文にもうかがえる。

もののをり、もしは人と言ひかはしたる歌の、聞えて、打聞《うちぎき》などに書き入れらるる。みづからの上にはまだ知らぬことなれど、なほ思ひやるよ。

ここで、この部分を問題とする前に、「打聞」の語義の解釈が揺れているので、どう考えるべきか確認しておきたい。「うちぎき」という語は、古くは見えず、『枕草子』や『源氏物語』が早い用例となる。「ちらっと聞く」の意の動詞「うち聞く」が名詞化したもので、原義は「ちょっと聞くこと。ふと耳に入ったことばや話」であり、長承三年（一一三四）以前成立の『打聞集』という名の仏教説話集があることからすると、特に和歌に限定される用語ではなかったのだろう。しかし、和歌との関わりは早くから見え、『源氏物語』（常夏巻）では「歌語り」をふと耳にすることを「うちぎき」と言い、同時代の『道成集』に、「これはうちぎきのわか」（一六詞書）という詞書を付した和歌が見える（一六〜二〇までの五首にかかる詞書か）。この例では、どのような場で誰が詠んだのかなどの詠歌事情は全く説明されず、「ちょっと耳に入った歌」の意で用いているものと考えられる。さらに、時代が降って院政期頃からは、私家集を意味する「家の集」に対して、私撰集の意で「うちぎき」を用いるようになる。このような例は、『玄玉集』序文に「家家のうちぎき」とあり、『和歌色葉』に「私の集、打聞、髄脳、口伝、物語」と列挙されるなど、多く見られる。「俊成入道うちぎきせらるるときさて」（清輔集・四〇四詞書）のように、「うちぎきす」とサ変動詞を加えて複合動詞とし、私撰集を編纂する意で用いる場合もある。

『枕草子』の例はどう解釈すべきであろうか。『枕草子』には、もう一箇所、「また傅の殿の御母上とこそは」（二九二段）の終わりに、

ここもとは、打聞になりぬるなめり。

と見える。ここでは、二九二段の前後に記された章段も含めて「打聞」のようなものになってしまった、と言っていると解釈できる。『旁注』は二六一段を「聞書」と解し、二九二段は「打聞てしるしと

ゞめもせぬとのこゝろ也」として、ちょっと聞くだけで記さないこと、の意で解している。これに対して『春曙抄』は双方「聞書」の意として、二九二段に「うちきゝとは、其比の哥を集めをくをいふ由、徹書記物語に見えたり」と注している。『春曙抄』が引く「徹書記物語」(『正徹物語』)には「家々に皆打聞とてその頃の歌をあつめて集をつくりしなり」とあり、これは私撰集の意であろう。現代の諸注では「人から伝聞した歌などを書き留めておく備忘録」[注17]や「耳に聞いたままを記す覚え書」[注18]とするものや、「人から聞いた話や歌を書きとどめることが「打聞」」[注19]として、耳にして書き留める行為そのものを打聞とするもの、また、「語り、聞く」行為が打聞であるとする解釈(天海博洋b)などがある。

ここで、もう一度『枕草子』に戻って、「打聞」の意を考えてみると、二六一段に「打聞などに書き入れらるる」とあるので、明らかにそれは語ったり聞いたり書き留めたりといった行為ではなく、書物のような形態を持つものを意味していよう。また、そこに「書き入れらるる」ことを「うれし」と感じ、「みづからの上にはまだ知らぬ」と言っていることから、個人的な「備忘録」「覚え書」程度のものではなく、流布して人々に読まれるものを想定していると考えられる。この、二六一段に加えて、二九二段の前後の章段を見ると、そこに記されているのは歌と歌をめぐる話に限定できる。後代に私撰集の意で用いることに通じていよう。南波浩は、二六一段を例として、口承の「歌語り」を後の資料として残すために筆録したものが「打聞」であるとするが、その解釈が稿者の考え方と近い。さらに、『枕草子』の記述によって「打聞」に記される和歌の性格を見てみると、二九二段は道綱母が普門寺で法華八講を聴聞した翌日に小野殿で詠んだ歌、その前の二九一段は身分卑しい男親を恥じて海に落とし入れて殺した男が盆供養するのを見て道命阿闍梨が詠んだ歌、続く二九三段は伊登内親王が息子の業平に会いたいという気持ちを伝えた歌と、いずれも独立して鑑賞される歌ではなく、いつ、誰によって、どのような場で読まれたのかという詠歌事情の説明があって初めて面白さのわかる歌と言える。

こうした考え方は、二六一段で「打聞」に入ってほしい歌を、「もののをり、もしは人と言ひかはし

▼注17 角川ソフィア文庫脚注。

▼注18 新編日本古典文学全集頭注。

▼注19 新日本古典文学大系脚注。

たる歌」とすることと矛盾するように見えるかもしれない。「人と言ひかはしたる歌」は贈答歌であるから詠歌事情とともに鑑賞されるべき歌と言ってよいとして、「もののをり」は「しかるべき時。晴れがましい正式の時。」▼注20などと注されることが多く、そうすると歌合や歌会などで詠まれた題詠歌を想像してしまうからである。それは、つまり詠歌事情などを必要とせず、独立して鑑賞されるべき歌ということになる。しかし、二九二段に記された道綱母の歌、

薪こることは昨日に尽きにしをいざ斧の柄はここに朽たさむ

は、小野殿に集まった多くの人に披露された歌であろうが、その前日、普門寺で法華八講を聴聞したという事情を知らなければ、理解できない歌である。二九二段の道命阿闍梨の歌の場合、どこで披露されたかについては記されないが、法会などで集まった人々に語られて流布したのかもしれない。「もののをり」に詠まれた歌とは、歌合などの題詠歌ももちろん含むだろうが、それだけとは限らないのである。「晴」「褻」は便利な概念ではあるが、単純に二分してしまうと、事の本質を見誤ることになろう。

『枕草子』の中では、「宮の五節出でさせたまふに」（八六段）に記された清少納言自身の歌、

うは氷あはに結べる紐なればかざす日かげにゆるぶばかりを

などは、まさしく打聞に書き入れられ損なった歌であろう。▼注21これも歌合などの題詠歌ではないが、豊明の節会の夜、「さる顕証のほど」という衆人監視の中で、定子後宮を代表して詠まれた歌として披露されるはずだった「もののをり」の歌と言える。

清少納言は、そのような「打聞」に、自らの歌が入ることへの憧れを吐露している。これは中世和歌に馴染んだ目には驚きである。中世和歌の世界では、勅撰集にたった一首でもよいから入集したいと歌人たちが強く願ったという話は枚挙にいとまがない。勅撰集に反駁書が出るのは『後拾遺集』から で（源経信著『難後拾遺』）、撰歌に対する不満は、自分の歌を評価してほしいという気持ちに通じるだろうから、この頃から勅撰集入集の意味が重くなったのだと考えられる。特にその重要性が顕在化するの

▼注20 新日本古典文学大系脚注。

▼注21 この歌は「打聞」に書き入れられることはなかったが、『枕草子』に記されたことで、後に『千載集』（雑上・九六一）に詳細な詞書とともに撰入されることになった。清少納言は、自身の歌が実方に伝えられずに終わったことについて、「なかなか恥隠すここちして、よかりしか」と記すが、恐らく自信のあった歌で、清少納言が予想もしなかったであろう形で世に広まることになった。なお、『千載集』詞書は、清少納言の歌が披露されずに終わったことには触れない。

は『無名抄』に描かれる時代からであろう。その『無名抄』に鴨長明は、自身の歌が『新古今集』に一〇首の入集を果たしたことを「過分の面目」と記し、中でも「瀬見の小川」を読んだ一首が入集したことについて「生死の余執となるばかり嬉しく侍るなり」と記す。『明月記』には、『新勅撰集』撰者となった藤原定家の許に入集を望んで訪れる「好士」たちの姿が書き留められ、『今物語』にはその定家の撰歌への不満を爆発させて奇矯な行動に出た橘長政が描かれる。『平家物語』は、一旦立ち去った都に危険を犯してまで立ち戻って勅撰集撰集資料として藤原俊成に歌稿を託して都落ちする平忠度を描き、『阿仏の文』は「あやしの腰折れひとつ詠みて、集に入ることなどだに女はいとかたかめり」と女性歌人が勅撰歌人となることの難しさを嘆くなどなど、例はいくらでも挙げることができる。しかし、清少納言が入集を願ったのは、規範と仰ぐ『古今集』のような勅撰集ではなくて「打聞」である。『拾遺集』成立以前の円融朝と花山朝にも勅撰集編纂事業が計画されていたのではないかという推測があり（増田繁夫）▼注22、そうであるならば、清少納言にとって勅撰集編纂は遠い過去や未来の出来事ではなかったことになる。にもかかわらず、勅撰集ではなくて「打聞」への入集を願うのは、清少納言にとって、古今集的な勅撰集世界はあくまで規範として自らの外側にあるもので、参入することは考えられていなかったということなのだろう。

「打聞」に書き入れられる前段階では、そのような自分の歌が「聞えて」、つまり人々の間で評判になり、語られる必要がある。清少納言にとってその「人々」とは、宮廷社会に属し、自分と同様の教養を持ち、同じ文化圏に棲息する人々に限定されることが、二九三段に続く二九四段からわかる。

　　をかしと思ふ歌を、草子などに書きておきたるに、言ふかひなき下衆《げす》のうち歌ひたるこそ、いと心憂けれ。

「をかしと思ふ歌」とは特に自分の歌について言っているわけではなく、誰かから聞いて面白いと思って書き留めておいた歌のことであろうが、自らの歌を排除するものでも無い。これもまた『無名抄』で

▼注22　西本願寺本『能宣集』序文に「円融太上法皇の在位のすゑに、勅ありて家集をめす、今上花山聖代、また勅ありておなじき集をめす」とあることを主な根拠とする。

語られる、傀儡が自分の歌を神歌として謡ったのを聞いた源俊頼が、「俊頼、至り候ひにけりな」と名人の域に達したという感慨を漏らし、それを伝え聞いた永縁や道因が羨んで琵琶法師などに自分の歌を謡わせようとしたという話とは全く異なる感覚である。

清少納言が憧れる「打聞」に記されているのは、宮廷社会で評判になり、詠歌事情とともに楽しまれる歌である。『枕草子』が「折」に適うことを何よりも重視し、前述の「清涼殿の丑寅の隅の」（二一〇段）の清少納言や道隆の歌は、古歌の「一句を替えることによって、折に適合する歌が創作された」「古歌の再創造」であると指摘したのは橋本不美男であったが、そのような歌は「折」とともに記述されなければ、真の意味は理解されないということになる。そうした「折」とともに歌が記されたのが、清少納言の言う「打聞」であると言えよう。実は、「打聞」「歌語り」の歌を主な撰歌資料とすると指摘される特異な勅撰集がある。清少納言の父元輔が撰者のひとりとなった『後撰集』である。片桐洋一は、古今集歌とそれを基にして詠まれた後撰集歌を比較して、「『古今集』が一般化できる抒情を中心に据えていたのに対して、『後撰集』は、自分だけの、その場その場の抒情であるところに特色がある」とし、さらに、そのような歌語りの主人公がほとんど宮廷女房であったと言う。また、『古今集』と『後撰集』の重出歌を検討して、『古今集』に採られた歌をそのまま利用して贈った例や、一部を変えて用いたりした例が『後撰集』に見えることを指摘している。こうした性格は、まさしく清少納言が憧れた「打聞」と重なるものだろう。第三節で述べたように、『枕草子』で『後撰集』は表立って取り上げられることはなく、引き歌にされることも少ない。しかし、自らの詠歌行為としては後撰集的な世界こそが志向されていたのである。

7 庚申当座探題歌会の性格

清少納言が著名な歌人だった父元輔を強く意識していたことは、「五月の御精進のほど」（九五段）からよく知られている。郭公の声を求めて、清少納言は同僚女房と山里に逍遥に出掛けるが、結局、最後まで歌を詠むことはできず、二日ほど後にその話題が出ると、定子に、

なにか、この歌、すべて詠みはべらじ、となむ思ひはべるを、もののをりなど、人の詠みはべらむにも、『詠め』などおほせらるれば、えさぶらふまじきここちなむしはべる。いといかがは、文字の数知らず、春は冬の歌、秋は梅の花の歌などを詠むやうははべらむ。されど、歌詠むと言はれし末々は、すこし人よりまさりて、『そのをりの歌は、これこそありけれ、さは言へど、それが子なれば』など言はればこそ、甲斐あるここちもしはべらめ。つゆとりわきたる方もなくて、さすがに歌がましう、我はと思へるさまに、最初に詠みいではべらむ、亡き人のためにも、いとほしうはべる

と訴え、夜になって庚申歌会が催されて伊周に歌を求められたが、詠歌を拒否し、定子から、

元輔が後《のち》と言はるる君しもや今宵の歌にはづれてはをる

という歌を記した文を投げよこされて、

その人の後と言はれぬ身なりせば今宵の歌をまづぞ詠ままし

と返し、「つつむことさぶらはずは、千の歌なりと、これよりなむ出でまうで来まし」と申し上げたという話である。

この章段を根拠に、清少納言は歌があまり得意ではなく、詠歌を避けていた、としばしば言われる。

確かに、清少納言には五〇首に満たない小さな他撰家集しか残っておらず、勅撰集入集数の少なさなどから窺われるように、後代の歌人としての評価も高くない。しかし、『百人一首』に撰入され、清少納言の歌として最も著名な「鳥のそらね」の歌を初めとして、女房生活の中で贈答をしばしば交わし、そうした歌や連歌を『枕草子』の中に自ら記し残しているのであるから、単純に歌が苦手で避けていたと言うことはできない。では、なぜ、ここでは歌うことを拒否するのだろうか。杉谷寿郎は、清少納言が定子に訴えた際に「もののをり」と言っていることに着目し、「もののをり」とは「特定の場、ことに晴の場」を指し示していることが多いとして、「晴の場など格別の折の詠歌を御免蒙りたいと願い出た」と解釈し、「類型になずまない清少納言の感覚が」「一様な表現をこととする題詠の拒否に向かわせた」と指摘する。また、天野紀代子は、「日常の場を離れて歌題に答えるような題詠歌は、意識的に拒否した」とし、「中宮主催の歌会にも背を向ける彼女に」、中宮が詠みかけた「元輔が」という非難には、「歌で軽妙に応じながら、本格的な題詠歌となると口をつぐむのだ」と言う。稿者もこの場合は題詠であることがひとつの鍵だと思うのだが、清少納言が詠歌を避けたのは、「晴の場など格別な折」であるとし、「日常の場」を離れた場であるとする場合、前節で引いた八六段で、豊明の節会という華やかな宮廷行事の際に、清少納言が「うは氷」の歌を進んで詠んでいることをどのように説明したらよいのだろうか。また、「本格的な題詠歌」というのは、どのような題詠のことを言うのであろうか。

ここで清少納言が最後まで歌を出さなかった歌会の性格を考えてみよう。「庚申せさせたまふとて、内の大臣殿、いみじう心まうけせさせたまへり」という中で行われた歌会である。前掲天野論は「中宮主催の歌会」とし、藤本宗利は「伊周が庚申待ちの歌合せを企画」したとし、「罪科を赦され帰洛して間もない伊周」が行った中関白家の「文化的威信回復運動の一環」と解する（藤原宗利b）。中宮御所において中宮の御前で行われていることからすると、表向きの主催者は中宮、実質的な運営者は伊周と考えるのがよいのではないか。他家の女房や殿上人の参加について触れず、歌会記録や証本などが残っていないことからすると、外へ向かって発信する意図がどこまであったかはわからない。『枕草子』の記述のみで、この歌会催行の意義を過大視するのは危険であろう。また、「皆人々、詠みいだして、よしあしなど定めらるるほどに」とあることから、歌合の可能性が高いが、それと明示されないので、歌合も含めた広義の「歌会」としておくのが無難だと思われる。

　重要なのは、これが、庚申待ちのさまざまな遊びの一環として行われ、「夜うちふくるほどに、題出だして」とあるように、当座の会であった点である。橋本不美男が言うように、「当時の歌合あるいは後代の晴儀歌会と異なり、庚申夜の当座であって」「折にふれ、興のおもむくままに即題当座のもの」というような性格の歌会と考えられる。六条斎院禖子内親王は、永承四年（一〇四九）頃から、繰り返し庚申の夜に歌合を催しているが、そのほとんどが自家の女房のみを参加者として、当季の歌題で行われる小規模な当座歌合である。永承四年一二月二日の『六条斎院歌合』の歌題は、当季である冬の歌題「神楽」「雪」「氷」「歳暮」「待春」の五題であった。庚申歌会では、こうした通常の季題で行われるだけでなく、たとえば、『伊勢大輔集』には、

　　庚申の夜、まぜくだものを人々よみしに、甘栗を

　ますらをのあまくりかへし春の日にわかめ刈るとや浦づたひする（一五八）

のように、その場に置かれていたと推測される「まぜくだもの」（さまざまなくだものを取り合わせたもの。いろいろな間食用の食物）の中から「甘栗」を選んで題とし、それを「物名」（隠し題）としてこなしている例も見られる。伊勢大輔は大中臣輔親女で、彰子に出仕した女房である。また、同じ頃、歌合歌人として活躍した相模は、

　　ある所に、庚申の夜、天地《あめつち》をかみしもにてよむとて、よませし

と詞書に記し、「あめつちの詞」▼注23を沓冠歌にして、四季に詠み分ける歌を遺している（『相模集』一〇～二一、ただし秋の四首を欠く）。このように庚申歌会では、その場の雰囲気を反映して、しばしば遊戯

▼**注23** 発音を異にするあらゆる仮名を集めて一続きの誦詩としたもの。「あめつちほしそらやまかはみねたにくもきりむろこけひといぬうへすゑゆわさるおふせよえのえをなれゐて」の四八字から成る。相模に先立って源順が四季・思・恋に詠み分ける「あめつちの歌」四八首を詠んでいる（順集・四～五一）。

性の高い試みがなされた。さらに、もう一度、『枕草子』に戻ってみると、伊周が清少納言に「題取れ」と命じていることから、上野理がその可能性を指摘しているように、これは探題歌会であったと考えられる。「探題」とは、漢詩の探韻の影響を受けて、題を籤などによって分け取って詠歌する歌会形式で、一〇世紀半ば頃から行われるようになっていた（渡邉裕美子）。これもまた、人々が集い遊び興じるような場で用いられることの多い歌会形式なのである。

以上のような庚申の夜に行われた当座の探題歌会であるという性格を踏まえると、清少納言が拒否したのは、必ずしも晴儀歌合のような題詠ではなかったと思われる。では、何が問題だったのか。晴の場か褻の場かに関わらず、詠歌事情とともに理解される歌、つまり「打聞」に書き載せられるような歌と異なり、歌われた折から切り離された題詠であることが問題なのであり、さらに、それが、人々が集う場で「よしあしなど定めらるる」というように批評されることが問題だったのだろう。後代の歌合では、女房は主催者・主体となることはなく、批評の詞を述べることもなくなるが（田渕句美子）、この時代の歌合は女房主体で行われていることが多い。先に触れた禖子内親王家の一連の庚申歌合で判詞が残る例はないのだが、勝ち負けは定められており、女房同士で自由な批評が行われたと思われる。また、相模のように正式な判者への難判を遺している歌人もいる（長久二年（一〇四一）『弘徽殿女御歌合』）。こうした場に参加すると、自身の歌が批評されるだけでなく、人の歌を批評しなければならなくなったはずである。そこで、うっかりしたことを言えば、『紫式部日記』で、和泉式部が「もののおぼえ、うたのことわり、まことの歌よみざまにこそはべらざめれ」「人の詠みたらむ歌、難じことわりゐたらむは、いでやさまで心は得じ」と評されているように、「歌をよくわかっていない者」という烙印を押されることになったと思われる。これは、「元輔が後」と言われる清少納言としては、なんとしても避けたい事態であったろう。

8 終わりに

以上、『枕草子』の中に見える勅撰集に対する意識を軸として、清少納言がどのような和歌を志向していたかを探り、『枕草子』に記される和歌関係記事を和歌史の中で位置づけようと試みてきた。こうした検討は、『枕草子』の和歌とそれに付随する〈語り〉を解体して断片的に取り出すもので、それぞれの章段における和歌の位置づけや章段構成方法を明らかにしてはいない、という批判は、甘んじて受けようと思う。しかし、和歌からの「逸脱」や「離反」などということは、『枕草子』に描かれる和歌関係事跡を和歌史の中にきちんと位置づけて初めて言えることではないか。本稿では、そのような表現の基盤を確認することを目指した。ただし、そうした意図は意図として、どこまで有効な論点を提供できたかは、はなはだ心許ない。僅かであっても『枕草子』を理解するために本稿が役立つことを願って筆を擱きたい。

主要参考文献リスト

赤間恵都子『枕草子日記的章段の研究』（三省堂二〇〇九年）
阿部俊子「清少納言の人と教養」（『国文学解釈と鑑賞』二一巻一号一九五六年一月）
雨海博洋 a「清少納言と『万葉集』―三巻本第十一段「山は」を通して―」（『古典の諸相：冨倉徳次郎博士古稀記念論文集』一九六九年）、後に『枕草子』（日本文学研究資料叢書、有精堂出版一九八〇年）に所収。
雨海博洋b『物語文学の史的論考』（桜楓社一九九一年）
天野紀代子「和歌からの離陸―『枕草子』の形態―」（『日本文学誌要』四〇号一九八九年二月）
石田穣二『枕草子』（鑑賞日本古典文学8、角川書店一九七五年）
岩井宏子「古今集の良房歌の詞書に見る〈花がめに桜の花を挿す〉と云うこと」（『和漢比較文学』一四号一九九五年一月）
上野理「清少納言と和歌文学」（『清少納言とその文学』枕草子講座1、有精堂出版一九七五年）
片桐洋一『古今和歌集以後』（笠間書院二〇〇〇年）
岸上慎二a『清少納言伝記攷』（新生社一九五八年）
岸上慎二b「枕草子の「歌の題は」について」（『国語と国文学』四八巻五号一九七一年五月）
清水好子「宮廷文化を創る人」（『金蘭短期大学研究紀要』創刊号一九六六年五月）
杉谷寿郎「清少納言の詠歌免除願」（『むらさき』二四号一九八七年七月）
鈴木宏子「『古今和歌六帖』の役割」（『国文学解釈と鑑賞』七二巻三号二〇〇七年三月）
大洋和俊a「枕草子の表現史―王権と古今和歌集受容をめぐって―」（『野州国文学』四二号一九八八年一二月）
大洋和俊b「枕草子の表現と定子後宮」『日本文学』三九巻九号一九九〇年九月）
高田祐彦「『枕草子』のことばと方法―時間をめぐって―」（『国語と国文学』六八巻一一号一九九一年一一月）
高橋由記a「花を瓶にさすこと―『枕草子』第二〇段に関連して―」（『瞿麦』三号一九九六年四月）
高橋由記校注b「馬内侍集」『中古歌仙集（一）』（和歌文学大系54、明治書院二〇〇四年）
竹内美智子「枕草子鑑賞（第一一段～第二三段）」（『枕草子とその鑑賞Ⅰ』枕草子講座2、有精堂出版

一九七五年)
田渕句美子「歌合の構造―女房歌人の位置―」(『和歌を歴史から読む』笠間書院二〇〇二年)
津本信博「枕草子鑑賞(第四八段~第七一段)」(『枕草子とその鑑賞Ⅰ』枕草子講座2、有精堂出版一九七五年)
徳植俊之「藤原長能の和歌―その歌風形成と特質について―」(『国語と国文学』八七巻一〇号二〇一〇年一〇月)
南波浩「歌語り・歌物語の特質」(日本文学講座4『物語・小説Ⅰ』大修館書店一九八七年)
西山秀人「歌枕への挑戦―類聚章段の試み」(『国文学』四一巻一号一九九六年一月)
橋本不美男『王朝和歌史の研究』(笠間書院一九七二年)
藤本宗利a『枕草子研究』(風間書房二〇〇二年)
藤本宗利b『『枕草子』をどうぞ―定子後宮への招待―』(新典社選書44、新典社二〇一一年)
増田繁夫「天皇制と和歌―勅撰集をめぐって」(『国文学』三四巻一三号一九八九年一一月)
三田村雅子『枕草子　表現の論理』(有精堂出版一九九五年)
森一郎「清少納言はなぜ上臈の歌を切り捨てたのか―枕草子「清涼殿の丑寅のすみの」段小考―」(『解釈』七号一九九〇年七月)
渡邉裕美子「続歌の成立」(『中世文学』五七号二〇一二年六月)

第七章

和泉式部の歌の方法

◎渡部泰明

わたなべやすあき

現職○東京大学教授

研究分野○和歌文学・中世文学

著書○『中世和歌の生成』（若草書房　一九九九年）、『和歌とは何か』（岩波新書　二〇〇九年）など。

本稿は、和泉式部の和歌がどうして中世に盛んに享受されたかを考察することを目的とする。そのために、『百人一首』歌「あらざらんこの世のほかの思ひ出でにいまひとたびの逢ふこともがな」を、和泉式部の表現の論理に即して考えることを出発点とする。一首の発想を、『和泉式部集』中の同想の歌と比較すると、あたかも男の立場に立っているかのようであることがわかる。和泉式部の歌には、相手と立場を入れ替えるような発想があり、とくに死が話題とされる際に、それは鋭く表現化されている。観身論命歌群の「命だにあらばみるべき身のはてをしのばん人もなきぞ悲しき」の歌にも、死後の自分と現在の自分や、他者と自分と自分とを交換するような発想が見られる。この観身論命歌群は、特異な制約のもとに詠まれたものだが、それだけに作者の発想の立て方をうかがわせてくれる。この歌群の死にまつわる歌は、死に行く自分を凝視する視線を他者の視線と重ね合わせることで、死者を含む他者との深い共感を実現しようとしている。また、同じ歌群には風景表現に特徴をもつ歌も多数見られる。これらにも自分を他者のように見つめる視線が見られ、その他にもさまざまな二重性をもつ歌の構造が指摘できる。それは強い自意識とこまやかな創作意識が作り上げた、読み手との深い共感を可能にする世界であり、死をめぐる歌々同様、中世歌人たちが魅力を感じた世界でもあった。

1　はじめに

和泉式部が和歌史にいかに大きな足跡を残したか、いまさらいうまでもないだろう。同時代から注目を集めていたその独自な歌の世界は、後世にも多大の影響を与えた。とくに中世の歌人たちは、彼女の歌からさまざまな養分を汲みあげ、自らの歌に花開かせた。稿者の当面の関心は、西行や藤原俊成・定家らがその歌から継承したものにあるが、ただちにその享受を問題にする前に、ひとまず和泉式部の表現の論理に即してその方法を考えてみたい。ただ残された和歌ばかりではなく、和泉式部が表現と格闘した軌跡こそ、この歌人と和歌史とを、双方向的につなぐ経路を示すと考えるからである。

以下、和泉式部の家集の歌の分析を試みるが、その際、佐伯梅友・村上治・小松登美『和泉式部集全釈　正集篇』（笠間書院、二〇一二年、以下『全釈』と略記）および、佐伯梅友・村上治・小松登美『和泉式部集全釈　続集篇』（笠間書院、一九七七年、以下『全釈　続集篇』と略記）、清水文雄校注『和泉式部集・和泉式部続集』（岩波書店、一九八三年、以下『岩波文庫』と記す）の注釈の学恩を被ることはだはだ多かったことをお断りしておく。また、『和泉式部集』をはじめ和歌の引用は『新編国歌大観』により、適宜表記を改めた。本文中、歌番号のみ注記するのはすべて『和泉式部集』の歌で、『和泉式部続集』は「続集」と略記した。

2　百人一首歌を契機として

端緒として、

心地例ならず侍りけるころ、人のもとにつかはしける　和泉式部
あらざらんこの世のほかの思ひ出でにいまひとたびの逢ふこともがな　（後拾遺集・恋三・七六三）

の一首を取り上げる。『古来風躰抄』初撰本や『百人秀歌』『百人一首』等に入り、西行にも、

いかで我このよのほかのおもひいでにかぜをいとはで花をながめん　（山家集・一〇八）

という本歌取り作品がある。きっかけとしておかしくないだろう。

この著名な一首は、長くかつ分厚い注釈史をもつ。それらをたどり直してみる作業はひとまず措くとしても、この歌の独自の表現をどうとらえるか、そして、和泉式部という歌人にとってどのように位置づけられるか、ということも多くの論者の関心をひいてきた。「あらざらん」と大胆に歌い出し、そこに「この世のほか」という先例の乏しい句を接続させて想像の羽を伸ばし、「思ひ出で」に至りつく。そのような屈折に富んだ上句に比べて、下句では率直に願いが表白されている。そうした個性的な表現構造に注視しつつ、はたして和泉式部がこの歌に託そうとした思いは何か、などにも議論が積み重ねられてきた。まずはその後者のうち、こういう歌を詠もうとする、和泉式部自身の発想のありかに接近を試みたい。

というのも、この歌は、病床にあるとはいえ、女から男に歌を詠みかけるという、平安時代の贈答歌の作法からいえば、異例ともいわれる――しかし和泉式部の家集にはしばしば見られる――シチュエーションだからである。もとより、男から対面を望む歌も、『和泉式部集』には少なくない。

いかなる人にか、いかでただひとたび対面せん、といひたるに
世々を経てわれやは物をおもふべきただ一たびのあふことにより　（四九九）

一度でいいから逢いたいと乞う男に、たった一度逢ったきりで長い物思いの種になるのは御免だ、と切り返している。末長い愛情を示してくれるのでなければ、と軽くいなされた体で、「いかなる人にか」

というのは、この一回のやりとりで終わった関係ということを示しているのだろう。おそらく和泉式部には「ひとたび」という語にこだわりがあり、目ざとく反応したのだろう。和泉式部はこの他にも、

出でて聞こえさす

山を出でてくらきみちにをたづねこし今ひとたびの逢ふ事により　（八八三）

（ひるしのぶ）

かくしあらば死にに死を死なんひとたびにかなしき物はわかれなりけり　（続集・一一二〇）

などと「ひとたび」を詠んでいる。いずれも、長い苦しみの時間や死別と結びつくことで、「ひとたび」という語は生きるのであった。この男も、そのように詠めば、これほど簡単に袖にされることもなかったはずである。翻って考えれば、「あらざらん…」の歌にも、やはり死が想定されていた。それはあたかも、「ひとたび」と逢瀬を求めるならこのように詠むべきだ、と言わんばかりである。

では、「思ひ出で」はどうだろうか。

ただにかたらふ男、なほこの世の思ひ出でにすばかりとなん思ふ、といひたるに

かたらふに甲斐もなければおほかたは忘れなむとぞいふとこそみれ　（五〇九）

男は「この世の思ひ出で」として交会を求めたのであったが、それは結局忘れてしまおう、ということか、と揚げ足を取られることになった。もとより「この世のほかの思ひ出」ならば、死と引き換えに逢うのだから、そうした非難は浴びなかっただろう。和泉式部自身の表現が、実はかなり彼女のこだわりに即したものであることを教えるのである。ここでも、男はそう詠むことが求められていた、ということになる。

3 死という発想

では、死にそうだ、という訴えはどうだろう。それならさすがにほだされるだろうか。

たのめたるほど、え待たじ、死ぬべし、といひたる男に

逢ふ事をありやなしやも見もはてで絶えなむ玉の緒をいかにせん　（続集・一一〇）

お約束の時まで待てません、もう死んでしまいそうです、と男は嘆き訴えた。これに、逢えるかどうか見届けもしないで死んでしまう人の命などいかんともしがたい、と突き放している。まだまだ私の心を動かすには足りない、というところだろうか。現実に病床にあった和泉式部と、死にそうだと比喩的に誇張する男には隔たりがあるとはいえ、死を持ち出して逢いたいと願うところは、「あらざらん…」の歌に共通する。この「逢ふ事を…」の歌を参考にするならば、男は、逢えるか逢えないか見届ける前に死んでしまいそうだ、とでも詠めばよかったことになる。

というのも「逢ふ事を…」の歌は、字づらを追いかけて見る限りで、逢えない立場の男の歌だと仮定しても、そう読めなくもないようにできている。逢えるか逢えないか見届けることもできずに、今にも絶えてしまいそうなわたしの命をどうしたらよいか、という意味に受け取れなくもない。一首が入集した『続後撰集』（恋二・七一二）では、この歌の直後に、

恋しきに死ぬるものとは聞かねども世のためしにもなりぬべきかな　（七一三・伊勢）

つれなきを嘆くも苦し白露の消ゆるにたぐふ命ともがな　（七一四・定頼）

という、恋故に死んでしまいそうだという歌が配されており、和泉の与り知らぬこととはいいながら、自分の死を歌う歌と並べられてもしっくりするような表現なのだということは確かだろう。

たしかに「ありやなしやも見もはてで」という、いくぶん散文的で上から見下ろすような強い口調は、相手のことを責め立てるような口吻だといえようから、実際にはそういう解釈は取れない。にしても、「絶えなむ玉の緒をいかにせん」という下句は、むしろ命絶えようとしている側から発せられるべき言葉であろう。和泉式部はここでも、求愛するならこういう具合に表現を工夫せよというがごとくに、歌で返事をしていることになる。発想の中に、男の立場にいったん寄り添っている部分がある。といっても、やはり「逢ふ事を…」の歌は彼女らしい表現になっている。和泉は「玉の緒」の語にも愛着をもっていた。

絶えはてば絶えはてぬべし玉の緒に君ならんとは思ひかけきや　（五五一）

心地あしきころ、いかがとのたまはせければ

絶えしころ絶えぬとおもひし玉の緒の君によりまたをしまるるかな　（四一一）

どちらの「玉の緒」も我が命を表している。「逢ふ事の…」での和泉式部は、相手が口にした死という語に取り付いて、それを我がことのように語ってしまうのである。

この五五一・四一一番の両首に、ともども繰り返されている「絶え」に注目したい。ともに初句の「絶え」は相手の来訪もしくは相手との関係を指し、第二句の「絶え」は「玉の緒」（命）を主語とする。片や相手に関わり、片や自分に関わる主語の違う同語を、あえて続けることに興じている。興じると言って誤解を招くならば、同じ言葉の連続が主語の転換を生みだす律動に、自己の内的な律動を託そうとしている。やや脱線したようだが、和泉式部にとって、相手と自分の立場を同等なものとして並べあげたり、時には入れ替えてしまうような発想が、かなり習い性となったものであることが確認されよう。むしろあえて男女の主語・主体を攪乱しようとするところに、作者固有の方法があるのではないだろうか。

かたらふ人のもとより、心地なむあしき、死なば思ひ出でよ、と云ひたるに

うきにかく今まで堪ふる身にかへて君やはかけて我をしのばぬ　（続集・五一四）

『和泉式部続集』に見られるこのやりとりは、かなり「あらざらん…」の状況に似ていると言ってよいだろう。病床にある男が、せめて死んだら思い出してくれ、と言ってきたのである。一首について、例えば『全釈　続集篇』は、「あなたの冷たさを、今までぢっとこらへてゐるわたしの方が、あなたの代りに死んでしまひたいわ。さうして、あなたが、わたしの事、心にかけて偲んで下さったら、どうかしら?」と解する。しかし、これでは「身にかへて」の意図が生きないと思う。私解を示せば、「あなたの薄情さに堪えてようやく生きてきた私の身になって、あなたは命がけで恋い慕ってくださらないとでもいうの」となる。「身にかへて」は、「立場を入れ替えて」と、「わが身を代償にして」の意の掛詞的に働いていると考える。

むすめの亡くなりたりしに服すとて
わがために着よとおもひし藤衣身にかへてこそかなしかりけれ　（赤染衛門集・五一八）

という赤染衛門の歌など、参考になろう。この「身にかへて」は、掛詞と見るのが自然である。和泉の歌も同様と見てよいだろう。

和泉式部は、ここでもやはり「死」を持ち出してきた相手に対し、自分の方こそ死にそうだった、と切り返している。思い出してくれ、というばかりで、私に向けての気持ちがない、というのであろう。病床の相手に向かって少し厳しすぎるのではないかと思わないでもないが、自分自身こだわりのある状況であるだけに、男の立場を奪うかのような言い方をしていると思われる。

以上、男からの言葉に切り返す和泉式部自身のいくつかの歌を見てきたが、これらから察せられるのは、「あらざらん…」の歌は、男の立場に立った歌ではないか、ということである。このくらいの言葉で誠意を訴えてほしい、と式部は思っていたと想像される。病床をチャンスと見なして、彼女は念願の男歌の演技を演じたのであろう。

ついでにいうならば、「あらざらんこの世」という屈折に満ちた言い方も、男の視線が内在しているとみればわかりやすい。「君のいないこの世を想像すると」とでもいうような男の立場に一たびは寄り添ってみせ、ついで身を翻して「この世のほかの思ひ出で」とあの世から訴えかける。「あらざらん後の世までの思ひ出で」などという、現在の主体を保持する言い方との相違を味わいたい。これによって、幽明境を異にする二人が、それと明示しなくても浮かび上がるだろう。

和泉式部の歌に、主体をあえて入れ替えるような方法があるとして、ここで気をつけておきたいのは、それが死という問題と結び付く側面があることである。

かたらふ人の心地重くわづらひて、これを形見に見よとて、歌かきたる草子をおこせたるに

しのぶべき命もしらで今日よりは君が形見を見るぞ悲しき　（続集・一二二五）

重篤な病床から歌を書いた草子——歌物語的な家集などだろうか——を男が送ってきた。「あらざらん…」とは違うが、しかし、自らの死を目前のものとしての訴えかけであることは同じである。これに対し和泉式部は、「偲ぶべき命も知らで」と、歌い出す。自分の死のことなどどうでもよくなって、という意味ではあろうが、そういう言葉とはうらはらに、自分にこだわりすぎの感もある。死を言う相手に、自分の死を対置し、あたかも競い合うかのようである。だが、自己中心的、とは必ずしも言えない。あなたなしで長生きできようもないから、という含意をはらむことになるだろうからである。死を目前にした男に対して、生者の高みに立っての憐憫ではなく、その死を自ら引き受けつつ、自らの悲しみとして応じている、といえようか。

和泉式部は、人が死を口にした時、自らの死を対置して訴えかけるという習性があることが確認できる。安直に死を持ち出した場合は手厳しく切り返すことになり、現実に死が迫っている場合には、自分の存在の不安に響き合わせて共感しようとする。そして、実際の死に触れても、彼女のその性癖は発動するようだ。

世間はかなき事を聞きて

しのぶべき人もなき身はある時にあはれあはれといひやおかまし　（一五二）

訃報に接しての歌。死はいつも唐突なものだが、盛りを謳歌している人の死でもあったのだろうか。死そのものよりも、「あはれ」と死を嘆く人々の声に、和泉式部は敏感に反応する。そしてわが身に引き寄せる。もし立場が入れ替わったならば、自分は死後こうして人に偲んでもらえるだろうか。いっそ生きているいま、自分を憐れんでおこうという。現在死者に向けられている哀悼の言葉を、自分に振り向け、しかも己の孤独な肉声として表現している点を押さえたい。人を悼む声を奪うともいえ、一見ずいぶん傲慢なようだが、「あはれあはれ」の声は、孤独に死を迎えるほかないという自意識のもたらす諦念に支えられているので、不遜の感はもたらさない。むしろそれは、和泉式部固有の、死者との共振の表現ではなかったろうか。

和泉式部の歌には、相手と立場を入れ替えるような発想があり、とくに死が話題とされる際に、それは鋭く表現化される。ある時には手厳しい切り返しとなりもするが、ある時には自己の存在の深みにおける相手との共感を示しもするのであった。

4　死の想像と他者の目

ここで、次の歌に注目したい。

命だにあらばみるべき身のはてをしのばん人もなきぞ悲しき　（二九〇）

「観身岸額離根草、論命江頭不繫舟」を訓み下した仮名を歌頭の一字に詠み込んだ、いわゆる「観身論命歌」などと呼ばれる歌群中の一首である。この一連の詠作は、題詠歌ではないが、ある種の制約のもとに作成した、創作的な歌ということができよう。とすれば、ここからは、彼女の創作意識を追うことも不可能ではないはずである。

まず押さえておかなければならないのは、この二九〇番歌の解釈に問題があることである。「命だに」の「命」は誰の命を表すか、また「見るべき」は何を見るのかが、大きなポイントとなる。一首は『新古今集』（雑下・一七三八）に入集している――ただし、初句は「いのちさへ」、第二句「みつべき」、第四句「人の」とする本文が有力――が、そこでも解釈の対立が見られる。京都大学附属図書館蔵『新古今注』「ミツベキトハ、我身ノ行末ヲアハレミ忍バン人ヲ、我命ダニアラバ、ミンズル也」（『新古今集古注集成　中世古注編』1）は、命を作者のそれに、「見つべき（見るべき）」の対象を「人が我をしのぶことを」と捉える。この注に対して『新古今増抄』は「命だにながくは、わがみのはてのおとろへたるをみるべきに」と、「命」は作者のそれとしながらも、見る対象は、我が身の果ての衰貌、とする。つまり自分で自分のなれの果てを見ようものを、と解する。『新古今和歌集全評釈』・『新潮日本古典集成　和泉式部日記・和泉式部集』・森重敏『八代集撰入和泉式部和歌抄稿』（以下、『抄稿』と略記）などもこの系統に属する。一方、「命」を、広く世の中の人のそれとするもの（『完本新古今和歌集評釈』・『新古今和歌集全註解』など）もあるが、作者の恋人とする『全釈』や『新編日本古典文学全集新古今和歌集』もある。

和泉式部自身の意図を探るために、「しのぶ」人がいないという点で共通する、前述の一五二番歌「しのぶべき人もなき身はある時にあはれあはれといひやおかまし」をヒントにする手があるだろう。せめて生きている間は自分で自分のことを「あはれ」と言おう、というのが一五二番歌の趣旨であり、それに対して二九〇番歌は、しかし自分も死んでしまえば自分を「あはれ」と思うことはできないのだという、ある種連続した思念と見ることができるからである。つまり、「命」は自分の命であって、見るのは自分の身の果てと解すべきと考えられる。それにしてもこの「見るべき」はたしかに誤解を招きやすい、曖昧な表現である。ここで想起されるのは、「作者の「自分」と、その「自分」を見ているもう一人の「自分」とが、一首のなかで、二重写しのイメージとなって、読者の目をまどわすのである」と述べられた、清水文雄氏の指摘である（清水文雄 a）。久保木壽子氏もこの歌群の分析の中から、「詠者は一首の中に他者を設定することにより、自身の悲嘆を他者との係わりの中で具象的に表出しようとする」と述べておられる（久保木壽子 c）。たしかに自分を他者の目で見ることが習い性となったとなっているために、こうした早口な言い方になっていると考えると腑に落ちるものがある。問題は、それがどのような詠歌の達成を導いたか、ということになる。

「命だに…」（二九〇）の歌に着目したいのは、この歌が「観身論命歌」という特異な制約を担って詠まれた一首であって、それだけに和泉の発想の仕方を、ある程度垣間見せてくれるからである。一首は「いのちをろずれば」の「い」を制約としていた。つまり「命」という語を出発点としていた。その命を、未来への仮定の中で否定して見せる。そう遠くない将来死ぬのだから見届けられない、と。それだけでもかなり屈折した自意識を感じさせるが、さらに下句では、死後の自分を偲んでくれる人もいない、と他者から与えられるべき情へと想像を延ばしている。現在の自分を死後の自分へとそっくり移動することと、自分で自分を見る目を、他者の目とそのまま交換することがやすやすとなされている。少々性急すぎて表現が追い付かず、解釈に揺れが生じざるを得なかったが、それだけにこの発想が彼女固有のものであろうことが推察される。それは式部なりの、死者との交感の表現であっただろうと、ここでも考えておきたい。

5 観身論命歌群——自意識から共感へ——

「観身論命歌」群に見られる方法について、少し考えてみよう。この歌群の成立については諸説があるが、敦道親王一周忌の寛弘五年（一〇〇八）十月頃とみなすのが穏当とされている（森本元子）。無常を端的に表す文言にまつわらせたことといい、また死のイメージがしばしば詠み込まれていることといい、たしかに死者への哀悼の思いがこもっていることを予想させる。規制があるからこそ、それが大義名分となって現実を表現することが許されもするのだろう。それとともに、鈴木日出男氏も言われるように、そこから言葉の想像力を延ばしてゆくことをも許容しているところがある。三角洋一氏が「悲しみを少しでも浄化しようと試みた心意」と述べられたように、単なる哀傷の歌とは言い難いのである。発想や方法をうかがうのに適切だろうと考えた所以である。その点から、以下の歌に注目したい。

①例よりもうたてものこそ悲しけれわが世のはてになりやしぬらん（二七二）
②はかなくて煙となりし人により雲ゐの雲のむつましきかな（二七三）
③消えぬともあしたにはまたおく霜の身ならば人をたのみてまし（二七四）
④類よりもひとりはなれてしる人もなくなくこえん死出の山道（三〇八）
⑤寝し床に玉なきからをとめたらばなげのあはれと人も見よかし（三〇八）

例えば、

①例よりもうたてものこそ悲しけれわが世のはてになりやしぬらん（二七二）

は、「れ」を詠み込む歌である。「例よりも」とはいかにも現実の感情の発露を感じさせるが、語頭の「れ」は大和言葉では詠みがたく、そもそもその条件から導き出された語句である。ほかにも二八五番歌が同じ「例よりも」、二九六番歌は「例ならず」で処理されている。「例よりもうたてものこそ悲しけれ」には、たしかに現実の感情が託されているだろう。現実にそういう感情があったかどうかはともかく、「れ」という制約が感情の高ぶりを表現することを許している。そしてこれを、自らの死の予感によって受け止めている。若くして死んだ藤原道信の「この世にはすむべきほどやつきぬらん世の常ならずものの悲しき」（道信集・四六）の一首に影響されるところがあったかもしれない。がそれ以上に、おそらくこれは、人の世の果て、すなわち人の死を悲しむ体験が媒介になっているのだろう。今の悲しみはその悲しみに通じる。しかし今とくに理由もなく、自分の内側から悲しみが湧いてきている。とすればこれは、自分の死に対するものと思うほかはない。自分の死を想像しつつ、自分を他者化している。そして、他者の死をわが身に共振させているのである。

②はかなくて煙となりし人により雲ゐの雲のむつましきかな（二七三）

は、「煙となりし人」の語句により、直截に死者のことを表している。ただし、それは単純に死者への哀悼に集約されるとはいいきれない。そもそも「煙となりし」という語句は、同時代の紫式部（紫式部集・四八）や赤染衛門（後拾遺集・哀傷・五九二）などにも見られ、死者を悼む際の定型的表現だったと推察される。「は」を有する「はかなし」の語から亡者を思うという現実を引き出すのは、言葉の運動に身をゆだねているところがあろう。むしろ作者の狙いは下句にあって、亡き人の形見である雲を慕わしく思うことこそ言いたいことであろう。この「むつまし」は、

また人の葬送するをみて

たちのぼる煙につけて思ふかないつまたわれを人のかくみん（一六一）

などを参考にすると、自己の死を重ねて親しんでいるのだと読みうる。雲に象徴される死を、わが事として睦んでいるのだと思う。この観身論命歌群でいえば、

吹く風の音にもたえて聞こえずは雲のゆくへをおもひおこせよ（三〇九）

も、「雲」に自らの死を託していた。あるいは、「雲」ではなく「霞」であるけれども、

春たたばいつしかも見むみ山辺の霞にわれやならんとすらん　（二九七）

も類同のものといえよう。作者は、雲を媒介に死者と共生しようとしている。

③消えぬともあしたにはまたおく霜の身ならば人をたのみてまし（二七四）

この歌については、「身」を自分のこととするか、他者とするか（『全釈』など）、迷うところである。ごく一般的な歌ことばの用法から言えば、「身」はわが身と解するのが自然だろうけれども、「人を頼む」という下句とのつながりからすると、頼み難い人のあり様だとも考えられるからである。もっとも、死んで帰らぬような人をあてにはできぬ、というのでは和泉式部らしいとは思えず、稿者はやはり「身」は作者のわが身だと解するが、それにしても、どうしてこういう曖昧な言い方になるのか。その原因を表現の上から考えてみたい。

作者は、「き」から「消え」を導き、「霜」を題材とすることをまず決める。程なく消える霜は無常な我や世を託すのにふさわしいはずだが、彼女はそこにとどめず、霜は消えてもまた置くもの、と例を見ない発想にまで展開する。はかないとはいってもせめて明日にはまた置く霜くらいの身であったならば、と願いを絞り込む。これはやはり自分のことを言うのが自然な文脈であるはずである。ところが後半部分の「人をたのみてまし」は、通常なら人に原因を求めようとする時の物言いである。この前半と後半の齟齬が、解釈を落ち着かせない所以だろう。ここには飛躍が認められるが、こうした飛躍こそ和泉らしさを表すものとして尊重したい。

作者は、霜にも及ばず死に行く自分を凝視する。しかしそれは自分だけのことではない。人ならば誰しもそうなのだから、ここで共感が呼びこまれる。しかも、死んで帰らぬ我であるから人を頼みにできないということは、生きている限りは人を信じる、ということであり、死んでしまうのだから、それもかなわないですねと、一種媚を含んだ同意を求める表現になっている。自らの死を見つめる自意識が、

他者の心と重ね合わされ、共感を促す歌となっているのである。

④類よりもひとりはなれてしる人もなくなくこえん死出の山道（三〇八）

これは明らかに、死後の自分を想像した歌だ。しかし自分のことだとはどこにも明示されていない。死出の山を寂しく越えているだろう誰かを想像していると見なす可能性を、けっして排除していないのである。それは、他者の目で死出の山路を行く自分をありありと見つめる、その姿勢を手放さないからである。孤独な死を突き詰め、それを他者のように見つめることによって、死者と自分を重ね合わせるがごとく、死者と交感しようとしているのである。

⑤寝し床に玉なきからをとめたらばなげのあはれと人も見よかし（三〇八）

自分の亡骸をまずありありと想像している。眺めている目は、死者であるはずの自分、すなわち魂である。その魂の視線が「人」の視線に重ねられる。そういう視線を言挙げすることによって、他者との「あはれ」の共感を求める。「なげのあはれ」は諧謔的表現だろう。空っぽの哀情とでもいうような。苦いユーモアを投げかけることで、深い孤独と、他者との心の共有を求める切なさとをともに表現している。

作者は、死に行く自分をありありと凝視していた。まるで他者のように見つめていた。その視線を本当に他者の視線と重ね合わせることで、あるいは重ね合わせる可能性を残すことで、他者との深い共感を実現しようとしていたのである。他者の視線を意識するということは、いうまでもなく自意識の産物である。一般に自意識は、自己の表出には力を発揮するが、しばしば他者との壁を作りもする。ところが死を前提にすることで、その自意識は一転して他者との深い共感を可能にするようにもなるのである。和泉式部の歌の魅力の一面を、そのあたりに見出したい。

6 観身論命歌群の風景表現

観身論命歌群と中世和歌との関わりを考えるうえで逸することができないのは、風景表現である。風景・風物に即して印象的な表現を叙した歌が見られ、そのうちいくつかは、中世に少なからぬ影響を与えている。それは以下のような歌である。

⑥庭の間も見えずちりつむ木の葉くづはかでもたれの人かきてみん（二八〇）
⑦難波潟みぎはの葦にたづさはる舟とはなしにある我が身かな（二八四）
⑧暮れぬなりいくかをかくて過ぎぬらん入相の鐘のつくづくとして（二八八）
⑨さを鹿の朝立つ山のとよむまでなきぞしぬべきつま恋ひなくに（二八九）
⑩櫓もおさで風にまかするあま舟のいづれのかたに寄らんとすらん（二九四）
⑪すみなれし人かげもせぬわが宿に有明の月の幾夜ともなく（二九五）
⑫外山吹く嵐の風の音聞けばまだきに冬の奥ぞ知らるる（三〇一）
⑬鳰鳥の下の心はいかなれやみなるる水の上ぞつれなき（三〇三）
⑭露を見て草葉の上と思ひしは時まつ程の命なりけり（三〇四）
⑮野辺みれば尾花がもとの思草かれゆく程になりぞしにける（二七六）

順に見てみよう。

⑥庭の間も見えずちりつむ木の葉くづはかでもたれの人かきてみん（二八〇）

岩波文庫本や『新編国歌大観』は、右のごとく第三句を「このはくづ」とする。これは『全釈』のごとく「木の葉屑」と解しているのであろう。そうすれば、「はかでも」は「掃かでも」で、下句は掃き清めなくても誰も来ない、という意味となる。第二句の「散り」は「塵」が掛かり、「屑」「掃く」の縁語かと思われる。「木の葉屑」の意があることは確かであろう。しかし、上句にはどこか序詞的な装いがあって、「はかでも」には掛詞を期待させる語勢がある。実は一首は『夫木和歌抄』雑部十四の「沓」の分類標目のもとに収められている（一五一四九番）。つまり『夫木和歌抄』編者は「木の葉沓」と解しているのである。源有房の家集にも、

旅の道の落つる葉

まゆみちる安達の原に朝立てばこのはくつはく駒のつま音　（有房集・一二三〇）

と、「木の葉沓履く」の用例がある。この「木の葉沓」は「（沓と同じように常に足の下にあるところから）一面に散りつもった木の葉」（『日本国語大辞典』第一版。なお用例として⑥歌を掲げる）の意と見てよいだろう。この『夫木和歌抄』の意見を尊重して、①「庭の間の…」は、「沓」「履か」を掛詞としていると考えたい。作者はまず、頭字の「に」から「庭」を起こし、

秋は来ぬ紅葉は宿にふりしきぬ道ふみわけて問ふ人はなし　（古今集・秋下・二八七・読人不知）

のごとき、孤独な閑居のさまを描き出そうとした。それを表すために、一面の木の葉を屑と見なし、それを掃く気にもなれぬという心情を持ち出した。落葉を屑とするなど、およそ俗っぽいひねった表現だが、同様の例がないわけではない。『平中物語』第十八段に、

掃き捨つる庭の屑とやつもるらむ見る人もなきわが言の葉は　（新編日本古典文学全集本に拠る）

の一首が見られる。これとももし関係があるなら、平中の身ぶりを模しているところもあるのかもしれない。拗ねたような自棄の思いが共通するのである。しかし彼女は、それだけでは満足しなかった。屑に沓を掛け、庭一面に散り敷いた木の葉を踏み分けながらやってくる人物を浮かび上がらせたのである。もとよりその人物の面影は、現れるやただちにかき消されるのだが、作者の見ている風景とそれが促す心情という単純な構図にとどまらないふくらみを、一首に与えている。孤独をかこつ女を一歩も二歩も

離れて眺め、一種余裕ある立場に立っている。そして男までも登場させ、閑居の空間を作りあげているのである。ここでは、自分を距離をおいて眺め、歌の内部空間を重層化するような作意に注目しておきたい。

⑦難波潟みぎはの葦にたづさはる舟とはなしにある我が身かな（二八四）

難波潟の水際に生えた葦にかかずらう舟でもあるまいに、いつも難渋する私だ、の意。「難波潟…たづさはる舟」は、支障ばかりの自分の人生を喩した序詞だと読める。が、事はそう単純とはいえない。『和泉式部続集』には、

おなじ人、さはることありてほどふるよしをいひたれば
難波潟葦の折り葉をおしわけて漕ぎはなれ行く舟とこそみれ
（続集・二〇六）

の歌もあり、こちらの難波潟の葦分け舟は、相手の男の比喩である。「たづさはる」も気にかかる。そもそも「たづさはる」は、

人ごとは夏野の草のしげくとも君と我としたづさはりなば
（拾遺集・恋三・八二七・人丸）

のごとく、古来「手を取り合う」もしくは「連れ立つ」の意、つまり睦まじい男女の有り様である。ここも、二八〇番歌同様、「たづさはる」は掛詞なのではないだろうか。「(男と一緒に) 連れ立つ」と「葦に障る」との。そのように考えれば、第四句の「舟とはなしにある」という歯切れの悪い言い方も、「なしに」が連れ立つの意の方に掛かり、「ある」が「障る」につながると見なせば了解しやすくなるであろう。「たづさはる」によって描かれた難波潟の舟の風景は、男との願わしい関係と、自分の生きなずむ人生とを同時に表そうとしているのではないだろうか。⑥同様、男まで登場させているのである。ここでも、序詞対主体の心情という構図に収まらない、重層的な世界を見ることができると思われる。

⑧暮れぬなりいくかをかくて過ぎぬらん入相の鐘のつくづくとして（二八八）

『新古今集』雑下・一八〇七番に入集している。「暮れ」から入相の鐘を導き出し、その鐘の音から、

なすところのない生き方を省みている。

山寺の入相の鐘の声ごとにけふも暮れぬときくぞかなしき

（拾遺集・哀傷・一三二九・読人知らず）

に触発されての作品かと思われる。

ここでも「つく」の掛詞に注目したい。現代の『新古今集』の注釈などでは、余計なものとして評判が芳しくないところもあるのだが、むしろここにこそ和泉らしさが現れていると思われる。作者は入相の鐘を聞いて、今日もまた答えの出ない思考を繰り返すばかりの一日を送ってしまった、と嘆息を漏らしている。我々はつい歌全体をひと続きのものとして把握してしまうのだが、上句・下句の間には、ある種の「間《ま》」があるのではないか。上句は思わず漏らした肉声そのものである。一方下句は、ちょうど連歌の付合のようになっていて、「入相の鐘」を持ち出すことによって、「暮れ」であることを自覚した理由や、「かくて」の内容が「つくづくと」したものだと明かされる、という謎解きを思わせる構成になっている。それ自体は知的な工夫なのだが、嘆息の言葉を自省的にかみしめるという心の動きに重ねられているので、技巧が鼻につくということはない。思わず嘆く自己と、それを反省的に捉える自己。この歌にも、二重性を見たい。

⑨さを鹿の朝立つ山のとよむまでなきぞしぬべきつま恋ひなくに（二八九）

『全釈』は下句を「…あのさ牡鹿のやうに、わっと大声を立てて泣いてしまひそうな気がします」と解しており、第五句を「妻恋ひ鳴くに」と解しているがごとくである。第五句に「さ男鹿が」と注する『岩波文庫』もその点では同様の理解であるかと推測される。だがこの第五句は「夫恋ひなくに」であり、「なくに」は打消の「ず」のク語法に助詞「に」が付いたものであろう。「夫を恋い慕っているわけでもないのに」の意である。和泉式部は、

春の夜はいこそねられねおきゐつつまもるにとまる物ならなくに

など、やや古めかしさを感じさせたであろうこの語法を、同時代歌人と比較してかなり多く用いている。作者は、「さ」から導かれた牡鹿の鳴き声にいったんは自己を重ね合わせながらも、第五句に至って、その自分を反省的に眺め直し、鹿との違いをかみしめている。この悲鳴は、「つま恋い」というような特定の理由によるものではない、逃れようもない人生にまつわる悲しみに由来するのだと、強調しようとしているのではないだろうか。景と同調する自分と、それを相対化する自分がやはり二重化している。

⑩櫓もおさで風にまかするあま舟のいづれのかたに寄らんとすらん（二九四）

「櫓」から舟へとつなげ、その序を「潟」「方」の掛詞を媒介に、寄る辺ない自身の不安の形象として活かした。曽禰好忠の名歌「由良の門を渡る舟人楫を絶えゆくへも知らぬ恋の道かな」（好忠集・四一〇）を思わせる歌だが、和泉の歌の序詞も、単純とは言えない。大中臣輔親の家集に、

おほやけ所なる人をあまたいふころ

うしろめた風のさきなる藻刈り舟いづれのかたによらむとすらん（輔親集・七六）

なる一首があり、下句の主想部が共通しているものの、こちらは女性がどの男になびくのか、という意味である。もっとも、だから二九四番歌が、どの男に身を寄せるのか、という現実的な意味を内包している、とまで言いたいわけではない。舟はもっと根源的な寄る辺なさに引き当てられているのだろうけれども、しかし、一人の男に絞りきれずそのあげくに、といった突き放した視線もやはり感じるのである。「櫓もおさで」という初句など、自業自得だ、という響きがあるのではないか。序詞の景に自己を重ね合わせつつも、自分を外から他人のように見つめている視線も読みとっておきたい。その読みが誤りでないならば、ここもまた二重性を胚胎していることになる。

⑪すみなれし人かげもせぬわが宿に有明の月の幾夜ともなく（二九五）

『新古今集』雑上・一五二九番に入集した。「幾夜ともなく」の余情ある終わり方といい、たしかに中

世人好みの表現であろう。「すみ」の掛詞を出発点として、有明月を描き出すとともに（「あり」は掛詞であろう）、そこにかつてともに住んだ人を重ね合わせている。しかしその人はいない。あたかも物語の一場面のような「凄愴」（『新古今和歌集全評釈』）の感をもたらす。だが、少し立ち止まって考えてみたい。見逃しがちだが、ここには一種詐術めいた言い回しが仕掛けられている。「有明の月」は、「幾夜ともなく」訪れるものではないだろう。現実には数夜のことである。月は夜ごろ訪れそれも有明月に至った、あるいは月ごとの有明月を何度も独り見ることとなった、という意の圧縮表現かと理解しようとしても、夜ごと夜ごとに有明月が照らし続けるという印象的な情景を手放したならば、この歌の魅力は半減するだろう。これは、数夜の有明月が終わりなき孤独を思い知らせてやまないという、作中の主体――「わが宿」の「我」――の心理に即した描写なのであろう。幾夜もの有明月は、その「我」の見た幻想の光景に寄り添っているのであろう。かといって「我」の思いを恣に放出しているとはいえない。先ほども物語の一場面に比したように、もっと場面全体を捉えた視線をも感じさせる。「我」は描かれた場面の登場人物でもあるのである。すなわち、ここには、主体の内部に入り込んでその記憶と幻想を立ち上がらせようとする意志と、それを場面として外側から描き上げようとする意志との、二つの表現の契機が存在している。末句「幾夜ともなく」の余情表現には諸注高評価を与えていて、たしかに幽情ともいうべき中世的な情趣を醸し出している。それは、「訪れてくるのだなあ」という主情にも、「照らしているのであった」という描写的視点にも、選んで帰着することを回避している表現構造に由来するのではないだろうか。

⑫外山吹く嵐の風の音聞けばまだきに冬の奥ぞ知らるる（三〇一）

『千載集』冬・三九六番に入る。「と」から「外山」を設定し、それに対して「奥」で答えるという構想が軸になっていることは明らかである。「冬の奥」という表現がなにより魅力的である。「奥」は「山奥」という空間性と、季節の末という時間性とをともに表す、いわば掛詞的な機能をもっている。そして「冬の奥」は、死と響き合っている。死を喩えているとはいえないし、象徴しているというのもためらわれるが、死をわが身に引き寄せる和泉式部固有の想像力の習いが、冬の奥という見えざる果てを剔抉させるに至ったに違いない。作者は、外山の嵐を、それに聞き入る身になってまず描写する。しかし、現在の身にとどまることなく、いきつく先まで見据えている。現象を視聴する耳目と、その向こう側へと透徹する想像力との二つの表現の契機がやはり二重になっている。しかし、この歌の場合は、両者が切り離されず、山里に住む主体の内省の深まりとしてつなげられている。俊成ら中世歌人を魅した所以であろう。

⑬鳰鳥の下の心はいかなれやみなるる水の上ぞつれなき（三〇三）

鳰鳥に託して、本心を隠して生きる人生を表している。それに間違いはないとして、さて、「下の心」とは誰の心であろうか。「みなるる」は「水馴るる」に「見慣るる」を掛けているのだから、見ている対象、すなわち人の心の測りがたさと取る解釈（『岩波文庫』『全釈』）にも、たしかに根拠がある。しかしそれだと特定の相手へのもどかしさに限定されて、自省に満ちたこの歌群にふさわしくないともいえる。そもそも、鳰鳥の姿は、苦しむ自分をよそえる歌ことばとして用いる方が多いであろう。ここもやはり自分のことを託していると解釈しておく。しかし、鳰鳥と自分を対置するというあらわな構図をとっておらず、それゆえ解釈の揺れが生じていることには注意しておきたい。作者は鳰鳥の描写で一首の表現の筋を通している。つまり鳰鳥を見る視線を保持し続けている。と同時に、鳰鳥に自己を託してもいる――鳰鳥を人とするのは、この分裂を認めない立場の解釈である――。ということはつまり、自己を見つめる他者の視線をも浮かび上がらせるということになる。人は平然としている私を見ているでしょうが、私の心の奥に何があるか、ご存じないでしょう、という具合に。鳰鳥への視線には、自己と他者と二つの視線が二重に託されているのである。そして、「我」を押し出すことを抑制しているので、他者へと開かれる契機をももつ。人は誰も、外面と内心の齟齬を抱いて生きているのだと。

郵便はがき

料金受取人払郵便

神田支店
承認

3455

差出有効期間
平成25年2月
6日まで

101-8791

504

東京都千代田区猿楽町2-2-3

笠間書院 営業部 行

■ 注文書 ■

◎お近くに書店がない場合はこのハガキをご利用下さい。送料380円にてお送りいたします。

書名　　　　　　　　　　　　　　冊数

書名　　　　　　　　　　　　　　冊数

書名　　　　　　　　　　　　　　冊数

お名前

ご住所　〒

お電話

読　者　は　が　き

●これからのより良い本作りのためにご感想・ご希望などお聞かせ下さい。
●また小社刊行物の資料請求にお使い下さい。

この本の書名＿＿＿＿＿＿＿＿＿＿＿＿＿＿＿＿＿＿＿＿

本はがきのご感想は、お名前をのぞき新聞広告や帯などでご紹介させていただくことがあります。ご了承ください。

■本書を何でお知りになりましたか（複数回答可）

1. 書店で見て　2. 広告を見て（媒体名　　　　　　　　　　　　）
3. 雑誌で見て（媒体名　　　　　　　　　　　　）
4. インターネットで見て（サイト名　　　　　　　　　　　　）
5. 小社目録等で見て　6. 知人から聞いて　7. その他（　　　　　　　　　　　　）

■小社PR誌『リポート笠間』（年1回刊・無料）をお送りしますか

はい　・　いいえ

◎上記にはいとお答えいただいた方のみご記入下さい。

お名前

ご住所　〒

お電話

ご提供いただいた情報は、個人情報を含まない統計的な資料を作成するためにのみ利用させていただきます。個人情報はその目的以外では利用いたしません。

⑭露を見て草葉の上と思ひしは時まつ程の命なりけり（三〇四）

露を見て草葉の上のものと思い込んでいたが、実は消えるまでの短い時を待っている命のことであった、と気づいた。露から命を導き出したのは、歌ことばの常識に即した発想である。ただし、上句と下句のつながりには、問題がある。この命は、「人の命」（『全釈』）という一般化されたものであろうか、それとも「私自身の身の上」（『抄稿』）のことであろうか。自分はまだ死んでいないわけだから、「時待つ程の命」と限定しうるかどうか、という疑問も起こらないではないが、自らの死の予感に染められているとみれば、十分に理解可能である。基本的には自分の命の本質への自覚が核にあると見なすべきだと思うが、もう一つ考えておきたいことがある。一首が、草葉の上の露の文脈でも読めるようにできていることである。露が草葉の上に置いていると思ったのに、すぐに消えてしまった、という文脈である。露の描写の表現といってもよい。露へのこだわりが、一首を貫いているのである。

暁の露は枕におきけるを草葉の上となに思ひけん　（後拾遺集・恋二・七〇一・高内侍）

などの例とは違って、露にはっきりとわが身が対置されていない。だからこそ、先ほどのように、命は人一般のものか、それとも我のそれか、という解釈の揺れも発生してしまう。その点で、⑬「鴫鳥の…」が、鴫鳥を語る文脈で成り立っていたことに通じている。ただしここでは視線の二重化にまでは至っていない。対象を見る視線と、それに自己を託そうとする志向とが二重になっているにとどまる。「我」が表立てられていないので、人も同じ物を見、同じように自分を重ねることができる。やはり他者へと開かれている構造なのである。

⑮野辺みれば尾花がもとの思草かれゆく程になりぞしにける（二七六）

『新古今集』に入集（冬・六二四）。冬部に入り、季節の歌として捉えられている。それだけ情景描写が前面に出されているからだが、和泉式部自身としては、「思ひ草」に自己を託しているのだろう。作者の視線は、「の」を含む「野辺」から「尾花」へ、そして「思ひ草」へと絞られ、そこに自分を見出した。そして「かれ」は掛詞だろう。しかし「離《か》れ」は通常訪れなくなった人を表すのであって、上句の序詞と人称の上で齟齬をきたしかねない。「野中の薄の根本の思い草が枯れる」さまは、思いに堪えかねて生きなずむ自分であろう。一方「離《か》れ」は、そうした自分を厭って離れてゆく男のことである。作者は冬枯れの野辺の「思ひ草」に自己を転移しながらも、それだけで済まさず、その空間に男までも登場させる。見ている自分をさらに離れて凝視し、しかも重層的な空間を作り上げる。⑥・⑦に類似した詠み口である。

以上観身論命歌群の風景表現を持つ歌を見てきた。そこには歌の内部世界がさまざまな意味で「二重化」されていた。それはしばしば、自分を他者のような目で見つめ直す作者の視線があった。これは本稿前半で見たような、ときに他者と自分を入れ替えたりする、他者との共感を求める表現と、通じるところがあろう。それらもやはり、自己を他人のような目で捉える視線が内在していたのであった。それらの表現が育てられる契機として、「死」への意識を重視した。⑫についても、「死」を思うことがその想像力を育てたと考えて見た。ほかの風景表現も、そうした想像力のあり方が見られると思う。

和泉式部の歌には、他者の目と心を誘いこむ重層的な世界が描かれている。それは強い自意識とこまやかな創作意識が作り上げた世界である。そこには読み手の心を揺さぶりつつ癒すものがある。自意識の相克を代わりに演じてくれているからである。和泉式部の孤独はたしかに深いが、その自意識に自分の自意識をあずけて、読み手は慰藉をも感じるのである。中世歌人たちが愛したのは、死をめぐる、和泉式部の歌の、そういう一面ではなかっただろうか。

主要参考文献リスト

石田吉貞『新古今和歌集全註解』（有精堂出版　一九六〇年）
久保木寿子a『実存を見つめる　和泉式部』（新典社　二〇〇〇年）
久保木寿子b『和泉式部百首全釈』（風間書房　二〇〇四年）
久保木寿子c「和泉式部集「観身岸額離根草、論命江頭不繫舟」の歌群に関する考察」『国文学研究』73、一九八一年三月）
窪田空穂『完本新古今和歌集評釈』上・中・下（東京堂　一九六四〜一九六五年）
久保田淳『新古今和歌集全評釈』全九巻（講談社　一九七六〜七七年）
後藤祥子「女流による男歌――式子内親王への一視点」『平安文学論集』（風間書房　一九九二年）
佐伯梅友・村上治・小松登美a『和泉式部集全釈　正集篇』（笠間書院　二〇一二年）
佐伯梅友・村上治・小松登美b『和泉式部集全釈　続集篇』（笠間書院　一九七七年）
清水文雄a『王朝女流文学史』（古川書房　一九七二年）
清水文雄校注b『和泉式部集・和泉式部続集』（岩波書店　一九八三年）
新古今集古注集成の会『新古今集古注集成　中世古注編〈1〉』（笠間書院　一九九七年）
鈴木日出男『古代和歌史論』（東京大学出版会　一九九〇年）
鈴木宏子「和泉式部百首恋十八首について」『国語と国文学』（二〇〇二年五月）
高木和子a『女から詠む歌』（青簡社　二〇〇八年）
高木和子b『和泉式部』（笠間書院　二〇一一年）

寺田透『和泉式部』（筑摩書房　一九七一年）
野村精一『新潮日本古典集成　和泉式部日記・和泉式部集』（新潮社　一九八一年）
増田繁夫『冥き途—評伝和泉式部—』（世界思想社　一九八七年）
三角洋一「観身論命歌群」『国文学』（一九九〇年一〇月）
峯村文人『新編日本古典文学全集　新古今和歌集』（小学館　一九九五年）
森重敏『八代集撰入和泉式部和歌抄稿』（和泉書院　一九八九年）
森本元子「和泉式部の作——『観身岸額離根草』の歌群に関して——」『武蔵野文学』19、一九七一年一二月）

第八章

〝『源氏物語』の作者は紫式部だ〟と言えるか？

◉加藤昌嘉

かとう・まさよし
現職○法政大学教授
研究分野○平安時代の物語
著書○『揺れ動く『源氏物語』』（勉誠出版　二〇一一年）、共編書『テーマで読む源氏物語論（四）紫上系と玉鬘系―成立論のゆくえ―』（勉誠出版　二〇一〇年）など。

“『源氏物語』の作者は紫式部である”という通説は、いったい、何を根拠にして導き出されたのだろうか。その通説に、疑問の余地はないのだろうか。

『紫式部日記』の中には、『源氏物語』にかかわる記事が三つある。そこから、“『源氏物語』の作者は紫式部だ”と言うことは、一応は可能である。しかし、『紫式部日記』が書かれた時点で『源氏物語』の巻のうち何帖が成立していたのか、また、それ以外の巻を紫式部が書いたのか否か、といった点は、不明と言わざるを得ない。

また、『紫式部日記』の中には、単に「物語」としか書かれていない箇所がある。これまでは、「物語」としか書いていなくてもそれは『源氏物語』を指す、と見なされてきた。しかし、それら「物語」が『源氏物語』ではない可能性も残されているはずである。

本稿は、諸資料に書かれていることと研究者の憶測に過ぎないことをきちんと分別し、どこまでのことが言えてどれ以上のことは言えないのかを、改めて検証したものである。

高校の教科書や文学事典などは、揃って、「源氏物語【げんじものがたり】紫式部作。平安時代中期の物語。五四帖。」と記している。現存する『源氏物語』写本の表紙に「紫式部作」と署名されたものは無いはずなのだが、いったい何によって作者を認定したのだろうか？

西暦二〇〇八年には、「源氏物語千年紀」という謳い文句のもと、さまざまなイベントが催された。さらに、「一一月一日」が「古典の日」と称され、物々しい式典まで催された。現存する『源氏物語』写本に制作年を記したものは一つも無いはずなのだが、いったい何によって成立年時を認定したのだろうか？

1　『紫式部日記』の中の『源氏物語』関連記事

「『源氏物語』の作者は紫式部だ」とか「『源氏物語』は一〇〇八年頃に成立した」とかいった認定は、『紫式部日記』を根拠にしてなされたようである。検証は、夙に、阿部秋生b・稲賀敬二・寺本直彦a・松尾聰などが行なっているが、改めて、どこまでが資料に書かれていてどこからが研究者の推測に過ぎないのか、確認してみたい。『紫式部日記』の記述は実に曖昧で、現在の通説には多くの憶測が混じり込んでいるからである。

一つめの記事

『紫式部日記』は、中宮彰子が一条天皇の皇子を出産し、「霜月のついたちの日（一一月一日）」に、「御いか（生誕五〇日）」の祝いが行なわれたことを記している（一八オ）。ただし、『紫式部日記』には「××年」という年次記載がない。『小右記』▼注1等を参照して、それが寛弘五年（西暦一〇〇八年）一一月

▼注1　『小右記《しょうゆうき》』は、藤原実資の日記。西暦九〇〇年代末～一〇〇〇年代前半の記録。

一日のことだと確認できるわけである。次に掲げたのは、その日、酒に酔った貴族たちが女房らに戯れかかる様子を描いた場面の一部。以下、『紫式部日記』の本文は、東京大学附属図書館蔵、南葵文庫本(江戸時代の写本)の紙焼写真に拠り、私に句読点・濁点・鉤括弧・クエスチョンマーク・傍線・波線などを付して掲出する。

【資料ア】『紫式部日記』(一九ウ)

左衛門督、「あなかしこ、このわたりに、若むらさきやさぶらふ?」とうかゞひ給ふ。「源氏にかゝるべきひとみえ給はぬに、かのうへは、まいて、いかでものしたまはん?」と聞ゐたり。

右の「左衛門督」は、『小右記』『公卿補任』等を根拠に、藤原公任であると認定されている。『花鳥余情』が引く『紫式部日記』本文には「左衛門督公任」とある。▼注2 ただし、『紫式部日記』は、前のくだりでは、公任を「四条大納言」と称しているので、「左衛門督」は「公任ではなく頼通であったかも知れない」と見られもする(増田繁夫)。

なお、『小右記』によると、前日が皇子の本当の「満五十日」の日であったが、日が宜しくなかったので、翌一一月一日にずらして祝いを行なったということである。

「左衛門督」が、「ちょっと失礼、このあたりに若紫さんは伺候しているかな?」と呼びかけた、対して、御簾の内にいる紫式部は、「『源氏物語』に書かれるような人などいらっしゃらないのに、まして、かの紫上がどうしておいでになろうか?」と思って聞き流していた、と言う(波線部・傍線部については後述)。

▼問題の一つめは、「左衛門督」の発言。次の三つの可能性を考え得る。

《A》「左衛門督」は、「若紫」巻の作者が紫式部であると知った上で、その登場人物の名を、紫式部に呼びかけた。

《B》「左衛門督」は、「若紫」巻の作者が誰か知らぬまま、その登場人物の名を、紫式部に呼びか

▼注2 『花鳥余情《かちょうよせい》』は、西暦一四〇〇年代後半に成った、『源氏物語』の注釈書。一条兼良著。

けた。

《C》「左衛門督」は、「若紫」巻の作者は紫式部ではないと知っていて、その登場人物の名を、紫式部に呼びかけた。

もし、【資料ア】の記事しかなければ、三つの可能性のいずれも消し去れない。ただ、『紫式部日記』の他の記事（後掲【資料イ】【資料ウ】）と併せ考えると、紫式部は「源氏の物語」の作者だと宮廷で知られていたようで、《B》《C》の可能性は低くなる。ただ、《A》であったとしても、さらに二つの可能性があり得る。

《A・1》「左衛門督」は、『源氏物語』の「若紫」巻を読んだことがある。

《A・2》「左衛門督」は、『源氏物語』の「若紫」巻を読んだことはないが、噂でその話を知っていた。

どちらであるかは、判断できない。

▼問題の二つめは、「若むらさき」という表現。解釈が二通りに分かれている。

《D》「若紫」、すなわち、幼いころの紫上の愛称。

《E》「我が紫」、すなわち、「私の紫上」。

黒川本や松平文庫本では「わかむらさき」と仮名書きされているが（上・三八オ）（上・三八ウ）、右に挙げた南葵文庫本では「若むらさき」と漢字表記されており、この写本の解釈に従うなら、《D》となる。多くの注釈書は《D》説をとるが、『全注釈』は、「我が紫」と漢字を宛て、「私の紫の上」と解している（上・四七〇〜四七四頁）。

実は、『源氏物語』の中で、紫上は、一度も、「若紫」と呼ばれていない。もちろん、「若草」「紫」「紫の君」「紫の上」といった呼び方は、『源氏物語』中に存する。であるから、「左衛門督」が「若紫」という巻名を登場人物名として使用し得たと考える《D》説も、「左衛門督」が紫上のことを「紫」と呼び得たと考える《E》説も、いずれも妥当性を持っている。
▼問題の三つめは、「源氏にかゝるべきひとみえ給はぬに」の本文と解釈。『新編全集』（一六五頁）や『角川文庫』（二四六頁）など近年の注釈書は、五島美術館蔵『紫式部日記絵巻』の本文や『花鳥余情』所引の本文を採用し、傍線部を「源氏に似るべき人」へと改訂し、「源氏の君に似ていそうなほどの人もお見えにならないのに」「光源氏に似たような方もここにはお見えでないのに」などと訳している。
たしかに、『紫式部日記』の諸本が江戸時代の書写であるのに対し、『紫式部日記絵巻』は鎌倉時代の書写とおぼしく、圧倒的に古い本文を伝えてはいるのだが、古い写本だからといって、オリジナルの本文を備えているか否かは、不明である。『紫式部日記絵巻』の当該箇所を正確に翻刻してみる。

左衛門の督あなかしこ、のわ
たりわかむらさきや候とうかゝ給源氏
にるへき人も見え給はぬにかのうへ
はまいていかでものし給はんと
きゝゐたり

「源氏」の直下が判読困難である、「このわたり」の下に助詞の「に」がない、「うかゝ給」の箇所に「ひ」が落ちている、といった問題点を指摘できる。この『紫式部日記絵巻』の本文「にるべき人」を採用する場合は、「光源氏に似ていそうな人」と解され、「源氏」という二字は、「光源氏」という主人公名を意味することになるわけだが、一方、「源氏にかゝるべきひと」のまま解する場合は、次の二つの可能性を考え得る。

《F》「源氏」という文字列は、「光源氏」（主人公名）を指す。

《G》「源氏」という文字列は、『源氏物語』（作品名）を指す。

そして、《F》《G》それぞれで、「かゝる」の解釈が問題となる。これまで、

《F・1》「か丶る」は、「懸かる」。すなわち、光源氏に関わりがありそうな人。
《G・1》「か丶る」は、「懸かる」。すなわち、『源氏物語』に関わりがありそうな人。
《G・2》「か丶る」は、「書かる」。すなわち、『源氏物語』に書かれるような人。

といった諸解が呈示されている。『集成』(五二頁)は、「かかるべき人」という本文を立て、《F・1》をとっている。従来の諸解は、石川徹bが整理しているので、参照されたい。その石川徹bは、用例を博捜しつつ、結局、「源氏に似るべき人」という本文を立て、「光源氏と肩をならべられる人物」「源氏に匹敵する男性」「光源氏に劣らぬりっぱな男」と訳すという結論に達している。しかしながら、打ち消しの「ず」や否定の「なし」を伴わない「べし」の可能表現が平安時代にあるのか否か、調査を要する。いまは、「源氏にか丶るべきひと」の本文を改訂せず、再度、《F・1》《G・1》《G・2》の解を検討し直す道を探りたい。

▼問題の四つめは、紫式部が、紫上のことを、「かのうへ」と呼んでいる点。この時点では、「若紫」巻が流布していただけでなく、紫上が光源氏に引き取られ、「上」と呼ばれる後の巻まで成立していたのだろう、と推定されている。紫上は、『源氏物語』第一部において、「若紫」巻以後、「姫君」などと呼ばれるが、紫上系の「薄雲」巻で初めて「上」と呼ばれ、玉鬘系の「蓬生」巻で初めて「二条の上」「対の上」と称されている。ということは、一〇〇八年一一月一日の時点、もしくは【資料ア】が書かれた時点で、「薄雲」巻あたりまでは成立していた、と推定できるだろうか。

ただし、この時点で「若紫」巻や「薄雲」巻が成立していたからといって、「帚木」「空蝉」「夕顔」「末摘花」巻が成立していたかどうかは、わからない。上記四巻は、武田宗俊a・bの玉鬘系後記説によれば、「藤裏葉」巻より後に成立したと考えられるからである。▼注3 一〇〇八年一一月一日の時点、もしくは【資料ア】が書かれた時点で、玉鬘系の一六巻(「帚木」「空蝉」「夕顔」「末摘花」、「蓬生」「関屋」、および「玉鬘十帖」)が成立していたか否かは判定できない、ということである。成立論について

▼注3 玉鬘系後記説とは、『源氏物語』第一部三三巻のうち、紫上系の一七巻が先に成立し、玉鬘系の一六巻が後に成立したとする仮説。現行の巻順は、執筆された順番とイコールではない、と考えられるわけである。

は、楢原茂子論文を参照されたい。
というわけで、【資料ア】から確かに言えることは、次の二点となる。

1. 西暦一〇〇八年一一月一日の時点で、「若紫」巻が、既に、宮廷で読まれていた。「左衛門督」は、その作者が紫式部であると知っていたようである。

2. 西暦一〇〇八年一一月一日の時点で成立していたのは、「若紫」巻とそれ以降のいくつかの巻であった。ただし、「若紫」巻以外のどの巻が成立していたかは、わからない。

すなわち、「『源氏物語』は一〇〇八年に成立した」という物言いは、不可となる。一〇〇八年一一月一日の時点で、『源氏物語』の一部の巻は、もう既に成立し、宮廷に流布していたのであるから。一〇〇八年一一月一日の時点で、『源氏物語』のうちの二〇パーセントが出来ていたのか五〇パーセントが出来ていたのか九〇パーセントが出来ていたのかは、不明なのであるから。

二つめの記事

次に掲げるのは、紫式部が「日本紀の御つぼね」というあだ名を付けられたというくだり。

【資料イ】『紫式部日記』（三九オ～三九ウ）

さゑもんのないしといふ人侍り。あやしうすゞろによからずおもひけるも、えしり侍らぬ。心うきしりうごとのおほうきこえ侍し。うちのうへの、源氏のものがたり、人によませ給つゝ、聞しめしけるに、「この人は、日本紀をこそよみ給べけれ。まことにざえあるべし。」との給はせけるを、ふとをしはかりに、「いみじうなむざえがある。」と殿上人などにいひちらして、「日本紀の御つぼね」とぞつけたりける、いとおかしくぞ侍る。

同僚女房である「さゑもんのないし（左衛門内侍）」の一挿話。「侍り」文体で書かれた箇所（「消息文」と言われる）の中にある。右の「うちのうへ」は、一条天皇のことと認定される。「うちのうへ」と称されていることから、一条天皇譲位（西暦一〇一〇年）以前の出来事と推定されている。
▼問題の一つめ。右で「源氏のものがたり」とあるのは『源氏物語』のことであろうが、この時点で『源氏物語』が何帖から成るものであったのか、不明である。言うまでもないが、「源氏物語」と書かれた分厚い一冊の本があるわけでは、ない。現存する写本を見る限り、「きりつほ」「はゝき木」と書かれた各巻が、それぞれ、列帖装一帖という単位で存在する、その総称が『源氏物語』なのである。▼注4 右の記事の「源氏のものがたり」が、どの巻のことなのか、計何帖なのか、わからない。
▼問題の二つめ。「うちのうへ」が、「源氏のものがたり」を人に朗読させて聞いていた折、「この人は、日本紀をこそよみ給べけれ」と言ったというのだが、いったい、どの巻のどの部分を読んでそう言ったのか、不明である。たしかに、現存『源氏物語』の中では、「蛍」巻の半ばで、光源氏が、「日本紀などはたゞかたそばぞかし」（四二頁）と述べる場面（物語論と呼ばれる）があるのだけれども、右の『紫式部日記』の出来事と「蛍」巻のその場面と、どちらが先行するのか、また、そもそも関連があるのか否か、判定できない。

《H》「うへ」は「蛍」巻を読ませて物語論の部分を聞いていた。

《I》「うへ」は「蛍」巻以外の巻を聞いていた。

という二通りの可能性があり得るわけである。《I》の場合であったとしても、

《I・1》この時点で、「蛍」巻は既に成立していた（が、「うへ」はそれを聞いていたわけではない）。

《I・2》この時点では、「蛍」巻は成立していなかった。

という二通りの可能性があり得る。そして、さらに、《I・2》の場合も、

《I・2・①》右の「うへ」の発言を承けて、紫式部は「蛍」巻の物語論を書いた。

《I・2・②》右の「うへ」の発言とは無関係に、「蛍」巻の物語論は書かれた。

▼**注4** 列帖装《れつじょうそう》は、写本の装訂の一つ。紙の谷折り部分を糸で綴じてまとめたもの。鎌倉～南北朝時代に書写された『源氏物語』写本は、多く、列帖装である。

《I・2・③》右の記事を踏まえて、紫式部以外の人が「蛍」巻の物語論を書いた。というように、可能性は多岐にわたる。我々は、結論を出す前に、数学の証明問題の如く、すべての可能性を列挙しておくべきであろう。論理的でフェアな思考を進めるためである。

ともあれ、「うちのうへ」の「日本紀」発言と、光源氏の「日本紀」発言をどんなに比較しても、「両者の関係から源氏物語執筆の時期を推定することは無理であろう」（鬼束隆昭）と言わざるを得ない。

▼問題の三つめ。「この人は、日本紀をこそよみ給べけれ」の解釈。黒川本や松平文庫では、「よみたまへけれ」とある（下・三一ウ）（下・三一オ）。『新編全集』（二〇八頁）や『学術文庫』（下・一四二頁）などは、それらを底本にしながらも、本文を「読みたるべけれ」へと改訂し、「この作者はあのむずかしい〝日本紀〟をお読みのようだね」「この人（作者紫式部）は、きっと日本紀を読んでいるにちがいない」と訳している。

右に挙げた南葵文庫本では、本文は「よみ給へけれ」とあり、「読み給ふべけれ」という訓みを要求している。近時、工藤重矩は、黒川本の「たまへけれ」の「たま」も「給」であると解し、「給ふべけれ」と整定したうえで、「この人は日本書紀をこそ講義なさるべきだね」と訳すという解を呈示した。間然するところのない論で、従いたい。なお、石川徹cもほぼ同様に解しており、「この人は、人前で日本紀を朗読する資格十分だ。やらせてみたら、その才能があるだろう」という解を呈示している。

というわけで、【資料イ】から確かに言えることは、次の二点となる。

3．西暦一〇〇八年からさほど遠からぬ或る時点で、『源氏物語』は「源氏のものがたり」と呼ばれ、流布しており、その作者が紫式部であると、一条天皇や同僚女房に知られていた。

4．「源氏のものがたり」と呼ばれるものが、この時点で、何帖あったのかは、わからない。

5．一条天皇が、どの巻のどの部分を聞いて「この人は日本紀をこそよみ給ふべけれ」と言ったのかは、わからない。

右の記事について、『新編全集』（二〇九頁）が、頭注に、「『源氏物語』の作者が紫式部であるということは自明のように言われるが、実はこれを明確に証するものはない。」「これらの記事によってかろうじて『源氏物語』の作者を紫式部と認定することができるのである。」と記しているのは、まことに妥当な解説である。

三つめの記事

次に掲げるのは、藤原道長が、中宮彰子の前に置かれた『源氏物語』を見て、紫式部に和歌を詠みかけるくだり。何年何月の記事かはわからない。

【資料ウ】『紫式部日記』（四二オ）

源氏の物語、おまへにあるを、との丶御らんじて、れいのすゞろごと丶もいできたるついでに、むめのした《ゑイ》にしかれたるかみに、か丶せ給へる、

「すきものと名にしたてれば見る人のおらですぐるはあらじとぞおもふ」

たまはせたれば、

「人にまだおられぬものをたれかこのすきものぞとはくちならしけんめざましう」ときこゆ。

「侍り」文体で書かれた箇所（「消息文」と言われる）が終わった後に置かれている。西暦一〇〇八年からさほど遠からぬ時期であろうか。「おまへ」は中宮彰子、「との」は藤原道長、と認定される。

▼問題の一つめ。右で「源氏の物語」とあるのは『源氏物語』のことであろうが、この時点で『源氏物語』が何帖から成るものであったのか、不明である。言うまでもないが、「源氏物語」と書かれた分厚い一冊の本があるわけでは、ない。現存する写本を見る限り、「きりつほ」「は丶き木」と書かれた各巻が、それぞれ、列帖装一帖という単位で存在する、その総称が『源氏物語』なのである。右の記事の

「源氏の物語」が、どの巻とどの巻なのか、計何帖なのか、わからない。
▼問題の二つめ。「との」が、「源氏の物語」を見て、梅の枝の下に敷いてあった紙に、「すきものと…（あなたは好き者だと噂されているので、見かけた人が声を掛けないで見過ごしてゆくなんてあり得まいと思う）」という和歌を書き付けて渡した、というのだから、「との」は、「源氏の物語」の作者が紫式部であると知っていたことになる。また、「源氏の物語」の内容から、紫式部は、「すきもの」であるとの噂を立てられていた（もしくは「との」からそう思われていた）ようである。

というわけで、**【資料ウ】**から確かに言えることは、以下の四点となる。

6．西暦一〇〇八年からさほど遠からぬ或る時点で、『源氏物語』は「源氏の物語」と呼ばれ、流布しており、その作者が紫式部であると、藤原道長に知られていた。

7．中宮彰子の前に「源氏の物語」が置かれていたということは、彰子はその読者であったと見られる。

8．「源氏の物語」と呼ばれるものが、この時点で、何帖あったのかは、わからない。

9．藤原道長が、どの巻のどの部分から、「この作者は好き者だ」と思ったのかは、わからない。

『紫式部日記』が、『源氏物語』について記しているのは、**【資料ア】【資料イ】【資料ウ】**のみである。「『源氏物語』の作者は紫式部だ」という証拠になる記事はこの三箇所しかない、ということである。現存する『源氏物語』五四巻のうち、「若紫」巻以外のどの巻を紫式部が書いたのか、不明なのである。『紫式部日記』が書かれた時点で「源氏の物語」と称されるものが何帖存在していたのか、不明なのである。

2 『紫式部日記』の中で「物語」としか書かれていない記事

『紫式部日記』には、右の三箇所の他に、『源氏物語』のことを述べた条だと見なされている箇所がある。以下に掲げる【資料エ】【資料オ】ほど、我々を悩ませるものはない。

四つめの記事

【資料エ】『紫式部日記』(二〇ウ〜二一オ)

いらせ給べきこともちかうなりぬれど、人々はうちつぎつゝ心のどかならぬに、おまへには、御ざうしづくり、いとなませ給とて、あけたてば、まづむかひさぶらひて、色々のかみえりとゝのへて、ものがたりのほんどもそへつゝ、ところ〴〵にふみかきくばる。かつは、とぢあつめしたゝむるをやくにて、あかしくらす。「なにのこもちが、つめたきに、かゝるわざはせさせ給ふ。」ときこえ給ふ物から、よきうすやうども、ふで、すみなど、もてまいり給ひつゝ、御すゞりをおしみのゝしりて、「もの、くまにむかひさぶらひて、かゝるわざしいづ。」とさいなむなれど、かくべきすみ・ふでなど、給はせたり。◆つぼねに、物がたりの本どもとりにやりて、かくしおきたるを、御まへにあるほどに、やをらおはしまいて、あさらせ給て、みな、ないしのかんの殿に奉り給てけり。よろしうかきかへたりしは、みなひきうしなひて、心もとなき名をぞとり侍りけんかし。

皇子出産後の中宮彰子が、女房たちを集めて、「御ざうしづくり(御草子作り)」をするくだり。さまざまな色の紙を調達し「ものがたりの本ども」を添えて、各所に書写の依頼状を送り、一方で、女房たちが写本の糸綴じ作業(製本)をしているようである。藤原道長は、彰子の体を気にしてその行ないを非難しつつも、紙・筆・墨などを与えた、という。後半、◆以降は、後ほど考察する。
▼問題の一つめは、「ものがたりの本ども」「物がたりの本ども」が表すもの。これまで、多くの研究者が、これを『源氏物語』のことであると断じて来た。「御ざうしづくり」を、『源氏物語』の写本作成のことであると断じて来た。この記事から、『源氏物語』には草稿本と清書本があったと言われて来た。このとき作成された清書本『源氏物語』はこのあと一条天皇に献上された、と説く向きさえある。しかし、それらは、いずれも、期待と想像をこめた臆断に過ぎない。右の記事には、「源氏」のゲの字も見えない。『源氏物語』ではない別の物語の写本を作成している可能性も考慮されて然るべきである。次の三つの可能性を考え得る。

《J》「物語の本ども」とは、『源氏物語』の巻々のことである。

《K》「物語の本ども」とは、『源氏物語』の巻々を含む、複数種類の物語の本のことである。

《L》「物語の本ども」とは、『源氏物語』以外の物語の本のことである。

多くの研究者は、《J》を主張している。池田勉は、「その本の内容とする物語が、実は式部の自作の『源氏物語』であったからではないだろうか、と読みとって、よいのではあるまいか」と述べる。そして、「御草子作り」の日数を一一日と計算し、『源氏物語』五四帖すべての書写は不可能であると計算し、【資料ア】なども鑑みて、このとき書写され製本されたのは、「「玉かづら」から始まる十帖の物語をあげるほかない」と結論づけている。また、藤村潔も、「御草子作り」の日数を一一日と計算しつつ、このとき書写され製本されたのは、「若菜巻から幻巻まで」と結論づけている。両者の論は、推理ゲームのようで面白いのだけれども、『源氏物語』のどの巻の写本を作成したかという結論部分は、結局、当てずっぽうに過ぎない。

一方、《L》の可能性を考える研究者もいる。「物語の本ども」は『源氏物語』のことではないと断定するのが三宅清、「物語の本ども」が『源氏物語』以外の物語であった可能性を示唆するのが片岡利博である。
ただ、この問題を考える前に、**【資料エ】**末尾の文章をきちんと読んでおこう。

▼問題の二つめは、**【資料エ】**末尾二文の解釈。◆印「つぼねに…」以降は、どのように読まれるだろうか。わかりやすい文章ではない。まず、「つぼねに…」の一文は、二通りの読み方が考えられる。

《M》「つぼねに」は「かくしおきたるを」に掛かる、と見る解。「物語の本どもを、自分の局に隠しておいた」と読まれる。となると、「物がたりの本どもとりにやりて」の部分は、「実家に置いてあった物語の本を取りに使をやって局まで持って来させて」と、言葉を補って解することになる。

《N》「つぼねに」は「とりにやりて」に掛かる、と見る解。「自分の局に、物語の本どもを取りにやって、そして、それらを、中宮彰子の御前の、自分の手近の場所に隠しておいた」と読まれる。

《M》をとると、道長は、紫式部が中宮彰子の御前にいる間に、留守を狙って局に入り、隠してあった「物語の本ども」をあさって、持って行き、「ないしのかんの殿」にあげてしまった、ということになる。一方、《N》をとると、道長は、紫式部が中宮彰子の御前にいる所へやって来て、二人の目の前で、隠してあった「物語の本ども」をあさって、持って行き、「ないしのかんの殿」にあげてしまった、ということになる。

【資料エ】末尾の二文は、言葉足らずで、「oを↓vする」という係り受けが交錯した文章であるため、二通りの解を考えてみた。どちらの解も分があると思うのだが、「御まへにあるほどに」というニュアンスを汲み取るなら、「紫式部が中宮の御前にいる間に、道長が、紫式部不在の局にやって来て…」のように解されるだろうか。ということで、いまは、諸注釈書と同様、《M》で理解しておく。

続く一文も、わかりやすい文章ではない。「よろしうかきかへたりしは、みなひきうしなひて、心もとなき名をぞとり侍りけんかし」は、「なかなかうまく書き換えた物語の本どもは、ぜんぶ失ってしまって、気を採むような評判をとったことであろうよ」となるわけだが、「よろしうかきかへ」たが「みなひきうしな」った物語の本というのは、いったい、どの本のことであろうか？　また、「心もとなき名をぞと」った物語の本というのは、いったい、どの本のことであろうか？　後者の「心もとなき名」をとっただろう物語の本というのは、諸注釈書が言う通り、道長が局をあさって持って行って「ないしのかんの殿」にあげてしまった本、と解してよいだろう。うまく書き換える前の物語の本であるから、世間の評価が気がかりなわけである。しかし、前者の「よろしうかきかへ」たが「みなひきうしな」った物語の本については、研究者によって理解に違いがあるようである。

《O》「よろしうかきかへ」た物語の本は、「御草子作り」の際に、書写の元本（親本）として各所に配られ、その後も書写者の手元から返って来ないだろうから、「みなひきうしな」った。

《P》「よろしうかきかへ」た本は、いつのまにか、どうしてか、「みなひきうしな」った。

前者《O》で解するのは、『全注釈』（五〇三頁）や『角川文庫』（七七頁）、伊井春樹等。こう解すると、**【資料エ】**に見える「物語の本」は、次の三種になる。

①「よろしうかきかへ」た、「御草子作り」のための元本（親本）
②「御草子作り」の際に、各所で書写され、美しく仕立てられた清書本
③局に隠しておいたが道長が持って行ってしまった、書き換え前の本

かたや、後者《P》で解するのは、『新編全集』（一六八頁）や『笠間文庫』（八八頁）、阿部秋生 c 等。こう解すると、**【資料エ】**に見える「物語の本」は、次の四種になる。

①「御草子作り」のための元本
②「御草子作り」の際に、各所で書写され、美しく仕立てられた清書本
③局に隠しておいたが道長が持って行ってしまった、書き換え前の本

④「よろしうかきかへ」たが「みなうしな」った、書き換え後の本

……と、ここまで、「物語の本ども」が何であるのか保留にしたまま読解を試みて来たのであるが、諸注釈書・諸論文は、いずれも、「物語の本ども」を『源氏物語』のことだと断定して右の解釈を呈示している。右のような理解をふまえ、研究者たちは、「『源氏物語』には、成立当初から、草稿本・中書本・清書本という、三種ないし四種のヴァージョンがあった」と説いて来たわけである。

いま、仮に、《J》「物語の本ども」は『源氏物語』の本のことである、と認めて、その問題点を考えてみよう。「『源氏物語』に三種ないし四種のヴァージョンがあった」というのは、十把一絡げな言い方で、事態を見誤ると思われる。**【資料エ】**の「ものがたりの本ども」が『源氏物語』であり、それに三種・四種のヴァージョンがあったとしても、しかし、現存『源氏物語』五四帖すべてに三種・四種のヴァージョンがあったとは言えない、ということだ。「源氏物語」と書かれた分厚い一冊の本があるわけでは、ない。現存する写本を見る限り、「きりつほ」「はゝき木」と書かれた各巻が、それぞれ、列帖装一帖という単位で存在する、その総称が『源氏物語』なのである。つまり、「御草子作り」の時点で存在していた巻々は複数のヴァージョンが発生し、一方、それ以後に成立した巻々は複数のヴァージョンが発生しなかった、ということになる。決して、『源氏物語』というフルセットが書き直されたり持ち去られたり失われたりしたと考えてはいけない。

さて、一方の、《L》「物語の本ども」は『源氏物語』のことではないと見る立場についても一考しておきたい。三宅清は、「源氏物語の事とはせられない」、「日記の解釈として間違つてゐる」と述べるのみである。かたや、片岡利博は、**【資料エ】**後半の◆以降をも含めて新たな読みを呈示している。片岡は、『枕草子』や『無名草子』などを参照し、平安時代には、物語というものが、積極的に、読者・書写者によってリライトされていた、という事実を示し、「道長の持ち出した「物語の本」が源氏物語以外の物語であった可能性も十分にありうるのであって、それが源氏物語以外の物語であったとしても、

自ら書写した出来の悪いテキストが世間に出回り、「こころもとなき名を取」ることになるのを、紫式部は嘆いたにちがいない」と述べる。

我々は、まずは、【資料エ】の「ものがたりの本ども」「物がたりの本ども」はともに『源氏物語』のことではないと考える、《L》の立場から出発しよう。【資料イ】【資料ウ】で「源氏の物語」と明記していた書き手が、どうして【資料エ】では「源氏の…」という言葉を記さないのか、説明がつかないのだから。

五つめの記事

右の【資料エ】の記事の後、紫式部が一人、物思いに耽るくだりがある。

【資料オ】『紫式部日記』(二一ウ)

心みに、物がたりをとりてみれども、見しやうにもおぼえず。あさましく、あはれなりし人の、かたらひしあたりも、我をいかにおもなく心あさきものと思おとすらんと、をしはかりに、それさへ、いとはづかしくて、えをとづれやらず、

「物がたり」を手にとってみるけれど、かつて読んだように感興もわかない、という。そして、かつて語らった友人も、自分をどんなに浅薄な者と軽蔑しているだろう、という。《J》《L》の二通り考え得る。

《J》「物がたり」とは、『源氏物語』のことである。

《L》「物がたり」とは、『源氏物語』以外の物語のことである。

諸注釈書・諸論文は、この「物がたり」を『源氏物語』のことだと断定しているようだが、なぜ、そう言い切れるのだろうか。右の記事には、「源氏」のゲの字も見えない。かつて読んだ物語をいま再び読み返したがかつてのような感興が得られない、という場面と解する余地は十分にある。友人が紫式部

を「思おとすらん」というのも、『源氏物語』とは無関係の事柄だと考えることも可能である。

というわけで、【資料エ】の「ものがたりの本ども」「物語の本ども」、【資料オ】の「物がたり」を、『源氏物語』のことであると認めるにせよ認めないにせよ、、『紫式部日記』から確かに言えることは、前述したことのくりかえしになるが、以下の三点となる。

☆西暦一〇〇八年一一月一日の段階で、「若紫」巻とそれに繋がる何巻かが既に成立していた。

☆その当時、それらの巻々は、「源氏の物語」と総称されていた。

☆その「源氏の物語」の作者が紫式部であることは、左衛門督や左衛門内侍や一条天皇や藤原道長に知られていた。

そして、以下が、『紫式部日記』をどんなに熟読してもわからない点である。

★「源氏の物語」と呼ばれる物語が、西暦一〇〇八年前後に、何帖から成るものだったのか、わからない。

★『源氏物語』が五四巻（現在の形）に成ったのがいつのことなのか、わからない。

★『源氏物語』五四巻のうちの何パーセントを紫式部が執筆したのか、わからない。

なお、付言しておくと、『源氏物語』の或る巻と『紫式部日記』『紫式部集』とを比較して類似表現を見出し、ともに紫式部の作であると断じる論文が、これまで多く発表されて来たのだけれども、その方法はきわめて非論理的であるため、本稿では、いっさい無視する。作品 x と作品 y に類似の表現があったとしても、

《い》作品 x の作者が、作品 y から表現を流用した。

《ろ》作品 y の作者が、作品 x から表現を流用した。

《は》作品 x の作者も作品 y の作者も、ともに、作品 p から表現を流用した。

《に》作品 x の作者と作品 y の作者に接触はないが、ともに、当時一般に使用される表現を用いた。

《ほ》作品xと作品yの作者が同一であり、その類似表現は、その作者の独自表現であった。
《へ》作品xと作品yの作者が同一であるが、その類似表現は、当時一般に使用される表現だった。
《と》作品xと作品yをともに所持する後人が、双方を、相似た表現に書き直した。

など、いくつもの可能性が考えられるはずである。『紫式部日記』と『源氏物語』の或る巻、『紫式部集』と『源氏物語』の或る巻に類似表現があっても、その事実からは、何をも証明し得ない。

3 西暦一〇〇〇年代の資料

「源氏の五十余巻」という言葉

『源氏物語』の巻数について記した最も古い資料は、『紫式部日記』からおよそ五〇年後に成った、『更級日記』である。

【資料カ】『更級日記』（八九頁）

「なにをかたてまつらむ。まめ〱しき物は、まさなかりなむ。ゆかしくし給なるものをたてまつらむ。」とて、源氏の五十余巻、ひつにいりながら、ざい中将、とをぎみ、せり河、しらゝ、あさうづなどいふ物がたりども、ひとふくろ、とりいれて、えてかへる心地のうれしさぞ、いみじきや。はしる〱わづかに見つゝ、心もえず心もとなく思源氏を、一の巻よりして、人もまじらず、木ちやうの内にうちふして、

『更級日記』作者 菅原孝標の娘が、上京を果たし、伯母から、『源氏物語』の揃いの写本をプレゼントされるくだりである。『更級日記』作者が「源氏の五十余巻」を手に入れたのは、いつのことか？『源氏物語』の成立を考えるためにも、『更級日記』の作者と成立を、まず確認しておこう。

〈1〉定家本『更級日記』の本奥書に、「すがはらのたかすゑのむすめの日記也」と記されている。

〈2〉定家本『更級日記』の勘物に、作者の父 菅原孝標が、西暦一〇一七年（寛仁元年）に上総介になり、西暦一〇二一年（寛仁五年）一月に交替したと記されている。

〈3〉『更級日記』の冒頭に「十三になるとし、のぼらむとて、九月三日、かどでして」とある。〈2〉と併せ考えると、これは、上総介交替の前年、西暦一〇二〇年の九月のことだと認定できる。

〈4〉西暦一〇二〇年に数え「十三」歳であるということは、菅原孝標の娘は、西暦一〇〇八年の生まれだと認定できる。

〈5〉西暦一〇二〇年九月に始まる旅を終え、上京を果たし、年が改まり、三月の記事があり、その後に、**【資料カ】**の記事があるので、菅原孝標の娘が「源氏の五十余巻」を入手したのは、西暦一〇二一年の春のことだと認定できる。

〈6〉なお、『更級日記』は、ダイアリイではなく回想録であって、執筆がなされたのは、西暦一〇五八年以降と想定される。『更級日記』の末尾近くに、「天喜三年」（西暦一〇五五年）という記載があり（一八〇頁）、その数年後の記事で作品が終了しているからである。つまり、**【資料カ】**は西暦一〇二一年の記事だと認められるのだが、それが書かれたのはそれより約四〇年後だ、ということである。


さて、**【資料カ】**の「源氏の五十余巻」という表現は、何とも曖昧でもどかしい。「五十余」を「五十四」の書き誤りだと言うことはできない。松尾聰が言うように、「五十四」は「ゴジウシ」と訓むべきもので、「五十よ」と書かれるとは考えがたいからである。

ともあれ、この『更級日記』の記事によって、『源氏物語』の成立の下限が明らかになる。すなわち、「西暦一〇二一年の時点で、『源氏物語』は五〇余りの巻から成っていた」と言えるわけである。さらに、【資料カ】の直後には、「ひかるの源氏のゆふがほ、宇治の大将のうき舟の女ぎみ」といった作中人物名も記されているので、西暦一〇二一年の時点で、夕顔が登場する玉鬘系の巻や、浮舟が登場する「宇治十帖」後半部が存在したことも判明する。

とはいえ、考えねばならぬ問題もある。巻の数え方である。『源氏釈』▼注5は、「若菜上」「若菜下」を、一帖として扱っている（『拾芥抄』所載の「源氏目録」なども同様）。また、『源氏釈』は、「夢浮橋」巻の後に「卅七　のりのし」という、現存しない巻を立てている。また、『奥入』▼注6は、「一説」として、「ならびの一は、木、うつせみはおくにこめたり」と記しており、「帚木」巻と「空蝉」巻が一帖になったものがあったと目される。また、『奥入』は、「夢浮橋」巻を注しておらず、「手習」巻と「夢浮橋」巻がもともと一つの巻であった可能性さえ浮上する。また、『拾芥抄』▼注7所載の「源氏目録」は、「廿六巻雲隠」を立てたり、現存せぬ「桜人」や「狭蓆」を記載したりしている（加藤昌嘉a）。

つまり、『更級日記』作者が手にした「源氏の五十余巻」は限りなく現存『源氏物語』五四巻に近いように見えるのだけれども、現存『源氏物語』五四巻と完全に一致するのか否かは、不明なのである。かつて存在した「桜人」巻や「巣守」巻を含んでいたか否か（加藤昌嘉a・b）、「輝く日の宮」巻や「雲隠」巻を含んでいたか否か、現在の最終巻である「夢浮橋」巻を含んでいたか否か、といった疑問が依然として残る。かてて加えて、【資料カ】の「一の巻」というのが、「桐壺」巻であるのか「帚木」巻であるのか「若紫」巻であるのかという疑問も依然として残る。現存『源氏物語』五四巻のうち、どの巻が最初に書かれたかという問題は、いまだに決着がついていない▼注8。

なお、古注釈書『光源氏物語本事』には、「更級日記云〈菅原孝標女〉ひかる源氏の物がたり五十四帖に譜ぐしてと有」という引用があり（今井源衛b）、注目される。『更級日記』の異文と考えられる。もちろん、この「五十四帖」も、現存『源氏物語』五四巻と合致するのか否かは不明である。

▼注5　『源氏釈《げんじしゃく》』は、西暦一一〇〇年代末に成った『源氏物語』の注釈書。藤原伊行著。

▼注6　『奥入《おくいり》』は、西暦一二〇〇年代前半に成った、『源氏物語』の注釈書。藤原定家著。

▼注7　『拾芥抄《しゅうがいしょう》』は、西暦一三〇〇年代に成った百科事典。

▼注8　『源氏物語』のうち最初に書かれた巻がどれであるかについては、議論がある。〈ア〉現行の巻順どおり「桐壺」巻から書き始められた（もしくは、現行の巻順の通りに書かれたと信じて疑わない）。〈イ〉最初に書かれたのは「若紫」巻である（島津久基・青柳秋生など）。〈ウ〉最初に書かれたのは「帚木」「空蝉」「夕顔」三巻である（玉上琢彌・斎藤正昭など）。

「むらさき」という言葉

ところで、『更級日記』には、『源氏物語』の作者について考えさせられる表現がある。

【資料キ】『更級日記』（一四八頁）

むごにえわたらで、つく〴〵と見るに、むらさきの物がたりに、宇治の宮のむすめどもの事あるを、「いかなる所なれば、そこにしもすませたるならむ？」とゆかしく思し所ぞかし。

「宇治の渡」に着いた場面の記述である。「宇治の宮のむすめどもの事あるを」「いかなる所なれば、そこにしもすませたるならむ」というのは、『源氏物語』「橋姫」巻における、八宮と、その娘大君・中君のことを指していると読まれるが、問題となるのは、「むらさきの物がたり」である。『更級日記』の諸注釈書は、「「宇治十帖」を含む、いゆわる「源氏物語」であろう」（新編日本古典文学全集・三四三頁）などと注しているのだけれども、その場合、「むらさき」をどう解しているのだろうか。考え得る可能性は次の二つ。

《Q》「むらさきの物がたり」は「紫上の物語」で、すなわち、紫上を主人公とする『源氏物語』の謂。

《R》「むらさきの物がたり」は「紫式部の物語」で、すなわち、紫式部作の『源氏物語』の謂。

【資料キ】からは、いずれとも判断できない。もし、何らかの資料から、《R》が成り立つとすれば、**【資料キ】**は、「『源氏物語』（宇治十帖を含む）の作者は紫式部だ」と認める、最も古い記述ということになる。「『源氏物語』の作者は紫式部だ」と主張したい向きは、なぜ、《R》の解釈を言挙げしないのだろうか。紫式部を「紫」と称する例は、『栄花物語』に存する。

【資料ク】『栄花物語』「はつはな」巻（五九三頁）

めづらしきひかりさしそふさかづきはもちながらこそちよをめぐらめ、とぞ、むらさき、さゝめきおもふに、四条大納言、すのもとにゐ給へれば、

このあたりの記事は、『栄花物語』が『紫式部日記』から文章を流用して構成しているのであるが、三人称文体にするために、『栄花物語』が、「むらさき」という主語を補っているわけである（小西甚一）。この「むらさき」は、紫式部を指す。『更級日記』【資料キ】を解する際の傍証となり得るかも知れない。

『更級日記』には、他にも、「むらさき」という言葉が出てくる。

【資料ケ】『更級日記』（八七頁）

むらさきのゆかりを見て、つゞきの見まほしくおぼゆれど、人かたらひなどもえせず。

これも、複数の可能性がある。

《S》「むらさきのゆかり」は、『源氏物語』の「若紫」巻の謂。

《T》「むらさきのゆかり」は、『源氏物語』の「若紫」巻とそれに繋がる何巻かの謂。

《U》「むらさきのゆかり」は、紫上がストーリーの主軸となる『源氏物語』の諸巻の謂。

《V》「むらさきのゆかり」は、「紫式部が書いた『源氏物語』」の謂。

「むらさきのゆかり」という表現は、既に、『源氏物語』に見えるが、【資料ケ】とは用法が異なる。「末摘花」巻・「若菜上」巻では、「むらさきのゆかりたづねとり」とあって、明らかに、登場人物 紫上を意味している。《S》《T》《U》《V》いずれでもない用法である。

かたや、『源氏物語』「竹河」巻冒頭を見ると、「わるごたちのをちとまりのこりて、とはずがたりしをきたるには。むらさきのゆかりにもにざめれど」とある（五頁）。この場合は、悪女房らの語ったこの巻の内容は「むらさきのゆかり」にも似ていないようだ、というのであるから、「むらさき」は、登場人物 紫上の謂ではあり得ず、《S》《T》《U》《V》のいずれかとなる。かりに《V》であるとすると、「竹河」巻冒頭の書き手は、「この巻の内容は、紫式部作のものとは異なる」と告白していることとなり、問題はさらに複雑になる。

以上が、西暦一〇〇〇年代の資料である。その他、『狭衣物語』や『夜の寝覚』（いずれも、西暦一〇七〇〜一〇八〇年代に成ったと推測される物語）には、明らかに『源氏物語』を踏まえた表現や設定が散見するのだが、『源氏物語』の作者や巻数に関する記述は、残念ながら、ない。[注9]

4 西暦一一〇〇年代〜一二〇〇年代の資料

『紫式部日記』『更級日記』の後、『源氏物語』の作者に関する資料は、一〇〇年ほど空白となる。以下は、西暦一一〇〇年代後半〜一二〇〇年代の資料である。

現存『源氏物語』とは異なる『源氏物語』があった？

西暦一一〇〇年代後半に成った『袋草紙』には、注目すべき記載がある。

【資料コ】『袋草紙』上巻（三八八頁）

「故物語ノ歌ノ入撰集ハナシ」ト申カヤ。『後拾遺』雑一、藤為時歌、

ワレヒトリナガムトオモヒシ山里ニ思フコトナキ月モスミケリ

是源氏物語歌也。彼物語ニハ、「入ヌト思シ」ト侍トカヤ。件物語紫式部所作也。為時女也。仍詠歟。紫式部云名有二説。一ニハ此物語中ニ紫巻ヲ作甚深也。故得此名。一ニハ一条院御乳母之子也。而上東門院ニ令奉トテ、吾ユカリノ物也。アハレト思召ト令申給之故有此名。武蔵野之義也。

『後拾遺和歌集』雑一には、「ワレヒトリ…」という藤原為時の和歌が載っている。これとほとんど同じ和歌が『源氏物語』に載っている。紫式部は為時の娘であるから、父の詠を取り入れたか――という説明である。「件物語紫式部所作也」と明記されており、『源氏物語』の作者イコール紫式部、という認

▼注9『源氏物語』「榊（賢木）」巻の春宮（後の冷泉帝）の発言中に、「式部がやうにや」という言葉があり、これを、小池清治は、「作者・紫式部が『源氏物語』にちょい役、笑われ役として登場する場面」と説いていて、興味深い。『狭衣物語』巻三に「宣旨」という女房が出て来るのと同様の（ヒッチコック式の）方法と言い得るかも知れない（松村博司＋石川徹）。

識がはっきりと現れている。

しかし、右の記事には大きな問題がある。右で挙げられた「ワレヒトリ…」という和歌は、現存『源氏物語』のどこを探しても、存在しないのだ。二つの可能性を考え得る。

《W》「ワレヒトリ…」という和歌は、いまは現存しない巻に載っていた。つまり、『袋草紙』の時点では、いまは伝わらぬ巻が、『源氏物語』の一部として読まれていた。

《X》「ワレヒトリ…」という和歌は、現存する巻のいずれかに、かつては載っていた。つまり、『源氏物語』各巻には本文の違いがあり、かつては、或る巻の中に、「ワレヒトリ…」という和歌があった。

ともあれ、西暦一一〇〇年代後半の時点で、『源氏物語』の作者イコール紫式部、という認識があったことは、認められる。と同時に、『袋草紙』の時点で読まれていた『源氏物語』が、現存『源氏物語』とは異なるものであったことも、認めなければならない（稲賀敬二）。

また、西暦一二〇〇年前後に成った『建礼門院右京大夫集』および『無名草子』を見ると、『源氏物語』「幻」巻の一場面が想起されたくだりがある。

【資料サ】『建礼門院右京大夫集』227番歌前後の地の文（六五頁）

ほうぐゑりいだして、れうしにすかせて、経かき、又、さながらうたせて、［中略］

みるもかひなしとかや、源氏の物語にある事思ひいでらるゝも、なにの心ありてと、つれなくおぼゆ。

右の「みるもかひなし」は、『源氏物語』「幻」巻の光源氏の歌「かきつめてみるもかひなしもしほぐさおなじくもゐのけぶりともなれ」（五五頁）を想起したものであろう。ところが、現存の「幻」巻には、光源氏が文を燃やす場面はあっても、「すかせて、経」を書く場面は、存在しないのである。『無名草子』にも、

【資料シ】『無名草子』（六二頁）

又、御文どもやりたまひて、経にすかむとて、

かきつめて見るもかなしきもしほくさおなじ雲井のけぶりともなれ

と、光源氏の歌を引くくだりがあるのだが、やはり、「御ふみどもやりたまひて、経にすかむとて」とある。和歌本文にも異同がある。こうした資料から、『建礼門院右京大夫集』や『無名草子』の作者が読んだ「幻」巻は、現存「幻」巻とはいささか異なるものだった、と推定されているわけである（池田亀鑑、阿部秋生 c）。

五四巻か六〇巻か

『源氏物語』の巻数についても、複数の言説が見られる。

『源氏物語』について、『今鏡』「打聞」巻は、「ひとまきふたまき（の）ふみにもあらず、六十帖などまでつくり給へるふみの」と記しており（六八七頁）、『無名草子』は、「なにごとものこりの六十くはむは、みな、をしはかられはべりぬ」と記しており（五一頁）、『源氏一品経表白』▼注10は、「為巻軸六十局（巻）、立篇目卅九篇」と記していて（四九五頁）、西暦一一〇〇年代末〜一二〇〇年代には、『源氏物語』は六〇巻から成るものであった、と見られもする。

その一方で、藤原定家『明月記』の元仁二年（西暦一二二五年）二月一六日条には、「自去年十一月、以家中小女等、令書源氏物語五十四帖」とあり（一二五頁）、順徳院『八雲御抄』「巻第一正義部」の「学書」の「物語」の項にも、「伊勢上下　大和上下　源氏五十四帖　此外物語、非強最要」とあって（七四頁）、西暦一二〇〇年代には、『源氏物語』が、現存するものと同じく五四巻から成るものであった、と見られもする。

とはいえ、『源氏物語』が六〇巻であるにせよ五四巻であるにせよ、やはり、「若菜上」巻と「若菜

▼注10　『源氏《げんじ》一品《いっぽん》経《きょう》表白《ひょうびゃく》』は、西暦一一〇〇年代末ごろに成ったかと見られる、源氏供養のための詞章。

下」巻を一と数えたか二と数えたか、「手習」巻と「夢浮橋」巻を一と数えたか二と数えたか、現存しない「桜人」巻や「巣守」巻や「法の師」巻を含んでいたか否か、といった点は、依然として不明だと言わざるを得ない。

作者は紫式部一人か

作者についても、複数の言説が見られる。

西暦一一〇〇年代～一二〇〇年代の諸資料には、『源氏一品経表白』に、「紫式部之所制也」とあり（四九五頁）、『六百番歌合』冬上５０５・５０６番歌判詞に、「紫式部、歌詠みの程よりも物書く筆は殊勝也」とあり（一八七頁）、『宝物集』巻五に、「紫式部が虚言をもつて源氏物語をつくりたる罪によりて、地獄におちて」とあり（一二九頁）、『古本説話集』上巻に、上東門院（彰子）が大斎院（選子）から物語を所望された際、「紫式部」に「さらばつくれかし」と言って「源氏はつくりてまいらせたりける」という説話があって（四八頁）、『源氏物語』の作者を紫式部であると信じて疑わぬ物言いが散見する。

一方、『白造紙』▼注11が記す「源ジノモクロク」末尾には、次のようにある。

【資料ス】『白造紙』（二五五頁）

七ウキフネ　八カゲロフ　九テナラヒ　十ユメノカケハシ
コレハナキモアリ。コレガホカニ、ノチノ人ノツクリソヘタルモノドモ
サクヒト　サムシロ　スモリ

いささか誤写があるようだが、「夢浮橋」巻が無い本もあったと言い、「桜人」「狭莚」「巣守」は後の人が作り添へたものだとも言っており、何を根拠にしてか、紫式部作の巻と後人作の巻とを区別している。

▼注11『白造紙《しろぞうし》』は、西暦一一〇〇年代後半に成った百科事典『簾中抄《れんちゅうしょう》』の一異本。

西暦一二〇〇年代～一四〇〇年代の諸資料には、さまざまな伝説が見える（三角洋一a・b）。『花鳥余情』は、紫式部の父 藤原為時が『源氏物語』の作者であるという『宇治大納言物語』の一節を挙げ、『河海抄』や『なぐさみ草』▼注12は、藤原道長が筆を加えたという説を載せ、『花鳥余情』は、宇治十帖の作者は大弐三位であるという「或人」の説を載せている。

つまり、西暦一一〇〇年代後半以降、「『源氏物語』の作者は紫式部だ」と決めてかかる言説と、「『源氏物語』の作者は紫式部ではない」とする言説とが、共存・並立しているのである。

以上、1・2・3・4節にわたって、『源氏物語』の作者と巻数をめぐる諸資料を再検討してみた。いたずらな想像を排除して得られる、資料的結論は、以下の通り。

◎『紫式部日記』の時点で、『源氏物語』が何巻出来ていたのかは、わからない。

◎現存『源氏物語』のうちの何パーセントを紫式部を書いたのかは、いかなる資料を用いてもわからない。

◎にもかかわらず、〝『源氏物語』の作者は紫式部だ〟とする言説が、平安時代後期（西暦一一〇〇年代後半）から見え始める。

◎とともに、平安時代後期（西暦一一〇〇年代後半）以降には、紫式部以外の人物を『源氏物語』の作者に当てる言説も見え始める。

◎平安時代～鎌倉時代に読まれていた『源氏物語』と、現存『源氏物語』とは、巻数においても、巻の数え方においても、本文においても、イコールではない。

決して、「『源氏物語』を書いたのは紫式部ではない」と言いたいのではない。「宇治十帖を書いたのは紫式部か否か」とか「「竹河」巻を書いたのは紫式部か否か」とかいった、狭い議論に与するつもりもない。むしろ、もっと範囲を広げて、「玉鬘系の諸巻を書いたのは紫式部とは限らない」とか「「手

▼注12 『河海抄《かかいしょう》』は、西暦一三〇〇年代後半に成った、『源氏物語』の注釈書。四辻善成著。『なぐさみ草』は、西暦一四〇〇年代前半に成った紀行文。正徹著。

習」巻と「夢浮橋」巻は後人が作った続篇ではないか」とか「若菜上下」巻は別作者によって増補されているのではないか」とかいった、ありとあらゆる可能性を、物語研究者は、一通り考えてみた方がよい、と思っている。

次の一点のみを確認しておきたい。

◎平安時代の物語は、写本として伝わる。作り物語の写本に、作者の名が記されることは、ない。著作権も、ない。既存の物語に新しい巻を加えたり、既存の本文を書き換えたりすることは、自由であった。

『竹取物語』研究も『伊勢物語』研究も『うつほ物語』研究も『狭衣物語』研究も『夜の寝覚』研究も『とりかへばや物語』研究も『住吉物語』研究も、皆、この点をコモンセンスとしている。『源氏物語』研究も、同じ土俵に立つべきではないだろうか。

主要参考文献リスト

▼参照した論文・言及した論文は、以下の通り。

青柳秋生「源氏物語執筆の順序―若紫の巻前後の諸帖に就いて―」（加藤昌嘉・中川照将 編『テーマで読む源氏物語論（四）紫上系と玉鬘系―成立論のゆくえ―』勉誠出版、二〇一〇年）
阿部秋生a「源氏物語の作者の単数説と複数説」（『解釈と鑑賞』第二七巻第七号、至文堂、一九六二年六月）
阿部秋生b「『源氏物語』の成立年代とその経緯」（山岸徳平・岡一男 監修『源氏物語講座（二）成立

と構想』有精堂、一九七一年）
阿部秋生ｃ「『源氏物語』の本文」（『源氏物語入門』岩波書店、一九九二年）
伊井春樹「『源氏物語』の出現」（『源氏物語の謎』三省堂、一九八三年）
池田亀鑑「世尊寺家と源氏物語の伝流」（『源氏物語大成（一二）研究篇』中央公論社、一九八五年普及版）
池田勉「御草子づくりについて」（松村博司・阿部秋生 編『鑑賞日本古典文学　栄花物語・紫式部日記』角川書店、一九七六年）
石川徹ａ「源氏物語は果して紫式部一人の創作か」（『平安時代物語文学論』笠間書院、一九七九年）
石川徹ｂ「紫式部日記「源氏に似るべき人」考」（『平安時代物語文学論』笠間書院、一九七九年）
石川徹ｃ「光源氏須磨流謫の構想の源泉―日本紀の御局新考―」（『平安時代物語文学論』笠間書院、一九七九年）
稲賀敬二「作者は紫式部ひとりなのか」（『国文学』第二五巻第六号、学燈社、一九八〇年五月）
今井源衛ａ『今井源衛著作集（三）紫式部の生涯』（笠間書院、二〇〇三年）
今井源衛ｂ「了悟『光源氏物語本事』について」（『今井源衛著作集（四）源氏物語文献考』笠間書院、二〇〇三年）
鬼束隆昭「『紫式部日記』と源氏物語」（石原昭平ほか 編『女流日記文学講座（三）和泉式部日記・紫式部日記』勉誠社、一九九一年）
片岡利博「狭衣物語研究から見た源氏物語」（森一郎ほか 編『源氏物語の展望（六）』三弥井書店、二〇一〇年）
加藤昌嘉ａ「散佚「桜人」巻をめぐって」（『揺れ動く『源氏物語』』勉誠出版、二〇一一年）
加藤昌嘉ｂ「散佚「巣守」巻をめぐって」（『揺れ動く『源氏物語』』勉誠出版、二〇一一年）

工藤重矩「紫式部日記の「日本紀をこそ読みたまふべけれ」について」（南波浩 編『紫式部の方法』笠間書院、二〇〇二年）
久保木秀夫「『源氏物語』巣守巻関連資料考」（久下裕利ほか 編『平安文学の新研究—物語絵と古筆切を考える—』新典社、二〇〇六年）
小池清治「仮面劇としての『源氏物語』—呼称法のマジック—」（『『源氏物語』と『枕草子』—謎解き平安ミステリー—』PHP新書、二〇〇八年）
小西甚一「記実物語」（『日本文藝史（Ⅱ）』講談社、一九八五年）
斎藤正昭『紫式部伝—源氏物語はいつ、いかにして書かれたか—』（笠間書院、二〇〇五年）
島津久基『対訳源氏物語講話（三）夕顔』（中興館、一九三七年）
武田宗俊a「源氏物語の最初の形態」（『源氏物語の研究』岩波書店、一九五四年）
武田宗俊b「源氏物語の最初の形態再論」（『源氏物語の研究』岩波書店、一九五四年）
玉上琢彌「源語成立攷」（『源氏物語評釈（別巻一）源氏物語研究』角川書店、一九六六年）
寺本直彦a「巻数は最初から五十四帖だったか」（『国文学』第二五巻第六号、学燈社、一九八〇年五月）
寺本直彦b「澄憲作「源氏一品経表白」と伝聖覚作「源氏物語表白」をめぐって」（『源氏物語受容史論考 続編』風間書房、一九八四年）
中川照将「青表紙本の出現とその意義」（増田繁夫ほか 編『源氏物語研究集成（一三）源氏物語の本文』風間書房、二〇〇〇年）
楢原茂子「源氏物語第一部成立論史並びにその評論」（吉岡曠 編『源氏物語を中心とした論攷』笠間書院、一九七七年）
野口元大「源氏物語成立前後」（『王朝仮名文学論攷』風間書房、二〇〇二年）

藤村潔「源氏物語の創造と紫式部日記」(『源氏物語の構造　第二』赤尾照文堂、一九七一年)
増田繁夫「紫式部日記の形態—成立と消息文の問題—」(『言語と文芸』第六八号、東京教育大学国語国文学会、一九七〇年一月)
松尾聰「今の「源氏物語」は原作のままではないという説について」(『新版　源氏物語入門』古川書房、一九八六年)
松村博司+石川徹「解説」(『日本古典全書　狭衣物語(上)』朝日新聞社、一九六五年)
三角洋一a「源氏物語伝説」(今井卓爾ほか編『源氏物語講座(八)源氏物語の本文と受容』勉誠社、一九九二年)
三角洋一b「作者説をめぐって」(『源氏物語と天台浄土教』若草書房、一九九六年)
三宅清「源氏物語の成立」(『源氏物語評論』笠間書院、一九七一年)
宮崎荘平「『紫式部日記』にみる『源氏物語』—寛弘五年(一〇〇八)の記述をめぐって—」(秋山虔ほか編『紫式部日記の新研究—表現の世界を考える—』新典社、二〇〇八年)

▼『紫式部日記』の注釈書は、左のものを参照した。言及する場合は、以下のような略称を用いる。

『全注釈』……萩谷朴『紫式部日記全注釈(上)(下)』(角川書店、一九七一〜一九七三年)
『鑑賞』……阿部秋生『鑑賞日本古典文学　栄花物語・紫式部日記』(角川書店、一九七六年)
『集成』……山本利達『新潮日本古典集成　紫式部日記・紫式部集』(新潮社、一九八〇年)
『新大系』……伊藤博『新日本古典文学大系　土佐日記・蜻蛉日記・紫式部日記・更級日記』(岩波書店、一九八九年)
『新編全集』……中野幸一『新編日本古典文学全集　和泉式部日記・紫式部日記・更級日記・讃岐典侍日記』(小学館、一九九四年)

『学術文庫』……宮崎荘平『紫式部日記（上）（下）』（講談社学術文庫、二〇〇二年）
『笠間文庫』……小谷野純一『笠間文庫 原文&現代語訳シリーズ　紫式部日記』（笠間書院、二〇〇七年）
『角川文庫』……山本淳子『紫式部日記　現代語訳付き』（角川ソフィア文庫、二〇一〇年）

▼『紫式部日記』の写本は、左の紙焼写真・影印・翻刻によって閲した。言及する場合は、以下のような略称を用いる。なお、本文を掲出するに際しては、私意によって、句読点・濁点・鉤括弧・傍線などを付してある。ただし、漢字・仮名の表記は、底本のまま保存してある。
南葵文庫本（東京大学附属図書館蔵）……紙焼写真
黒川本（宮内庁書陵部蔵）……中野幸一・津本信博 校合・解説『紫日記　宮内庁書陵部蔵本』（武蔵野書院、一九九一年第三版）
松平文庫本（島原市公民館蔵）……秋山虔 校『紫日記［松平文庫本］』（古典文庫、一九六五年）
『紫式部日記絵巻』（蜂須賀家本、藤田本、五島本、日野原家本ほか）……秋山光和 監修・佐野みどり 解説『紫式部日記絵詞』（丸善、二〇〇四年）

▼『紫式部日記』諸写本の本文異同は、次の校本によって閲した。
池田亀鑑「校異紫式部日記」（『紫式部日記』至文堂、一九六一年）

▼その他、『更級日記』等の本文は、以下の影印・翻刻・校訂本に拠り、引用する際は、（　）内に頁数や丁数を付記した。いずれにおいても、句読点・濁点・鉤括弧・傍線などは、私が付した（付し直した）ものである。

『小右記』寛弘五年一一月条……『大日本古記録　小右記（二）』（岩波書店、一九六一年）
『花鳥余情』……《阪本龍門文庫　善本　電子画像集》http://mahoroba.lib.nara-wu.ac.jp/y05/
『更級日記』……『日本名筆選　更級日記　藤原定家筆』（二玄社、二〇〇四年）
『源氏物語』……『保坂本　源氏物語』（おうふう、一九九六年）
『源氏釈』……『源氏物語大成（一三）資料篇』（中央公論社、一九八五年）
『拾芥抄』所載「源氏目録」……『尊経閣善本影印集成　拾芥抄　上中下』（八木書店、二〇〇〇年）
『奥入』……『複刻日本古典文学館　源氏物語奥入』（日本古典文学会、一九七一年）
『光源氏物語本事』……前掲今井源衛b論文
『栄花物語』「はつはな」巻……『古典資料類従　梅沢本栄花物語（二）』（勉誠社、一九七九年）
『袋草紙』……『新日本古典文学大系　袋草紙』（岩波書店、一九九五年）
『建礼門院右京大夫集』……『在九州国文資料影印叢書　建礼門院右京大夫集』（在九州国文資料影印叢書刊行会、一九七九年）
『無名草子』……『笠間影印叢刊　無名草子　水府明徳会彰考館蔵』（笠間書院、一九七三年）
『今鏡』「打聞」巻……『日本古典文学影印叢刊　今鏡（下）』（日本古典文学会、一九八六年）
『源氏一品経表白』……前掲寺本直彦b論文
『明月記』元仁二年二月一六日条……『京都冷泉家「国宝明月記」』（五島美術館、二〇〇四年）
『八雲御抄』正義部……『八雲御抄の研究　正義部・作法部　本文篇・研究篇・索引篇』（和泉書院、二〇〇一年）
『六百番歌合』……『新日本古典文学大系　六百番歌合』（岩波書店、一九九八年）
『宝物集』……『新日本古典文学大系　宝物集・閑居友・比良山古人霊託』（岩波書店、一九九三年）
『古本説話集』……『古典資料類従　重要文化財　梅沢本古本説話集』（勉誠社、一九七七年）

『白造紙』……前掲久保木秀夫論文

第九章

〈非在〉する仏伝

――光源氏物語の構造

◉荒木 浩

あらき・ひろし

現職○国際日本文化研究センター教授・総合研究大学院大学教授

研究分野○日本文学

著書○『説話集の構想と意匠　今昔物語集の成立と前後』（勉誠出版　二〇一二年）、『日本文学　二重の顔　〈成る〉ことの詩学へ』（阪大リーブル2、大阪大学出版会　二〇〇七年）、共著『新日本古典文学大系41　古事談　続古事談』（川端善明と共著・校注、岩波書店　二〇〇五年）など。

本稿は、『源氏物語』桐壺巻の予言をめぐる准拠説と「こま人」の比定などの再読を発端として、『源氏』本文に提示された二つの予言が、いずれに向かっても否定的にしか捉えられないという、ネガティブな拘束的構造を有することに注目する。そして、従来より指摘される、仏伝や聖徳太子伝との類比関係をより詳細に分析し、特に仏伝と『源氏物語』の細部が、これまで知られているよりはるかに多くの類似点を持つことを明らかにする。

それをたとえば以下のように集約してみよう。

（一）王子に対し、予言が行われるが、それは二者択一的（alterative）あるいは二重拘束的（double bind）な提起である。（二）予言は二段階以上で行われる。（三）遠方から来た予言者は、奇跡の対面を喜びつつ、再会できない別れを悲しむ。（四）母がはやく亡くなり、父の後妻が母代わりとなる。母と義母とはよく似ており、義子は深い愛情をそそぐ。（五）母にとって、一人子である。（六）夫妻は、夫の努力にも拘わらず、因縁を背負った不仲である。（七）義子は、妻よりも義母を深く愛している。（八）四季をかたどった家を作り、愛する女性を配する。その四季は、「春秋冬夏」という、独特の配列を共有する。

如上の共通性があるのは、光源氏物語の仕組みが、仏伝の裏返しとして、ネガティブなＩＦに起点する故のこと、と考えてみる。国王の太子だった釈迦が、もし出家できなかったとしたら、彼の人生はどのように転じていただろうか？そうした〈もしも〉が作品を領導し、光源氏物語を誕生させる。いわば、もう一人の、パラレルワールドとしての釈迦が、光源氏であった…。

ロラン・バルトが示唆する「不在」という創造の契機を、『源氏物語』における〈非在〉する仏伝と捉える時、出家してブッダとなることを封じられた貴公子の、きわめて世俗的で実験的な主人公としての成長と老い、という枠組が顕在する。本論は、そうした興味深い設定が、この物語の根幹構造として潜在することとその意味を考察しようとするものである。

不在の人にむけて、その不在にまつわるディスクールを果てどなくくりかえす。これはまことに不思議な状況である。あの人は、指示対象としては不在でありながら、発話の受け手としては現前しているのだ。この奇妙なねじれから、一種の耐えがたい現在が生じる。……不在が続く。耐えねばならない。そこでわたしは不在を操作するだろう。つまり、そうした時間のねじれを往復運動へと変形し、律動を生み出し、言語活動の舞台を開くのだ……。不在が能動的実践となる。……数多くの役割（懐疑、非難、欲望、憂鬱）をそなえたフィクションが創り出されるのだ。（ロラン・バルト）

1　桐壺の予言をめぐって——問題の所在

『源氏物語』のはじまりに誌される、よく知られた叙述から議論を始めよう。

そのころ、高麗人《こまうど》の参れるなかに、かしこき相人ありけるをきこしめして、宮の内に召さむことは、宇多の帝の御誡めあれば、いみじう忍びて、この御子を鴻臚館につかはしたり。御後見だちてつかうまつる右大弁の子のやうに思はせて率てたてまつるに、相人おどろきて、あまたたび傾きあやしぶ。「国の親となりて、帝王の上なき位にのぼるべき相おはします人の、そなたにて見れば、乱れ憂ふることやあらむ。おほやけのかためとなりて、天下を輔くる方にて見れば、またその相違ふべし」と言ふ。弁もいと才かしこき博士にて、言ひかはしたることどもなむ、いと興ありける。文など作りかはして、今日明日帰り去りなむとするに、かくありがたき人に対面したるよろこび、かへりては悲しかるべき心ばへを、おもしろく作りたるに、御子もいとあはれなる句を作りたまへるを、限りなうめでたてまつりて、いみじき贈り物どもを捧げたてまつる。朝廷《おほやけ》よりも、多くの物賜はす。おのづからことひろごりて、漏らさせたまはねど、春宮の祖父大臣など、いかなることにかとおぼし疑ひてなむありける。帝、かしこき御心に、倭相《やまとさう》をおほせて、おぼしよりにける筋なれば、今までこの君を、親王《みこ》にもなさせたまはざりけるを、相人はまことに賢かりけり、とおぼして、無品の親王の外戚の寄せなきにてはただよはさじ、わが御世もいと定めなきを、ただ人にて朝廷の御後見をするなむ、行く先も頼もしげなめることとおぼし定めて、いよいよ道々の才をならはさせたまふ。きはことにかしこくて、ただ人にはいとあたらしけれど、親王となりたまひなば、世の疑ひ負ひたまひぬべくものしたまへば、宿曜のかしこき道の人に、勘へさせたまふにも、同じさまに申せば、源氏になしたてまつるべくおぼしおきてたり。（『源氏物語』桐壺、日本古典集成）

母桐壺更衣が亡くなり、光源氏は参内して帝の許に居る。帝は揺れる心を隠し、皇太子には弘徽殿女御の子、第一皇子が定まった。内裏住みの光源氏は「七つになり」、才気横溢の若君である。当時、高麗人《こまうど》▼注1が来訪していた。桐壺帝は、正体を明かさずに幼い光源氏を使いに出し、その将来を彼らに占わせる。占い人は、光源氏の人相があまりに特殊であることに驚く。そして、帰国を間近にした彼等は、こんなすばらしい人物と出会いながら、すぐに別れなければならないことを慨嘆する…。

占いはこれが最初ではない。本文によれば、「倭相」の判断により、すでに帝は、光源氏の特異な人品に気付いていた。それ故に、あえて親王にもしないでおいた。「倭相」ははたして、高麗人の占いと類比的に合致する。その符合に感嘆した帝は、光源氏を親王にはせず、臣籍降下させて源氏となし、天皇の後見役として活動させるのがよい、という考えを固める。帝は、さらに宿曜道の賢人の判断をも参考にして、それを決定したというのである。ひとり光源氏の将来にとどまらず、長編物語の仕組みを様々に問いかけるこの一連の予言は、『源氏物語』研究史の中でも、格別に重要な場面である。

▼注1 この意味の同定については後述する。

この叙述の前提には、つとに『紫明抄』が引用し、『河海抄』が出典を明示するように、『日本三代実録』所掲の光孝天皇の逸話が、准拠として存する。▼注2

天皇諱時康。仁明天皇之第三子也。……仁明天皇之為二儲弍一也。選二入東宮一。（中略）嘉祥二年、渤海国入覲。大使王文矩望下見天皇在二諸親王中一拝起之儀上。謂二所親一曰。此公子有二至貴之相一。其登二天位一必矣。復有二善相者藤原中直一。其弟棟直侍二奉藩宮一。中直戒レ之曰。君主骨法当レ為二天子一。汝勉事二君王一焉。（『日本三代実録』巻四十五、光孝天皇即位前紀、新訂増補国史大系）

よく似た状況で描かれているのは、渤海国からの使者による観相である。渤海は当時、高麗と混同して理解されていた。▼注3『源氏物語』の高麗についても、「このこま人についてであるが、これを鴻臚館と結びつけて、渤海人と解釈する説が普通である。河海抄に「古来於此所、渤客に餞する詩句多し」とあることをはじめとして、源氏物語玉の小櫛にも、「延喜のころ参れるは、みな渤海国の使にて、高麗にはあらざれども、渤海も高麗の末なれば、皇国《ミクニ》にては、もといひなれたるままに、こまといへりし也……」とあって、これを渤海人と認めている」と山中裕がまとめるように、通説では渤海と解される。そしてここでも「復」、日本の「善相者藤原中直」によって、予言の重層的確認がなされている。この准拠が『源氏物語』の予言を考える上で不可欠な先蹤であることがよくわかる。

しかし同時に、比較することで明確になる、決定的な違いに留意しなければならない。『三代実録』の予言は、天武系皇統最後の称徳天皇の伝説に満ちた死を受け、▼注4高齢になってから即位した光孝天皇の即位前紀を意義づけるものとして存在する。光孝が天皇になることの正統化のために、この二つの予言が掲載されているのである。ところが『源氏』の予言は、むしろその対極にある。光源氏は天皇とも臣下ともなりがたしという、奇妙なダブルバインドの二者択一が、ネガティブな叙法の予

▼注2 日向一雅aほか参照。

▼注3 「わが国では当時この渤海国を終始高句麗国の延長として取り扱っていることは、その国書や史書の表現に「渤海」と「高麗」とを混用していることによって明らかである」（上田雄）。

▼注4 『古事談』巻一―一など参照。

言として示されているのである。

もう一つ、注意すべき点がある。桐壺帝は、倭相（日本）―高麗の相人（渤海国もしくは朝鮮半島）―宿曜道（中国伝来で桃裕行によれば『宿曜経』よりは唐の『符天暦』に立脚）という順で、〈三国〉の占いを総合的に参照していた、ということである。ただしこの〈三国〉は、仏教的に連想される天竺・震旦・本朝ではない。天竺が後退し、その代わりに〈高麗〉が、もっとも意義を主張している。

そのとき、山中裕前掲論文が、先行文献と史料の分析を行い、通説に言う高麗＝渤海説を批判して次のように論じていることは重要である（カッコ内は私に付した省略と解説）。


（…続日本紀以下を挙げて）大体奈良時代の高麗は渤海国を指しているとみてよかろう。また同時に、この場合の高麗は、いわゆる高句麗であることはいうまでもない。（…宋史外国列伝渤海国条を引き）高麗が渤海であったことが知られる。（…鴻臚館の史実などにも触れて）以上のような事実から源氏物語桐壺巻の準拠は、渤海使節の入京、鴻臚館の全盛時代および天皇が御簾の中へ外国使節を入れなかったということ等から、延喜・延長年間以前であるという説が多い。成程、こま人を渤海人と考えた場合は延長年間以後の事実を準拠にしているとは絶対に考えられない。また鴻臚館全盛時代という点に重きを置けば、これまた延長以前とみた方が妥当であろう。しかし、この桐壺巻でいう「こま人の相人」というのは、特に使節というのではないから、必ずしも渤海国の使節とのみ考えなくともよいのではないか。（中略）池田氏（＝池田勉「源氏物語桐壺巻の作品構造をめぐって」）は、「桐壺の巻において来朝しているのは高麗人であって史実に記録されているような渤海国の使節ではない。」と、一応こま人と渤海使節とは異なることに注目されているが、更につづいて「しかし来朝の人々に対する一般の呼称は当時はおおまかなもので、国名を厳密に分別するものでもなかったらしい。（中略）延喜二十年来朝の使節たちが、事実においては渤海国であったものを、当時の一般の呼称にもとづいて、これを物語の中で高麗人と呼んだとしても、それは必ずしも誤りではないということになるだろう」としておられる。一応、このように見るのが妥当と思われるが……文字通り「こま人」というのを渤海人のみと解釈せずに、そのほかの場合も考えると如何となろうか。……当時の高麗人の渡来の状況…（…以下詳細に史実を検討して）このようにして、いわゆる渤海国がほろびた延長五年後、承平・天慶頃より紫式部の源氏物語執筆の時代にかけて公的ではなく、主に私的ではあるが高麗人《こうらい》が盛んに来朝している。これらの高麗人を「こま人」とよばなかったであろうか。ここに私は疑問をもつのである。こま人というのは延長五年より来朝しなくなった渤海人、すなわち、こうくり人とのみ考えてしまうのは如何であろうか、まして、そこから桐壺巻の准拠は、延喜年間を準拠としているという風に割り切ってしまうことはいかがであろうか。……先程から度々述べているようにこの高麗人を渤海人と考えて、これの準拠は、延喜・延長以前であるということにせねばならぬという根拠は薄弱である……鴻臚館は先述のように渤海国使のためのものであったとしても、なお式部の時代にその跡方はのこっていたであろうし、式部時代に渡来した「こま人」が鴻臚館に接待を受けたとしても、それは小説の世界では、差支えないのではなかろうか。（山中裕）

山中の主張に賛成である。このように柔軟に捉えることで、渤海と高麗との「混同」は『源氏物語』と史的准拠の『三代実録』をつなぎ、「高麗人《こまうど》」自体は、『源氏物語』の記述に、朝鮮半島のイメージを付与する。すると、先程の「三国」には、次のような意味合いが生じてくる。すなわち、古代から中世にかけての日本仏法史の認識において、朝鮮半島を通じてなされた仏法東流が事実上無化され、天竺・震旦・朝鮮・日本の「四国仏教」史から「三国仏教」史へ（田村円澄）と短絡される構図、あるいは、天竺・震旦・本朝の三国仏法史観の形成と裏腹に「欠落」していく「朝鮮半島という」「地域とそこでの仏教」(高木豊)という流れとの逆転的対比である。同時に、中世の日本仏教は、「釈尊への追慕を深め」、三国の中でも仏生国としてのインドへ、強い思慕を向けるようになる(高木豊)。天竺的仏教的要素を後退させ、朝鮮半島のイメージを前景化する、『源氏物語』の予言における〈三国〉の設定は、あたかも如上をわざと反転した、ネガのようにも見えてくる。

こういうと、別組みの構図を、無理矢理に『源氏物語』に押しつけているようにみえるかもしれない。しかし、次節以下で詳述するように、『源氏物語』の予言の背景には、釈迦の伝記の潜在と、また裏腹なすれ違いの問題が隠れている。「反転するネガ」の構造とディスクール、という問題設定は、決して突飛な論理転回ではないのである。

2 『源氏物語』の内なる仏伝

今井源衛は、つとに『源氏物語』の予言の背景に、仏伝の影響を測定している。

第一部内部における宿世の思想は、主として、予言とその適中という形であらわれる。「桐壺」巻における高麗の相人の言や、「澪標」巻の宿曜の「みこ三人、帝后必ず並び生れたまふべし。中の劣りは太政大臣にて、位を極むべし」という言、あるいはこれは第二部にまたがるが、明石入道にまつわる住吉明神の夢告など。「藤裏葉」の大団円はいうまでもなく、それらの目出度い実現である。しかしこれらを、すべて作者の思想や世界観の直接的な現れと受けとることはできないであろう。いったい、未来記風の予言は、釈尊伝に早くから見られるもので、阿私陀仙は釈迦の人相を見て、その成仏を予言したことが、『仏所行讃』第一、『過去現在因果経』第一などに見られる。おそらくはそれらの日本版とも見られるものが、『聖徳太子伝補闕記』や『上宮皇太子菩薩伝』などに始まる聖徳太子の未来記であり、紫式部の曾祖父藤原兼輔（元慶元年—承平三年 八七七—九三三）の作という『聖徳太子伝暦』において一挙にひどく膨れ上ったまま、中世に至り、『古今目録抄』の集成をみるまで、花々しい予言譚を形成している。

この指摘は、その後、聖徳太子伝との関係を強調する次のような研究史の中に位置付けられて、天竺的テクストという特徴や色彩を薄めていく。

田中重久氏…今井源衛氏…松本三枝子氏…の三氏が共通して指摘するのが、この高麗人観相の条（桐壺等）と『伝暦』との近似性である。いま、長くなるが『伝暦』の敏達天皇一二（五八三）年秋七月の条を抄出しておく。

百済の賢者、葦北の達率日羅、我が朝の召の使、吉備海部羽嶋に随ひて来朝す。此の人勇くして計あり。身に光明ありて火焔の如し。……太子、日羅の異相ある者なることを聞かして、天皇に奏して曰く。児、望むらくは使臣等に随ひて難波の館に往き、彼の人となりを視むと。天皇許したまはず。太子密かに皇子と諮り、微服を御し、諸の同時に従ひて館に入りて見えたまふ。日羅床にあり、四の観る者を望み、太子を指して曰く、那の同時は是れ神人なりと。時に太子、麁き布衣を服、面を垢し縄を帯とし、馬飼の児と肩を連ねて居たまへり。……太子隠れ坐して、衣を易へて出でたまへり。日羅迎へて再拝両段す。……太子辞譲して直ちに日羅の坊に入りたまふ。日羅地に跪き、掌を合せて白して曰く、敬礼救世観世音大菩薩、伝燈東方粟散王と云々。人聞くことを得ず。太子容を修め、折磬して謝す。日羅大いに身の光を放ち、火の熾りに炎ゆるが如し。太子眉間より光を放つ。日の暉の枝の如し。須臾にして止む。（『大日本仏教全書』一二七

頁）
……高麗人の観相も…屈折していて難解で、崇峻天皇の暗殺後、蘇我氏との困難な関係を背景に、始めて女帝推古天皇を立て、聖徳太子を皇太子として政治を委ねるという極めて高度な政治的選択をし、かつ帝位に即くことなく生涯を終えた聖徳太子の情況と一脈通じるものがある。予言という未来記的性格は、今井源衛氏も指摘するように（前掲論文）、太子伝が参考にした釈尊伝までも視野に入れて考量しなければならないが、今は触れない。（堀内秀晃）

「釈尊伝」に「触れない」代わりに、聖徳太子伝を透かせば、『源氏』の予言に見える高麗が百済に比定され、より直接的に朝鮮半島が引き寄せられる、という点も重要である。一方、高木宗鑑は、「『釈尊伝』に終始準拠している『源氏物語』」とまでいい、『過去現在因果経』巻一・占相品と対比して、「『桐壺』の巻は「光源氏」の誕生を、この「悉多太子」の誕生に似せて、書かれたもののごとくである。これは式部が明らかに「悉多太子」の「生誕説話」を、「光源氏」の「生誕説話」として、換骨奪胎して、援用制作しているものと言うべきであろう。別言すれば、式部は、『源氏物語』起筆の劈頭に、『釈尊伝』を取り入れたことがわかるのである」と、『三代実録』や聖徳太子伝などに顧慮せず、単線的に仏伝と直結する。「しかし、その指摘はいたって外面的な類似にとどま」▼注5り、今井論を超える指摘はない。▼注6
如上、この予言の表現をめぐって、仏伝と太子伝、そして『源氏物語』の形象との間には、あらためて細かな対比的分析を試みる余地が多分にある、と私には思える。

▼注5 引用は、日向一雅b。高木論へは三角洋一aの批判的修正もある。

▼注6 近年の『源氏物語』と仏伝との研究の概観については、日向一雅cなど参照。なお本稿とは相渉らないが、『過去現在因果経』との対比論として、日向一雅d、三角洋一bがある。

3 仏伝の予言と文脈

仏伝をめぐる、諸経典の関係とその伝承の展開の様相は複雑であるが、お産が無事に終わると、一行はそのまま王宮に引返した。王子の誕生を喜んだ父王はインドの風習に従って、すぐれたバラモンたちに、この子の将来を予見するために、その人相を占わせた。（水野弘元）

たとえばこのように要約されるプロットを、『釈迦譜』などの受容資料も含めて日本でよく読まれた『過去現在因果経』について詳細を見れば、『源氏』との類似性は明らかである。

バラモンがやってきたことを聞くと王は悦び、宮殿に招き、供養を尽くした。バラモンは、噂の優れた太子をよく観たいといい、王が見せると、太子の相好が余りに整っていることに驚く。バラモンは、この太子の卓越した様子を述べ、安心するように告げた後、この太子の体の色は光り輝く炎のようで、まるで真の黄金の如くであり（身色光焰。猶如真金）、すべての相好を兼ね備え、極めてあきらけく澄み切っているとした上で、〈もし家を出るならば、仏の最高の智を成し遂げるであろう。またもし家に在るならば正法をもって四天下を統治する転輪聖王となるであろう〉（若当出家。成一切種智。若在家者。為転輪聖王領四天下）と予言した。▼注7

▼注7　仏典類の引用は、以下特にことわらない限り、大正新修大蔵経とその校異によるが、この『過去現在因果経』については拙訳の大意として引用した。カッコ内は『過去現在因果経』原文。以下の二字下げ引用等も同じ。なおこの予言の前提に、摩耶夫人の釈迦托胎の夢想を占い、同趣の予言を行うバラモン（「善相婆羅門」。『今昔物語集』巻一―一など参照）の存在がある。

父王のもとめによる宮殿での予言の一連と光る王子。『過去現在因果経』のストーリーは、以下次のように展開する。王はこの言葉を聞いて悦び、不安を払拭したが、バラモンは、阿私陀という仙人がおり、「香山」という山に棲んでいる。▼注8 彼ならば王の疑惑をすべて晴らしてくれるであろう、といって辞去する。王はまた、阿私陀の棲む山が遙かに遠く懸絶された地であることを思い、どうしてこの地に招き寄せることが出来るだろう、と心に思惟した。すると阿私陀仙人が、王の意を慮って、遠路を超え、神通力で空を飛んで、突然、やって来た。喜ぶ王に、仙人は、自らの神通力で空を飛びこの地に来たことを告げ、諸天が語るのを聞き、王の太子が極めて優れた相好を有していることを知った、という。ところが仙人は、太子を拝見し占相するや、突然泣き出してしまう。何か不祥ことでもあるのかと聞く王に、仙人は、「太子には相好が具足しており、不祥の所はない」と答える。王はさらに、太子が長寿かどうか、四天下を統一する「転輪聖王」となれるかどうかを尋ねる。自分も年を取り、この国をすっかり彼に譲って、山林に隠遁し、出家学道しようと思っているから、と。

するど仙人は、「太子は、三十二相を備えております。こういう相好を備えているものは、在家であれば、年二十九で転輪聖王となるでしょう。出家すれば、一切種智を成じて、広く天・人を済うことでしょう。したがって王の太子は、必ずや道を学び、阿耨多羅三藐三菩提という最高の悟りを得、遠からぬ将来に、教えを広め、天下を救い導くことでしょう。私はいますでに百二十歳、久しからずして死んでしまい、無想天に生まれ、仏の興りを見る事も出来ず、経法を聞く事も出来ません。それで悲しんでいるのです」と答える。

王はまた仙人に問う。「尊者よ、あなたの占いには、二種有ったではないか。一は王となるだろう、といい、一つは正覚を成じるだろうと。しかしいまなぜ、必ず一切種智を成じると言ったのか」。

仙人は、「三十二相が是処ではなく非処にあってしかも明顕でないならば、その人はきっと転輪聖

▼注8 「アシタは南方のヴィンディヤ山脈」もしくは「北方のヒマーラヤ山脈」の「とにかく山の中で世事を忘れて暮らしていました」（渡辺照宏）。

王になります。しかしこのひとは三十二相を備え、しかも適切な場所にくっきりと出現していますから、必ず仏陀になるでしょう（我相之法。若有衆生。具三十二相。或生非処。又不明顕。此人必為転輪聖王。若三十二相。皆得其処。又復明顕。此人必成一切種智。我観大王太子諸相。皆得其所。又極明顕。是以決定知成正覚）…」、そう言って辞去した。

以上の文脈を一覧すれば、これまで注意されなかった、抽出すべき多くの要素があることがわかる。そこで、仏伝、太子伝、『源氏物語』の三種の記述について、あらためて対比的に再確認を行う必要がある。まずは、予言の構造を概観しておこう。

【仏伝】…基本的に、未来への予言である。

・在家であれば—「転輪聖王」に、出家すれば—仏陀になる。
・予言は父からの依頼でなされる。
・父王は、釈迦を出家させず、自らの跡継ぎにしたいと願うが、阿私陀仙人の占いは、「皆得其処。又復明顕」なる相によって、最終的に出家して仏陀となる道に特定されている。
・予言者は、「香山」という遠方の地から来る。

【聖徳太子伝】…正体の見顕しが主であり、未来への予言は付随的である。

・太子は自分で「異相」の日羅に拝謁する。
・日羅の方も太子を見いだし、「跪テ掌ヲ合テ、太子ニ向テ云ク、「敬礼救世観世音　伝燈東方粟散王」ト申ス間、日羅、身ヨリ光ヲ放ツ。其ノ時ニ、太子、亦、眉ノ間ヨリ光ヲ放給フ事日ノ光ノ如ク也」とある。
・また「百済国ノ使、阿佐ト云フ皇子来レリ。太子ヲ拝シテ申サク、「敬礼救世大悲観世音菩薩　妙

教々流通東方日国　四十九歳伝燈演説」トゾ申シケル。其間、太子ノ眉ノ間ヨリ白キ光ヲ放給フ」（以上の太子伝の引用は『今昔物語集』巻十一―一、新日本古典文学大系による）というエピソードも存し、光の要素が付加される。

・日羅の偈頌には「観世音」と「王」とが対照され、仏伝の仏陀への予言―王と仏陀―と類比的である。

・日羅・阿佐いずれの偈頌でも、アクセントは、聖徳太子が「観世音」菩薩であるという正体の見顕しにある。しかし同時に、太子が未来に「東方」の「王」になり、「伝燈」者になる、という予言が含まれている。

・予言的言説を吐く人々は、百済という遠方から来る。

【源氏物語】…未来への予言であるが、見顕しの要素も含まれる。

・予言は父天皇の意思によりもたらされる。天皇は光源氏の正体を隠し、右大弁の子のようにして使いとし、占わせる。ただし、「漏らさせたまはねど」とあるので、その秘密は守られている。

・「国の親」・「帝王の上なき位」と「王」になる可能性が示されながら、「そなたにて見れば、乱れ憂ふることやあらむ」と否定される。

・「朝廷のかためとなりて、天下助くる方にてみれば」、という王の臣下になる可能性を想定して、「またその相違ふべし」と否定される。

・出家成仏は占いの未来には含まれない。

・予言者は高麗という遠方から来た人である。

以上を踏まえて、三者の類似と相違の諸相を、『源氏物語』を中心に、横断的に整理してみよう。

（一）王子に対し、予言が行われるが、それは二者択一的（alterative）あるいは二重拘束的（double bind）な提起である。

仏伝は「出家」か「在家」か、という二つの選択を示し、『源氏』は帝王か帝王の補助者か、と示される。出家と在家、王と王の補助者とは、いずれも決して両立しない設定である、という点で共通する。しかし仏伝の場合は、占いの根拠に明確な分岐が示され、かつそれぞれが肯定的な未来として示される。対して『源氏物語』は、それぞれが、いずれにせよ実現しえない否定的な可能態として提示される。

聖徳太子伝の予言は、年令や立場、占いの状況において『源氏物語』にやや近いが、そうした二者択一を含まない点で大きく異なっている。その代わりに聖徳太子伝は、「粟散王」と呼称されながら、実際には王にはならず、「太子」として、出家せずに俗人として仏教的行為を極め、しかも摂政として「朝廷のかためとなりて、天下助くる方」となっている結果論として、『源氏物語』に重なりうる。

（二）予言は二段階以上で行われる。

『源氏』の予言は倭相、高麗相、宿曜によってなされる。仏伝では、バラモン（注7も参照のこと）と阿私陀が占う。聖徳太子伝では、百済の日羅と阿佐が予言的言説を吐く。

（三）遠方から来た予言者は、奇跡の対面を喜びつつ、再会できない別れを悲しむ。

『源氏』では、「今日・明日かへり去りなむとするに、かく有りがたき人に対面したるよろこび、却りては悲しかるべき」と高麗人が語る。仏伝の阿私陀は、「即便占相。具見相已。忽然悲泣。不能自勝」と泣き出す。その理由は、「我今年寿。已百二十。不久命終。生無想天。不覩仏興。不聞経法。故自悲耳」、いますでに百二十歳の私は、久しからずして死ぬ。仏の興起を見る事も出来ず、経法を聞く事も出来ない悲しみの故である、という。聖徳太子伝には、明示的にはそうした要素が見えない。

このように比較してみると、三者の位置づけは明瞭である。

光源氏の未来には「在家」のみが示され、そのいずれもが、ネガティブな未来への予言となっている。しかもその予言には、「王」となる仮定、また「天下」という語が含まれて、「若在家者。為転輪聖王領四天下」という、仏伝の予言を直接的に想起させる。ところが物語の予言は、「国の親」・「帝王の上なき位」にも、「おほやけのかためとなりて、天下を輔くる方」の展望にも、ともに否定的である。その二重否定の答えとして天皇は「源氏になしたてまつるべくおぼ」すのである。

こうした奇妙なダブルバインド＝二重拘束が発生する所以は、この予言設定が、あるオルターナティブ＝絶対的二者択一の裏返しの言述であることを明確に語っている。いうまでもなくそれは、釈迦に対してなされた予言の反転である。

二つの道を示されながら、結局は選択の余地なく「出家」を宿命付けられたのが釈迦であった。それはむろん、仏伝の必然である。しかし、もし彼が、王にもならず、しかも出家を妨げられ続け、成就できなかったとしたら…。その時、王家の貴公子には、どんな運命が待ち受けているのだろうか。そうした未知の未来へのスリリングな問いとして読者に突きつけられる魅力的な謎。しかも仏伝は、平安貴族にとって、おそらくもっともよく知られた伝記物語の一つであったはずだ。▼注9

物語を領導する創造の契機としての仏伝。そうした、物語の本質に関わる実験的設定が光源氏の造形の根幹にある。そのことを、バルトにならって、「非在する仏伝」と呼んでみよう。「不在の人にむけて、その不在にまつわるディスクールを果てどなくくりかえす……あの人は、指示対象としては不在でありながら、発話の受け手としては現前しているのだ」。仏伝の「不在」が、『源氏物語』という作品の「能動的実践」となり、「数多くの役割をそなえたフィクションが創り出される」、と。

▼注9 「およそ、仏教徒にとって、釈尊の一代の行状記ほど重要なものはないだろう」と益田勝実が述べるように、平安時代の仏伝の影響力は大きく、聖徳太子の伝記ほか、高僧伝をはじめとする多くの伝記や文学に影響を与えている（たとえばその通史的概観として、黒部通善参照）。本邦初のまとまった「仏伝」は『今昔物語集』（十二世紀成立か）の天竺部とされるが、同書の仏伝は、『過去現在因果経』を骨格に構成された仏伝『釈迦譜』を原典として作られている（本田義憲）。なお本稿においては、仏伝と太子伝を時に『今昔物語集』の引用で代替するが、それは平安以降の日本での受容の確認であるとともに、私の研究文脈の中での同書の資料性の認識（荒木浩c参照）を前提にする。

4 予言に続く仏伝の要素と『源氏物語』の類似点

仏伝の中で、阿私陀の予言を受けた一連の文脈は、次のように展開する。そこにも、『源氏物語』を想起させる細部がいくつか見出される。

(1)王は仙人の説を聞いて心に憂愁を抱き、釈迦の出家を懼れ、五百人を選んで母代わりとし、太子を養育する。

(2)次に「三時殿」を建て、「温涼寒暑。各自異処」という状態にする。

これを、温=春、涼=秋、寒=冬、暑=夏、と日本の四季にあてて読み取ることができる。ただし、日本流の春夏秋冬という順序とは異なることに留意が必要である。

(3)釈迦の出家を懼れ、王は城門を閉じる。

太子は王城のうちに住む、という解釈ができる。それは光源氏を手放したくない帝が、特例的に彼を「内裏住み」(内裏という王宮に住む)させることを連想させる。

(4)美しい五百人の妓女を選び、太子に交替で侍らせる。殿舎とその回りを飾り立てる。

(5)「釈尊誕生ののち七日で母マーヤー夫人は亡くなり」(中村元)、母は釈迦の功徳で忉利天に生れる。『源氏』の母は、光源氏が三歳の夏に没する。

(6)摩耶夫人という「生母に代って、やがてその末妹のマハーパジャーパティー(摩訶波闍波提)が継母となり、王子を養育することになった。新しい夫人は、おそらくまだ二十歳ころの若さであったであろう」、「したがって王子は実子のごとく、若い叔母に育てられ」る(水野弘元)。摩訶波闍波提は乳

▼注10「近代の佛伝では、南方の新しい説によってか、釈迦の誕生は父王の四十五歳の時であったとせられているが、原始聖典や注釈書などの古い資料には、父王の年齢を述べたものはない。この王には釈尊以後に、少なくとも釈尊より二十歳年少の弟ナンダ(釈尊の成道五年のころ、すなわち釈尊の四十歳のころ、ナンダは結婚式直前に出家したから、その時ナンダは二十歳ころと見られる)が生まれたのであるから、ナンダは父王の五十五歳ころの子とすれば、釈尊は父王の三十五歳ころに生まれたことになる。また父王は佛の成道第十年ころに亡くなられたとすれば、その時彼は約八十歳となり、年齢的に無理はない」(水野弘元)。

▼注11「今昔、浄飯王ノ御子悉達太子、年十七ニ成給ヌレバ、父ノ大王、諸ノ大臣ヲ集メテ共ニ議シテ宣ハク、「太子、年已ニ長大ニ成給ヌ。今

を含ませ、母に変わらず養育したと『過去現在因果経』は伝える（爾時太子姨母摩訶波闍波提。乳養太子。如母無異）。母を亡くした光源氏は、五歳年上の後妻藤壺を母のように慕い、深く愛する。そして、藤壺も摩訶波闍波提もいずれ出家する。

（7）釈迦の父の年齢は明確ではないが、相応の年を取ってから釈迦を儲け、さらに後妻の摩訶波闍波提との間「にはナンダ」「という男子が生まれたという。これは釈尊にとつては異母弟」にあたる（中村元）。難陀は釈迦より、少なくとも二十歳は年少らしい[注10]。光源氏の父の年齢は明確ではないが、なぞらえられる玄宗皇帝が楊貴妃を冊立したとき、六十を過ぎており、貴妃とは三十以上の年齢差があった。光源氏が十九歳の時、戸籍上は弟だが、本当は実子の冷泉帝が生まれる。

（8）釈迦は、出家を思いとどまらせたい父の顧慮で、十代後半（「年十七」『過去現在因果経』）で結婚する[注11]。光源氏も父の顧慮で、十二歳で葵上と結婚させられる。

（9）妻をもうけ、環境を整えて楽しみを極めさせ、出家の想いを放擲させようとする父の意図に背き、釈迦は独りの妻さえも遠ざけて親しまず、父の心配を募らせる。光源氏は葵上と不和である。

（10）〈四門出遊〉を経て出家することになる釈迦が、せめて跡継ぎをという希望を持つ父の心を密かに悟り、妻との間に子羅睺羅をなす。が、その子供さえ、「即ち左手を以て其の妃の腹を指す。時に耶輸陀羅、便ち体の異なるを覚ゆ。自ら娠めること有るを知りぬ」（『過去現在因果経』二を訓読）と、処女懐胎のような伝承を持つ。それ故に、その子は釈迦の子ではなく、耶輸陀羅が不貞を犯してなした子ではないかと疑われる（『雑宝蔵経』巻十「羅睺羅因縁」など[注12]）。光源氏は義母と密通して、実子（後の冷泉帝）を父の子として生む。父は兄光源氏と弟が似ていることを喜ぶが、我が子であることを疑わない。

以上を踏まえて、新たに導き出される仏伝と『源氏物語』との横断的な類似性を、次のように整理

ハ妃ヲ奉ベシ。但シ思ノ如ナラム妃、誰人カ可有キ」ト宣フ…」（『今昔』一—三）。「太子の結婚の時期については、原始聖典には述べられていないが、佛伝では、十八歳の時としたもの、二十歳としたものがあり、中には十六歳とか十七歳の時としたものもある。インドの風習として、七、八歳から十二年間が学問技芸を研究習学する学生時代であるから、正規のコースを進んだ青年としては、結婚するのはどうしても十八歳か二十歳ころとなるであろう。それから太子には、久しく子がなかったらしい。出家直前にやっと一子ラーフラが生まれたのであり、出家の時期については、原始聖典の中に、佛自身の説として、はっきりと二十九歳とせられている。ところが後の佛伝には、十九歳出家の説があって、シナ、日本では古来この説が一般に行われていた」（水野弘元）。南「かれが結婚したときは、

し、本稿前節と連関を持たせるために、漢数字の連番で表示する。

(四)母がはやく亡くなり、父の後妻が養育する。母と義母とはよく似ており、義子は深い愛情をそそぐ。

『源氏物語』では血縁に支えられた相似性と愛情が重要なテーマであるが、母にそっくりだと信じられて後宮に迎えられた帝の後妻の藤壺だけは、光源氏の母桐壺更衣と血がつながっていない。彼女は、いつも帝に連れられて部屋までやってくる光源氏の養母的存在として、重要な役割をする。光源氏は母の容貌に記憶がないが、周囲の人々が、藤壺と桐壺更衣は本当によく似ている、そっくりだと繰り返すことに誘導されて思い込み、自然と思慕から愛へと想いを深める。▼注13 仏伝の摩訶波闍波堤(喬答弥・瞿曇弥)は母の妹で、父の「夫人」(『今昔』一―一七など参照)と呼ばれる後妻である。姉の摩耶夫人の代わりに、義母として、実の母のように、釈迦を養育する(「夫人ノ父善覚長者、八人ノ娘有。其第八ノ娘摩迦波闍ト云フ。其人ヲ以テ太子ヲ養ヒ給フ。実ノ母ニ不異ズ。太子ノ御夷母ニ御ス」『今昔』一―二)。姉妹という血縁性は、摩耶夫人と摩訶波闍波提が似ていることを保証するが、生後七日で母を喪った少年時代の悉達太子(釈迦)は、もとより記憶がない。そして摩訶波闍波提は、妻の耶輸陀羅に先行する太子の、深い「恩愛」の対象であった。▼注14

(五)母にとって、一人子である。

『源氏物語』において、光源氏は母・桐壺更衣にとって、冷泉院は藤壺にとって、それぞれ一人子である。釈迦は、「白浄王に二子有り」(『十二遊経』)とされる長男であるから、母摩耶の一人子であり、弟難陀が摩訶波闍波提の一人子という一面がある。

(六)夫妻は、夫の努力にも拘わらず、因縁を背負った不仲である。

光源氏は葵の上と不仲である。葵の上はつれなく、光源氏の表面上の愛情は通じない。しかし「そう

方の伝説によると十六歳であった」(中村元)。「学業を終えて、二十歳前後になると、王子は結婚することとなった。……また生母がいないということも、沈みがちな王子の性格を助長したであろう。父母はそのような王子を見ると、一方ではいじらしく、他方では生誕時の占相の予言にしたがって、王子が世をはかなんで出家するかもしれないと思い、むしろ家にあって幸福な生活を営み、世俗的に偉大な国王となってもらうことを願い、出家の気持ちを起こさせないためにも、王子を結婚させることにした」(水野弘元)。

▼注12 羅睺羅の母の「貞潔」と羅睺羅が「仏の真の子であることのしるしに関する物語」については、本田義憲など参照。中世の唱導資料『金玉要集』や室町時代物語『釈迦の本地』などもこの疑いをめぐって詳述する(小峯和明)。

いう葵の上が懐妊して、しかも物の怪に悩んでいる、となると、やはり目にみえぬ宿世の糸で結ばれている夫と妻とであることを改めて思う」（阿部秋生）。釈迦も正妻・耶輸陀羅とは『過去現在因果経』の巻頭に誌される遠い「過去世」以来、「宿世の糸で結ばれている夫と妻とである」。が、出家前の釈迦が「悉達太子ト申シ時ニ三人ノ妻御シテ、其ノ中ニ耶輸多羅ト申ス人有リ。其ノ人ノ為ニ太子、懃ニ当リ給フ事有レドモ、思知タル心無シ。太子無量ノ珎宝ヲ与ヘ給フト云ヘドモ、更ニ不喜ズ」という不仲の距離感があった。成道後の釈迦が語ったことによれば、それは、とある出来事による前世の因縁であり、「宿業」（「…此ノ事ニ依テ、世々ニ夫妻ト成ルト云ヘド、如此ク不快ザル也」『今昔』三―一三）▼注15だと説明されることがある。

（七）義子は、妻よりも義母を深く愛している。

釈迦の「恩愛」の対象は、まず義母摩訶波闍であり、続いて妻・耶輸陀羅であったという（『今昔』一―四で「我レ若シ恩愛ノ心ヲ不尽ズハ、返テ摩訶波闍及ビ耶輸陀羅ヲ不見ジ」「ト誓」う釈迦は、以下同話でこの序列を繰り返す）。『源氏物語』の藤壺と葵上に対置される。

この他にも、予言の前後に、才芸を磨く、という要素など、仏伝との多くの類似性に支えられる『源氏物語』は、仏伝の根本の設定を裏返し、きわどい拘束をみずからの物語の設定に課すことで、逆転的に、すぐれた「能動的実践」を導く。

仏伝の裏返しという構造の発見は、『源氏物語』を貫く物語の本性として、しかも実現されなかったことに重要性があるというネガティブな、もっとも大きな主題―出家の問題と直結することで、より大きな意味を顕現するだろう。「『源氏物語』では多くの登場人物がそれぞれ出家する」が、そこには男女の差異が明確にあって、出家するあまたの女性たちに対して、「男性の方は厭世的感情を持ち出家を願う者が多いが、結局出家にいたる者はほとんどいない」（チョーティカプラカーイ・アッタヤ）のである。この『源氏物語』の不自然な基調の中心にあるのが、「一貫して「懺悔」の欠落を見せてきた」（今

▼注13 荒木浩a、第二章参照。

▼注14 『今昔』一―四では、「太子、誓ヲ発テ宣ハク、「我レ若シ生老病死・憂悲苦悩ヲ不断ズハ、終ニ宮ニ不返ジ。我レ菩提ヲ不得又法輪ヲ不転ズハ、返テ父ノ王ト不相見ジ。我レ若シ恩愛ノ心ヲ不尽ズハ、返テ摩訶波闍及ビ耶輸陀羅ヲ不見ジ」ト誓ヒテ」出家し、最後に車匿と別れる時、「車匿ニ向テ誓テ宣ハク、「過去ノ諸佛モ、菩提ヲ成ムガ為メニ、餝ヲ弃テ髪ヲ剃給フ、今我モ又可然」ト宣テ、宝冠ノ髻ノ中ノ明珠ヲ抜テ、車匿ニ与テ、「此ノ宝冠明珠ヲバ、父ノ王ニ可奉シ」、身ノ瓔珞ヲ脱テ、「此ヲ摩訶波闍ニ可奉シ」、「身ノ上ノ荘厳ノ具ヲバ、耶輸陀羅ニ可与シ…」と描かれる。なお摩訶波闍波提伝については、Shobha Rani Dashなど参照。

▼注15 この逸話の異伝と意味については、渡辺照宏参照。

西祐一郎）光源氏の物語である。この程度の追跡でも、裏返しの、非在する仏伝という問題性の内在が、かなりはっきりと見えてくるだろう。

5 釈迦の多妻（polygamy）伝承と三時殿

出家の問題を考える前に、非在し、反転するブッダ、としての光源氏物語の重要な結節点となる要素が、三時殿と六条院の関係である。『過去現在因果経』にも見える四季の館・三時殿には、多層的な裡面が潜在するからである。すなわち、仏伝には、女性を避け、処女懐胎のように子をなしたイメージ（仮にモノガミー型と称ぶ）と全く相反するように、釈迦には三人の妻がいた、という矛盾を内在する異伝（仮にポリガミー型と称ぶ）が、対位法のように、併せ語られることがある（『今昔物語集』一四など参照）▼注16信徒からはあまり歓迎されない矛盾的別伝として、釈迦の多妻伝説は潜在している。しかもそれは、かなり自明に、『源氏物語』を想起させる。

シッダールタ太子には三人の妃がありました。そう言うと、まさか、と眉をひそめる人もあるかも知れませんが、古代社会の王国では妃は複数なのが普通なのです。唐の玄宗皇帝の楊貴妃や、『源氏物語』の桐壺の例にもあるように、帝王がただ一人の妃に熱中すると国を危うくすることにもなるので、妃を複数にするのは、国王の威厳を示すのみではなくて、国家の安泰のためにも必要と考えられていたようです。（渡辺照宏）

今野達は、出典を具体的に示しつつ、より精密に『源氏物語』との相似を看破している。

▼注16　『今昔』当該話の説話形成については、本田義憲の「巻一　悉達太子出城入山語第四」項、荒木浩bなど参照。

「以レ有二三婦一故、（太子）父王為立二三時殿一。殿有二二万婇女一」（十二遊経、釈迦譜）。なお三時殿は冬・夏・春秋の居住に適した温（暖）殿・涼殿・不寒不熱の三殿という。また修行本起経には四季に相応した四時殿を造立したとあり、これらの故事は、源氏物語・少女巻に説く六条院の四季の町の造営を想起させるものがある。（今野達校注、新大系『今昔』一―四当該部脚注）

光源氏は四季をかたどった「六条院」を作り、それを関係の女性に配する。釈迦は三人の妻を持ち、四季にかなった「三時殿」もしくは「四時殿」を作って配した。すなわち、仏伝と『源氏物語』には、

（八）四季をかたどった家を作り、愛する女性を配する。

という一致点があった。『法苑珠林』（巻九・千佛篇出胎部同応部）にも「以レ有二三婦一故。太子父王為立二三時殿一。殿有二二万婇女一。三殿凡有二六万婇女一」などと記されるこの伝承は、▼注17 最澄『内証仏法相承血脈』には、それぞれが生んだ子供の名前まで記されており、日本でもよく知られていたことがわかる。

悉達太子……有二三夫人一。各領二二万采女一囲繞。第一夫人。名曰二瞿夷一。生二優波摩那一。出家。第二夫人。名曰二耶輸陀羅一。生二羅睺羅一。出家。第三夫人。名曰二鹿野一。生二善星比丘一。出家。委出二十二遊経。瑞応経及大智度論等一矣。（『伝教大師全集』一、及び e国宝で東博本を参照▼注18）

ただし、『源氏』とはポジティブに結び付くこの伝承は、仏伝の一般においてはむしろ逆に、ネガティブな意味合いや位置取りを持つ、という点に注意される。『過去現在因果経』がそうであったように、

▼注17 その詳細は、本田義憲参照。

▼注18『妙法蓮華経玄賛』巻第一に、異説を含めて詳述される。

そもそも三時殿と釈迦の妻帯とは本来別の話であり、連動しない。

太子初生。王令㆓師相㆒。師曰。処㆑国必為㆓飛行皇帝㆒。捐㆑国作㆓沙門㆒者。当㆑為㆓天人師㆒也。王興㆓三時殿㆒。春夏冬各自異㆑殿。殿有㆓五百妓人㆒。不㆑肥不㆑痩。長短無㆑呵。顔華鮮明。皆斉㆓桃李㆒。各兼㆓数伎㆒。姿態傾㆑賢。以楽㆓太子㆒。殿前列㆓種甘果㆒。華香苾芬。清浄浴池。中有㆓雑華㆒。異類之鳥。鳴声相和。宮門開閉聞㆓四十里㆒。忠臣衛士徼循不㆑懈。警備之焉。鵁鶄鴛鴦驚鳴相属。太子年十七無㆓経不㆒㆑通。師更拝受。王為納㆑妃。妃名裘夷。容色之華。天女為㆑双。…（『六度集経』巻七・七八）

太子の出家を阻もうと、三時殿を造り、美しい「五百妓人」を置き、何から何まで理想を極める環境の中で、太子はひたすら経文を読み、十七歳にして「経として通ぜざるは無し」。父は危機感を抱いて、美しい妻を持たす（ここでは「裘夷」と呼ばれる人）。この三時殿とは、「其ノ母、阿那律ヲ愛シテ、暫クモ前ヲ放ツ事无シ。三時殿ヲ造テ阿那律ニ与ヘテ、采女ト娯楽セサスル事无限シ」（『今昔物語集』一―二十一）という記述に見られるように、「年間の三つの季節それぞれの居住に適するように造作された三つの殿舎。本来はインドの暑季・寒季・雨季の三季をさしたが、夏・冬・春秋の三季が配されるようにもなった」（新大系同話脚注）ものである。ただし、「采女ト娯楽セサスル事无限シ」という付随的要素が語られるように、ポリガミーを連想させやすい居住空間の謂ではあった。

こうしてモノガミー型の釈迦の伝記にもまた、「王興三時殿。春夏冬各自異殿。殿有五百妓人…」というように、三時殿にはたくさんの美しい女性が配せられていた。ただしそれは、「太子初生」の幼時であった。阿那律の場合以上の、親の側からの過保護であり、多妻とは別のことであるのは、容易に読み取れる。阿那律が三時殿を捨てて出家するように、釈迦はむしろ、女性の醜さを観じ、一人の妻耶輸陀羅を捨て、出家の旅に出ることになるのだ。

生まれたての釈迦が快適さを覚えて出家しないように、季節が推移するごとに移り住むべき三時殿を与えた親心。一方で、その父王の親心とは、三人の妻を持つ愛息子のためだ（以有三婦故）と曲解する別系統の仏伝。いま『今昔物語集』に見るように、日本では両者が、どこかで融合して理解された。それが『源氏物語』の発想の転機となった、と考えてみる。すると、先に、「(2) 次に「三時殿」を建て、「温涼寒暑。各自異処」という状態にする。それは、温＝春、涼＝秋、寒＝冬、暑＝夏、と日本の四季にあてて読み取ることができる。ただし、日本流の春夏秋冬という順序とは違うことに留意が必要である」とした説明をも、併せ解決するのである。

6 四方四季と六条院

三時殿から四季の館の六条院へ。そこには、天竺と、震旦・本朝との間に存する埋めがたい季節のズレと深く関係する問題がある。天竺の季節を、唐僧玄奘は次のように把握して、三時と四季とのずれを叙述している。

如来の聖教にては歳を三時と為す。正月十六日より五月十五日に至るまでは熱時也。五月十六日より九月十五日に至るまでは雨時也。九月十六日より正月十五日に至るまでは寒時也。或は四時と為す。春・夏・秋・冬也。（下略）（『大唐西域記』巻二、国訳一切経の訓読）

「西方四月為二一時一。但立二春夏冬一故不レ立レ秋。故立二三時殿一也」と『法苑珠林』（巻四・日月篇寒暑部）が説明するように、三時殿のままでは「秋」をもしくは春秋の違いを描けない。▼注19 そんな季節感など、中国以上に日本では、全くリアルな自然観ではない。▼注20 四季の四時とは、この中国的理解を介在させて解釈的に捉えた季節感である。漢訳仏典の「四時殿」は次のように描かれている。

（香山の道士「阿夷」の予言を承けて）於レ是王深知二其能相一。為起二四時殿一。春、秋、冬、夏、各自異レ処。（於）其殿前列二種甘果樹一。樹間七宝（浴）池。池中奇花。色色各異。譬如二天花一。水類之鳥。数十百種。宮城牢固。七宝楼観懸二鈴幡幢一。門戸開閉。声聞二四十里一。選二五百妓女一。択二取温雅礼儀備者一。供養娯楽。育二養太子一。（『修行本起経』菩薩降身品第二）

CBETAやSATなどの大蔵経データベースを検しても、仏典での用例はほかすべて「三時殿」であり、「四時殿」はこの一例しか見当たらない。しかしここには、明確に、「春、秋、冬、夏」という順が記されているのである。▼注21

ここまで追いかけて、ようやく『源氏物語』の六条院との対比の基盤が見えてくる。六条院とは、次のように概観される建物である。

少女巻で、光源氏は三十三歳で臣下として最高位の太政大臣に登り、すでにその前から最高権力者として政治の実権を握っていたが、政治の実務は内大臣に譲り、三十五歳の時、愛する人々を集め風流な生活を営むため、六条院を完成させる。

八月にぞ、六条院造りはてて渡りたまふ。未申の町は、中宮の御旧宮なれば、やがておはしますべし。辰巳は、殿のおはすべき町なり。丑寅は、東の院に住みたまふ対の御方、戌亥の町は、明

▼注19 漢訳の表現では、「作二三時殿一。各自異レ処。雨時居二秋殿一。暑時居二涼殿一。寒雪時居二温殿一」（『太子瑞応本起経』上）、「造二三時殿一。一者暖殿。以擬二隆冬一。第二殿涼。擬二於夏暑一。其第三殿。用擬二春秋二時寝息一。擬二冬坐一者殿一向煖。擬夏坐者殿一向涼。擬二於春秋二時坐一者、其殿調適。温和処平。不レ寒不レ熱…」（『仏本行集経』巻十二）などと、四季の対応を相応に工夫している。

▼注20 『萬葉集』の額田王の長歌（巻一16）を引くまでもなく、春秋の差異を愛でることに、日本の美意識の原点の一つがあることなどを想起したい。

▼注21 『仏本行経』巻二には「種種厳飾　猶如二天宮一　春秋冬夏　四時各異　応レ節修治…」という記述が見える。なお河野訓が『修行本起経』の記述を「中国人向けに改変されている一例」として「中

石の御方と思しおきてさせたまへり。もとありける池山をも、便なき所なるをば崩しかへて、水のおもむき、山のおきてをあらためて、さまざまに、御方々の御願ひの心ばへを造らせたまへり。…

とあるような豪邸である。（田中隆昭）

四季の館として、ある種の「四方四季」▼注22性を有した理想的住まいの先蹤に、『宇津保物語』の叙述がある。

紀伊国牟婁郡に、神南備種松といふ長者…吹上の浜のわたりに、広くおもしろき所を選び求めて、金銀瑠璃の大殿を造り磨き、四面八町の内に、三重の垣をし、三の陣を据ゑたり。宮の内、瑠璃を敷き、おとど十、廊、楼なんどして、紫檀、蘇芳、黒柿、唐桃などいふ木どもを材木として、金銀、瑠璃、車渠、瑪瑙の大殿を造り重ねて、四面めぐりて、東の陣の外には春の山、南の陣の外には夏の陰、西の陣の外には秋の林、北には松の林、面をめぐりて植ゑたる草木、ただの姿せず、咲き出づる花の色、木の葉、この世の香に似ず。栴檀、優曇、交じらぬばかりなり。孔雀、鸚鵡の鳥、遊ばぬばかりなり。（『宇津保物語』吹上上、新編日本古典文学全集）

ただし『源氏』と『宇津保』との間には、本質的な齟齬が存する。

三谷栄一氏は、六条院の四方四季について、「四方四季の館」の信仰に基づいて説明し…「四方四季の館」というのは、宇津保物語は勿論、お伽草子の浦島太郎その他の説話などにもみえ、それは「祝福されるべき長者の館を意味し、仙境であり、常世の国といってもよい。」と述べておられる。

国古来の春夏秋冬という季節区分である四時を用いている」と記述し、四季の順を違えている（六八頁）のは、興味深い誤読である。『釈迦の本地』でも、このプロットを描いて、東南西北の順に春夏秋冬を配する、常套的な四方四季（四方四面四節）表現に転じてしまっている。

▼注22 四方四季の中世文学における様相については徳田和夫など参照。

また小林正明氏は「蓬莱の島と六条院の庭園」で、六条院が大枠としては「四神相応の四方四季観」に収まると指摘していて、六条院を四方四季で囲い込まれた神仙の時空として捉えている。（中略）しかし、厳密にいうと、六条院のそれは、『宇津保物語』や『浦島太郎』、仙境のような説話的な空間に見える四方四季とは、構造的な側面において異なっている。神南備種松や龍宮の「四方四季の館」は、その配置が五行説に基づいており、東西南北に春夏秋冬が順序的に配列されている。しかし、六条院はいずれの方向においても春夏秋冬の順序にはなっていない。ここで注目すべき点は、異郷における「その全てが五行説に基づく完全な四方四季構造を持っているのに対し、六条院はずれている」ということである。（李興淑）

その六条院の「ずれ」は、次のような意味付けのもとに読み解くことができる。

…辰巳の町は紫上が住む春の町、未申の町は秋好中宮が住む秋の町、戌亥の町は明石御方の住む冬の町、丑寅の町は花散里の住む夏の町とされている。順序では右回りに春、秋、冬、夏という配列に整理される。この配列は『宇津保物語』の吹上の邸の春夏秋冬の順序とは明らかに異なっている。（渡辺仁史）

このように着眼する渡辺は、『荘子』『礼記』『管子』に「春秋冬夏」の順になっている同様の例があることを指摘する。そして「冷暖調和、無有春秋冬夏」とする『往生要集』大文二にふれ、「冷暖による外界の人間に与える苦を調和させる世界が極楽浄土である」とした上で、『無量寿経』の「仏国土」の四季の描写が「春秋冬夏」の順であることを指摘して、次のように述べる。

…『無量寿経』をここに示すのは、六条院が老荘思想を摂取した道教と浸透し合って、理念的背景となっていると考えられるからである。……「野分」巻における光源氏の各町への訪問の順序も「春秋冬夏」であるが、ただしその町の位置は四方四季と四十五度相違している。これは「六条」という言葉が示す通り、現実的な条里制に即しているからであろう。（中略）紫上の「みなみひんがし」と花散里の「北のひんがし」に対し、秋好中宮の「西の御殿」、そして明石御方の「にしの町」が紫上を中心として、その助力者としての花散里、春秋争いの対立者としての秋好中宮、光源氏の寵愛を紫上と競う明石御方が東西に並んでいる。それは竜宮の四方四季の町とは矛盾することなく重ね合わされうる。道教の影響の濃厚な『浦嶋子伝』を継承した御伽草子『浦島太郎』の南葵文庫の本文と霞亭文庫の絵の関係において、本文は四方四季の竜宮でありながら、絵は「春秋」そして「冬夏」の対比的配列となっている。つまり、絵の構図における四季の配列は六条院と同じなのである。（渡辺仁史）

『源氏物語』の叙述の多層を示す重要な指摘だが、右の理解では、四季の館に女性を配当する根拠の説明が十全ではない。「春、秋、冬、夏という配列」と女性の配当が一体的に顕現するのは、遡及的には仏伝に限定される。ここで、『宇津保』・『源氏』・仏伝の類似と相違を対比的に整理しておこう。

（1）四季（時）であること――宇津保・源氏↕仏伝（三時が通例、一例のみ四時）
（2）父からの愛情によるものである――宇津保・仏伝（阿那律は母）↕源氏（自らの意志）
（3）季節の同時的顕現の強調――宇津保・源氏・仏伝（ポリガミー型）↕仏伝（モノガミー型は季節の推移とともに住まいを変える）
（4）四季は殿舎で表象され、各殿舎には、関係する女性が配置される。――源氏・仏伝（ポリガミー

型）⟷宇津保（四季は庭と景観で表象される）・仏伝（モノガミー型は妻を配置しない）
（5）割り当てられる四季の順――源氏・仏伝〈春秋冬夏〉⟷宇津保〈春夏秋冬〉

『源氏』の裏側にある仏伝では、いままでみてきたエピソードは、いずれも釈迦の予言と釈迦の出家に挿まれた、短い在家時代の伝記のなかで完結する。対して、「出家」という予言的要素を不在とする、つまり〈非在〉することで出発した『源氏』では、六条院の四方四季は、現世の栄達を極める第一部のゴールに位置している。仏伝となぞらえて読めば、『源氏物語』第二部以降の主題が「出家」と悟りにある、という解釈が、自ずと提出される。

……「少女」から「藤裏葉」に至る巻々において、ほとんど宗教的要求がその心に影をひそめた……この時期に源氏は太政大臣となり、栄華の極に達し、浄土の如き六条院に、菩薩の如き諸女を集めて、「生ける仏の御国」を実現するのである。それ故、もはや現世のほかに、浄土を求める必要もなくなつたかのようである。（中略）「若菜」以後、「幻」に至るまでは、光源氏の菩提に進む行路が、絶えずその反対力に引かれながらも、歩一歩遂げられて行く有様を示している。（岡崎義恵）

7 仏陀の反転としての光源氏

光源氏の後半生のテーマは、じりじりするほどの出家への意図と、しかし相反転する、その不成就の苦しみであった。

> …光源氏の胸に生じた道心が、出家の実行にまで熟するには、非常に長い年月——ほとんどその全生涯を要したのである。（中略）このように現世の本体を諦観して、生の結論的位置に到達した者が、仏の導によつて、現世を挙げて来世のために捧げるべく、重大なる最後の営みを成し遂げなければならない場合において、なおかつ暫くでも躊躇するのは何故であろうか。……もし「雲隠」が存在していたならば、源氏の出家は描かれている筈であるが、我々の見得る限りでは、完全な聖としての源氏は物語られていない。聖としての源氏はすでに物語の世界の人ではない。（岡崎義恵）

この光源氏が、『源氏物語』第一部から積極的に「仏・菩薩」として形象されていると説くのは阿部秋生である。

> （若紫巻を踏まえて）源氏という人は、その仏国土にこそ生まれて然るべき人である。もう一ついいかえれば源氏とは仏・菩薩ともいうべき人であるとみていることになる。（紅葉賀巻を踏まえて）詠をする源氏の声は仏の御声・迦陵頻伽の極楽世界になく声であるといい……何か超現実的な存在、たとえば極楽浄土から脱け出して来て、しかもその仏・菩薩としての超越的な資質はそのまま身につけている人が動いているようにみえて来るということらしい。……むしろ作者は、作中の人物と一枚になって、源氏がこうして仏・菩薩というような、いわゆる変化のものめいた人物であることを、最も鮮かに、しかも華麗極まる舞台の上でみせることにその主題の一つをおいていると考えていいのではないか。（阿部秋生）

「『源氏物語』を道心の側から観ることは、いくらかこの物語を逆にしたり、裏がえしたりして眺めるもののようにも思われる」という岡崎義恵の発言は、やはり炯眼であった。ただし、本当は、その

「逆」である。『源氏物語』の成り立ちこそが「裏がえし」と理解されなければならないのだ。仏伝を反転させて生まれたのが『源氏物語』だからである。たとえば若菜下や御法巻の叙述にも、「王宮を捨てて出家した悉達太子を一面において髣髴とさせる」「光源氏の述懐」(今西祐一郎)がある。釈迦と同じ、高貴な王子に生まれた自らが、どこかで道を践み間違って、いまここで苦しんでいる。それは、仏のように決断できない、私の数奇な不幸…。よくご存じの、仏がお示し置いたことなのだろう。紫の上を亡くして、哀しみに沈む光源氏の回顧には、そうした我が身の運命と仏、そして仏伝との距離感が十全に表現されて余りない。

この世につけては、飽かず思ふべきことをさをさあるまじく、高き身には生まれながら、また人よりことに、くちをしき契りにもありけるかな、と思ふこと絶えず。世のはかなく憂きを知らすべく、仏などのおきてたまへる身なるべし。(幻)

太子だった釈迦が出家していなかったら?という大きなIF〈もしも〉が、光源氏を誕生させる。もう一人の、パラレルワールドとしての釈迦が光源氏であった。もしも、とは、物語を領導する、もっとも原初的な欲望の寓意であろう。出家して仏陀となることを封じられた男が、裏返しのネガティブな予言を背負う。そして出家に限りなく近づきつつも、永遠に出家出来ない、という構造。そうした主人公が繰り広げる、未知の物語の不思議…。非在する仏伝、ということが、光源氏物語の根幹を穿つ、と考察する所以である。

主要参考文献リスト

浅尾広良「『源氏物語』の邸宅と六条院復元の論争点」（倉田実編『王朝文学と建築・庭園』竹林舎、二〇〇七年）
阿部秋生『光源氏論　発心と出家』（東京大学出版会、一九八九年）
荒木浩 a『日本文学　二重の顔〈成る〉ことの詩学へ』（阪大リーブル2、大阪大学出版会、二〇〇七年）
荒木浩 b「『大和物語』と『今昔物語集』―遍昭出家譚をめぐる時代観とジェンダー」（小林保治監修『中世文学の回廊』勉誠出版、二〇〇八年）
荒木浩 c『説話集の構想と意匠　今昔物語集の成立と前後』（勉誠出版、二〇一二年）
今井源衛『源氏物語の研究』「一源氏物語概説」（未来社、一九六二年）
今西祐一郎『源氏物語覚書』（岩波書店、一九九八年）
今野達『新日本古典文学大系　今昔物語集一』（岩波書店、一九九九年）
上田雄『渤海国の謎』（講談社現代新書、一九九二年）
岡崎義恵『源氏物語の美』「光源氏の道心」（『岡崎義恵著作集5　源氏物語の美』宝文館、一九六〇年）
黒部通善『日本仏伝文学の研究』（和泉書院、一九八九年）
河野訓『漢訳仏伝研究』（皇學館大学出版部、二〇〇七年）
小峯和明「『釈迦の本地』と仏伝の世界」（小林保治監修『中世文学の回廊』勉誠出版、二〇〇八年）
高木宗鑑『源氏物語と仏教』第十章第一節（桜楓社、一九九一年、初出一九八八年三月）高木豊「鎌倉

仏教に於ける歴史の構想」（『鎌倉仏教史研究』一九八二年、初出一九七六年）
田中隆昭「仙境としての六条院」（『国語と国文学』七五巻一一号、一九九八年十一月号、『テーマで読む源氏物語論1 「主題」論の過去と現在』勉誠出版、二〇〇八年に再収）
田村円澄『古代朝鮮仏教と日本仏教』（吉川弘文館、一九八〇年）
チョーティカプラカーイ・アッタヤ「『源氏物語』の出家の表現―男女の違いをめぐって―」（『詞林』三二、二〇〇二年十月）
徳田和夫『お伽草子研究』（三弥井書店 一九九〇年）
中村元『ゴータマ・ブッダ 釈尊伝』（法蔵館東方双書、一九五八年）
仁平道明編『源氏物語の始発―桐壺論集』（竹林舎、二〇〇六年）
日向一雅a『源氏物語の世界』（岩波新書、二〇〇四年）
日向一雅b「幻巻の光源氏とその出家―仏伝を媒介として」（永井和子編『源氏物語へ 源氏物語から 中古文学研究 24の証言』笠間書院、二〇〇七年）
日向一雅c『源氏物語 東アジア文化の受容から創造へ』（笠間書院、二〇一二年）
日向一雅d「光源氏の出家と『過去現在因果経』」（日向一雅 c所収）
堀内秀晃「光源氏と聖徳太子信仰」（『講座源氏物語の世界』第二巻、有斐閣、一九八〇年十月）
本田義憲『今昔物語集仏伝の研究』（『叙説』一〇、奈良女子大学文学部国語国文学研究室、一九八五年三月）
益田勝実『説話文学と絵巻』（三一書房、一九六〇年）
水野弘元『釈迦の生涯』（春秋社、一九八五年）
三角洋一a『源氏物語と天台浄土教』（若草書房、一九九七年）
三角洋一b「浮舟の出家と『過去現在因果経』」（『中古文学研究叢書8 宇治十帖と仏教』若草書房、

二〇一一年所収）。
桃裕行『暦法の研究〈下〉』（桃裕行著作集8、思文閣出版、一九九〇年）
山中裕「源氏物語とこま人」（『平安朝文学の史的研究』吉川弘文館、一九七四年、初出一九六八年）
李興淑「六条院の四方四季—平安貴族の寝殿造を媒介に」（『文学研究論集』二八、明治大学文学部、二〇〇七年）
ロラン・バルト『恋愛のディスクール・断章』（三好郁朗訳、みすず書房、一九八〇年）
渡辺照宏『新釈尊伝』（大法輪閣、一九六六年、二〇〇五年ちくま学芸文庫に再収）
渡辺仁史「『源氏物語』の六条院について—四季の町の配列—」（『中古文学』五三号、一九九四年五月）
Dash, Shobha Rani. MAHĀPAJĀPATĪ: The First Bhikkhunī. Seul:Blue Lotus Books, 2008.

■編著者プロフィール

谷　知子（たに・ともこ）

1959年、徳島県生まれ。大阪大学卒、東京大学大学院博士課程単位取得。博士（文学）。フェリス女学院大学教授。

著書に『中世和歌とその時代』（2004、笠間書院）、『和歌文学の基礎知識』（2006、角川選書）、『天皇たちの和歌』（2008、角川選書）、『百人一首（クラッシック COMIC）』（2008、PHP 研究所）『百人一首（全）ビギナーズ・クラシックス』（2010、角川ソフィア文庫）など。

田渕句美子（たぶち・くみこ）

1957年、東京都生まれ。お茶の水女子大学卒、同大学院博士課程単位取得。博士（人文科学）。早稲田大学教授。

著書に『阿仏尼とその時代―『うたたね』が語る中世』（2000、臨川書店）、『中世初期歌人の研究』（2001、笠間書院）、『十六夜日記（物語の舞台を歩く）』（2005、山川出版社）、『十六夜日記白描淡彩絵入写本・阿仏の文』（2009、勉誠出版）、『阿仏尼（人物叢書）』（2009、吉川弘文館）、『新古今集　後鳥羽院と定家の時代』（2010、角川選書）など。

平安文学をいかに読み直すか

2012（平成 24）年 10 月 25 日　初版第一刷発行

編著者　谷　知子
田渕句美子

著　者　久保木秀夫
中川　博夫
佐々木孝浩
渡邉裕美子
渡部　泰明
加藤　昌嘉
荒　木　浩

発行者　池田つや子
装　丁　笠間書院装丁室
発行所　笠　間　書　院
〒101-0064　東京都千代田区猿楽町2-2-3
電話　03-3295-1331　Fax 03-3294-0996
振替　00110-1-56002

ISBN978-4-305-70678-2 C0095

シナノ印刷・製本